INK

文學叢書

205

我們

移動與勞動的生命記事

顧玉玲◎著

目次

漂浪之歌

同志啊　我們必須等等其他人
不要讓任何人落單了　讓我們幫忙那些有困難的人

問長路

希望是本無所謂有　無所謂無的
這正如地上的路　其實地上本沒有路　走的人多了　也便成了路

後記．附錄

【推薦序】

石化以後，流淚之前

侯孝賢

今年三月，聽朱天心說，玉玲剛寫完一本書非常好看。我打電話給玉玲討看，她寄給我的是A4影印裝訂冊，我迫不及待看了，數度淚湧不得不停下來。玉玲找我替她的書寫點什麼，我義不容辭，把裝訂冊又看了兩遍。八月初，印刻出版社快遞來此書的二校稿，和編輯的催稿信，這樣我又看一遍，《我們——移動與勞動的生命記事》，共看四遍了，照樣，還是熱淚滿膛。

我下決心一定要把它拍成電影——這句話我曾經說過好幾回。在南洋台灣姐妹會的聚會，在保存樂生療養院的記者會，在工傷協會攝影教室的影展，在基隆倉運工聯推舉市長競選的運動中；從二〇〇四年那場「族群平等行動聯盟」認識玉玲和她的師父鄭村棋以來，這句話我熱血說過的次數，讓我成了「狼來了」的老不修。雖然這次，我眞的試寫了序場幾場戲想獻給玉玲這本書，但除非用我擅長的影像最後呈現在銀幕上，較之玉玲的執筆直書，我的書面呈現一定只會是獻醜。

玉玲直書，我直拍。

我想到戰地攝影羅勃．卡帕那句經典名言：「如果你拍得不夠好，那是你離火線不夠近。」後來所有了不起的新聞攝影都是卡帕火線理論的無畏追隨者。卡帕死於越戰水稻田，一腳觸踩地雷炸得粉碎，他是死得其所。而攝影的本質是攝影大師布烈松說的，「決定性瞬間」。這瞬間，我很不願陳腔濫調的說它即永恆，那我就說最近我在讀的畫家好友陳丹青的書，有一張跨頁照片雪地裡棉袍孩子們快樂在擲雪玩，丹青註文：「卡帕。一九三八攝於漢口。圖中的孩子若非高壽，今日必均已亡故了。我非常、非常、非常珍愛這幅照片，我凝視它，心中哀痛，有如悼念。」

照片的決定性瞬間，無可辯駁。

但是電影呢？文學呢？

我想來想去，直到看到第四遍玉玲的書，卡爾維諾談「輕」與「重」的那篇演講稿跳進我腦中，那是《給下一輪太平盛世的備忘錄》第一講，我從書架取下重讀，發覺竟然像是對玉玲此書所做的一個最高級的稱讚。〈輕與重〉，講稿引用希臘神話裡，柏修斯靠青銅盾牌斬殺蛇髮女妖梅杜莎的故事來說，我抄錄如下：

> 我有時候會覺得整個世界都在硬化成石頭：這是一件緩慢的石化過程，儘管因人因地而有程度差別，但無一生靈得以倖免，就好像沒有人可以躲過蛇髮女妖梅杜莎的冷酷凝視一樣。唯一能夠砍下梅杜莎腦袋的英雄是柏修斯——他憑著長出翅膀的涼鞋，而得以

飛行。柏修斯從不直接注視蛇髮女妖的臉，而只去看她映現在青銅盾牌的形像。

爲了砍下梅杜莎的腦袋，而不讓自己變成石頭，柏修斯憑藉最輕盈的東西：他靠風，他靠雲，他只盯住間接視覺呈現的東西，也就是鏡面所捕捉的映像。我忍不住要把這個神話視爲一個寓言，它喻示詩人與世界的關係，一個寫作時可以遵循的方法上的啓示。

玉玲的「我們」的世界，是一九九九年成立的「台灣國際勞工協會」，是九〇年代始政府正式引進外籍勞工迄今已有數百萬人的移動、及數百萬件移動生命的悲歡離合，那個「我們」，對於除了「我們」以外的其他所有人，很殘忍的，都是「他們」（唐諾的序有洞徹的討論），都是如同被梅杜莎冷酷目光變成僵硬石頭的現實。我們跟他們，無從溝通，石頭一樣各自頑固的阻絕著。如果沒有玉玲這本好看的書，我會對「我們」流淚嗎，不會的。玉玲所做的，是一種翻譯工程，把我們翻譯給他們知道。這個翻譯工程，我認爲，就是柏修斯所做的。

不過玉玲似乎很看小自己的翻譯天賦。似乎許多從事社會運動「蹲點」跟「培力」的強悍實踐者，因爲謙遜，因爲時時警覺不要被摸頭、不要被收編而築起的防衛網，都讓實踐者寧可重，而不要輕。求仁得仁，一直重下去，不這樣，又能怎樣。

在玉玲長期所處的環境和氣氛裡，做會飛會捕捉映像的柏修斯，我想是需要勇氣的。玉玲有柏修斯的天賦，我衷心期盼她不要輕言放棄。

二〇〇八年九月十日

「我們」的集體創作

龔尤倩

這是一個不平等的全球化！資本及擁有資本者川流國界毫無阻礙，而緊握一紙婚姻或勞動契約而移動的人們卻遭遇了層層國境控管與制度束縛，他們必須穿越簽證申請、面談機制的重重障礙，或是償付高額仲介費、接受不對等的勞動關係，若在沉悶高壓的夾縫中突圍自保，側身一轉卻成了沒有身分的移動勞工……這些年來，至少在台灣是這樣的現象：國家機器一方面用各種方式箝制底層人們的流動；另一方面卻擁抱、攏絡資本家，禮遇社會位置較高的白領專業人士。這是一個有階級差別待遇的不公義的全球化。

本書作者顧玉玲（朋友們都叫她「沐子」）記錄／書寫的「我們」，正近身訴說著全球化下，在台灣這個島嶼上移動者的故事。不論是移工、移民以及無證移工，人的樣貌躍然紙上；底層移動者的社會汙名，像是社會控制的便利貼。透過沐子的筆一一劃開了這些污名／控制，這才清晰看見：原來我們都是人之父母、人之子女，同樣有著七情六欲嗔痴癲恕；原來，移動是要憑藉著勇氣與冒險。移動，是爲著尋找可能的幸福。

《我們》的視角，跨越了台灣不同的世代，物換星移的中山北路、沐子的外省父親與本省寡婦母親結合的故事、逃離制度箝制的移工、及嫁給台灣勞工的菲律賓新娘……字裡行間如鋸齒般嵌入了島嶼上數十年來的變遷；島內的南北移動與島外的跨國境遷移經驗，這些不同世代的移動歷史，驀然回首竟是如此接近，近在周邊的日常存在，甚至近在自己的身世。沐子工運的歷練與慧黠的文筆，巧妙穿插介紹了菲律賓義富高原住民運動、台灣產業外移風潮下的失業勞工、因工傷致殘的脊椎損傷者，以及拿移工墊底的台灣社福體系……制度與時代脈絡層層疊附在人們的身上，刻痕斑斑，反而是被禁錮其中的個體，啞聲不覺！

《我們》追溯了遷移，提醒著人們：原來「我們」都曾經是懷抱夢想的移工，是歷史洪流的一支，在盤根錯節的結構壓迫下閃躲求生。看似「他們」的異鄉人，映照著我們島嶼的人們；在同一塊土地上的勞動與掙扎，「他們」就是「我們」。

二〇〇八年初，兩年一度的移工大遊行剛忙完，沐子開始密集書寫《我們》。這段期間TIWA（台灣國際勞工協會）的工作伙伴們都咬緊牙根、相互補位，讓沐子得以抽空在三月前交稿。這是我們長年來作爲集體組織的工作默契與方式，我們希望透過她慧黠的筆觸，富含文藝風采的快筆，來呈現我們與這一社會群體的生命衝撞。爲運動紀實、呈現移動人們的眞實樣貌、爲社會提供不同的視界，當然還有另一個重要的目的，那就是爲困窘的TIWA生財（沐子的文學年金、得獎獎金及本書的版稅，都全數歸入TIWA的年度經費）。《我們》書中的幾個主角，都是大家認識好多年的朋友，也只有在涉身置入的運動關係中，與她／他們生命的衝撞交會，作者才能寫出如此眞實又動人的故事。所以，我們如此定調這本書的完成：它是集體創作的，移工用生命拚搏賭注，漂洋過海，以血肉之軀書寫，而不斷摸索嘗試的組織者，共同鋪成一個理解／觀看／以及實踐的運動脈絡；沐子是在這個脈絡中，接續大家完成了文字的書寫。

作為一個移工運動者經常是很挫折的。台灣的「客工制度」不但增加了移工結盟組織的困難，組織工作者與移工生命交會的運動情誼，也有著與本地勞工運動截然不同的關係。即便我與移工群眾十年的經驗，每每送往迎來，緊密關係就僅限於他們待在台灣的這麼幾年，人離開了，關係也就漸漸疏遠了；而好不容易建立的移工群眾組織，也一再面臨崩落、重整的艱難歷程。移工往往難逃不斷流動的命運，在不同的驛站駐留尋找機會，組織工作者難以對抗國界、語言的鴻溝，而關係能維持較久者，反而是選擇逃離雇主桎梏而繼續留在台灣的無證移工。每遇離別，骨鯁在喉，這是作為一個移工運動者不得不面對的關係斷裂。

但是經驗需要被累積，大家在底層匍匐前進而有幸交會的動人故事，更希望被理解看見。所以任何形式的記錄都很重要。而組織工作者面對日復一日的現實鬥爭，往往就這麼耽擱了記錄。因此，沐子這一本書的出版，對我們而言就更加可貴與饒富意義了。

在台灣除了教會團體之外，關注移工權益的本地團體並不多，特別是看似相互矛盾、實則唇齒相依的台灣工人組織，也甚少具體關切、改善移工的處境；我們這一支工運路線，長期以來一直以階級角度持續地進行移工的組織與教育。十幾年來，幾位派任移工議題的組織工作者都是從台灣本地工運中歷練改造，進而投身於移工組織工作。在移工政策起始階段的九〇年代初期，台灣勞工運動正帶著初生的奮力，抵擋產業外移以及繼之的關廠風潮；當時李易昆、柯逸民已先後在希望職工中心進行著基層移工組織的嘗試；一九九七年我帶著基層工會的工作經驗進入了移工領域，與林三台協同，在關廠爭議中與本勞移工一起抗爭，組織移工走上街頭、參加當時的秋鬥勞工遊行。我們共同經驗了國家機器不當的移工政策，粗鄙地將勞動者分化，也面對了社會污名對移工族群的壓迫。這些都阻礙了本地人進入移工生活世界的機會，也在這樣的氛圍中強化了對移工的社會控制。台灣國際勞工協會（TIWA）就是在這樣的理念之下，於一九九九年成立，我們希望不同國籍的勞動者，能夠穿透重重控制機制的分化／污名／歧視／差異等等，終而有機會站在一起（我們取名「國際勞工」，眞是暗藏著我們衷心的想望啊）。

一九九九年冬天，工運出身而擔任台北市勞工局長的鄭村棋，希望以文化鬥爭的方式來翻轉社會對移工的污名。於是，他找了我進入了市政府，成爲操作「國家機器」的移工行政者；利用行政部門的資源，面對移工問題叢結的結構，發展出一連串包括服務與文化活動的行動方案；透過移工詩文比賽、移工文化展演等相關活動，試圖以異文化風情與體現「移工也是人」的活動，來拉近無形的社會距離；並使用文化策略，讓移工可以集結、發聲及再發展的一種方式。此種文化策略，在工運人士離開勞工局之後，仍然以TIWA爲基地，持續進行。二〇〇六年，TIWA拍攝完成移工紀錄片《八東病房》、二〇〇七年移工寫作班集結出版《家庭手工詩文集》、以及連續二年的移工攝影工作坊後，於二〇〇七年出版《凝視驛鄉》攝影集、巡迴全台攝影展等，都是這個文化戰線的延伸：我們讓移工自我述說，培力移工發聲，並將他們的作品呈現給台灣社會，創造空間，讓不同社會群體在這樣一個創造設計的社會場域中，碰撞互動。

人權與工資的價差導致移工面對低劣的生存處境，必須要以行動揭發與挑戰。二〇〇三年底，在TIWA創會理事長陳素香與長期參與移工運動的吳靜如大膽發想之下，首次的移工遊行在台灣上場。遊行不但是具體的組織移工為自己權益發聲，也是社運中不同弱勢群體的串連結盟。二〇〇三年「移工人權是人權」、二〇〇五年「反奴工制度」及二〇〇七年「我要休假」等移工大遊行，街頭的朋友越來越多，而兩年一次的移工遊行也成了台灣工運的重要記事。

不同的策略方式指向相同的目標。我們試圖撥開社會控制如何使用真實存在的種族、性別、語言、文化習俗、宗教等等的差異，進行分化，鞏固其控制機制，我們並拒絕將這些差異擴大、轉嫁到移工／民的議題上。

希望透過這本書的閱讀，為您開扇門，跟著兼具組織工作者身份的作者，一同進入另一個也許陌生，但真實的群體世界，經驗移動者的生命、情感與勇氣。我們希望從這本書，人們可以發展一個不同的觀看移動者群體的方法和視界。

（本文作者為台灣國際勞工協會顧問、嘉祿國際移民組織台灣分會執行長）

我們

我們是鏡。
我們在這裡是為了彼此注視並為對方呈現，
你可以看到我們，你可以看到自己，
他者在我們的視線中觀看。

——土地之色的人民，2001.3.11墨西哥薩帕塔民族解放軍公告

俊興街224巷

不一樣的是眼光，我們
同時目睹馬路兩旁，眾多
腳步來來往往。如果忘掉
不同路向，我會答覆你
人類雙腳所踏，都是故鄉

——向陽，〈立場〉

冬日清晨的俊興街224巷，密莉安大約是最早醒過來的。天色尚暗，密莉安在窸窣間聽到遠方的雞啼，彷彿是夢中菲律賓南部農村景致的配樂，聲聲接續。全世界的雞都有同樣的啼叫聲嗎？她的意識從夢的深海中緩緩浮升上岸，每上升一寸，陽光初暖的家鄉景致就淡出一分，而台灣冬天的寒氣也毫不客氣地從窗縫中溢進屋內、侵入夢中。

這樣冷，密莉安瑟縮躲回被褥。窗外有冷霧，滲入夾道的染整、皮革、電子、傢俱、拉鍊、電子廢料，凍凝的積油味，像冰過的脂肪浮在煤炭上。

隔壁房的泰籍女孩大雅已窸窸窣窣起床，她習慣腳夾拖鞋、捧著紅塑膠料的洗面盆先到浴室梳洗，時間若來得及還可以先在二手電鍋裡洗米做飯，一併備妥了早餐、中餐。六點以前，大雅會是整條俊興街最早上工的人，她手上拎著成串的廠房鑰匙，縮著身子小跑步到斜對角的電鍍廠，軋啦軋啦撐開鐵門，清掃結了一層油漬的地面，以抹布一一擦淨機台。

再過半小時，紮著馬尾辮的密莉安會匆忙趕來開機、暖機、燒熱水、收拾昨天晾乾但還散放刺鼻的有機溶劑氣味的工作臂套。等到七點以後，其他台灣工人陸續抵達，人聲、機器聲交錯嘈雜，所有的聲音都轟隆啓動，一整天的勞動正式展開。

河堤那端再有雞啼狗吠傳來，也是聽不到的了。

•

俊興街位處台北縣樹林、新莊交接地帶，離環河道路近，距市中心遠。當年新闢成街道時，巷弄間幾乎有志一同進駐家庭式小工廠，不分勞雇泰半是外來人口。這些島內先來後到的移民，或是南部賣了田地帶著妻小來討生活、或是東部沒有出路的年輕人、或是農村女孩成群結黨來找工作……每個人都帶著無窮的夢想與具體的需求，向台北移動。

那些沒能越過河進駐台北市生存的，就在橋的這頭，留在全無規畫、工商住宅零碎混雜的都市邊緣。

早二、三十年，俊興街上的年輕工人多半住在廠房或倉庫的頂樓，省下通勤時間，也省下房租；也有那住廠合一的家庭工廠，全家大小的勞動力盡數投入，無眠無夜，期待黑手變頭家。一年又過一年，經濟起飛的小龍年代，俊興街的人們陸續搬至鄰近的住宅區租房、購屋，加班也少了，服務業慢慢聚集在不遠處的主要道路上。俊興街一帶，就徹底成爲工業區；白日裡熱鬧嘈雜，下班入夜了就冷清寂寥，連路燈都慘白無甚作用。

直到近十年來，老舊的廠房又開始有人進駐。他們是新一批的都市移民，跨海越洋而來，膚色黝黑些，眼睛深沉些，但因懷抱夢想與現實需求而在工作上耐操、隱忍，都與三十年前南部來的年輕人有幾分神似。唯他們因著言語不通，外顯可見的多半只能是低頭、沉默、微笑與傻笑。

密莉安總是笑著的。她才剛來不到兩週，中文程度還只停留在：「會不會？會。好不好？好。要不要？要。」問號的後面永遠是肯定句與點頭，不敢說不，不敢不裝懂，怕被定性爲笨。語言不通，所有的智識、才能、幽默感都無從表達，只能退縮回最稚幼也最安全的微笑與傻笑。

泰國女孩大雅是第二次來台，中文能力與機台操作都流暢得多，有時見密莉安說著：「好好好……」的同時根本沒有相對配合的動作，她會主動挨過身：「我來。」她的塊頭比密莉安大，手腳也熟練許多，會開車、能扛重、五部機台的作業都行，每天還得提早一小時去開門，工作量明顯吃重許多。

電鍍廠的機油味總是積沉不散，一整天下來，油漬味像黏在鼻腔裡，洗刷不淨，連帶的整個人都自覺是灰色的。密莉安模樣清瘦，半長的鬈髮平日紮成下垂的馬尾，笑起來會露出不整齊的齒列，聽不懂而睜圓了眼時看來就有幾分孩子氣。她初次跨海工作，動作常跟不上機台的速度，老闆娘不時要她「慢慢來」，她一聽更急，怕被嫌棄手腳不俐落，每天上工時如臨大敵，超出她負重能力的成品，還是咬牙勉力搬抬。下背痛於是成爲慣性。

回到宿舍，大雅主動喊密莉安「妹妹」，兩個音都是平聲，親切好聽；她開心時雙掌合十，謙遜低頭，牙齒露出安靜的笑。密莉安不由得也合十回應，用身體表達好意。兩個人共用一個電鍋煮飯，中午匆匆趕回煮燙一點配菜後，多半是各自沾著辣椒醬和蕃茄醬，無暇對話。

大雅與密莉安的宿舍外形看來與其他廠房無異，入夜了才從一片闇黑中亮起孤單的燈光，恍然知曉尚有人居住。這宿舍原本也是工廠的一部份，一樓拿來辦公，二樓統共只住了她們兩人，一人一房，其他蒙塵的多餘空房倒像是敗落的豪門，空間愈大唯愈見其頹圮寒酸，夜深時說話都有迴音。但其實更多時候，兩個人一整天工作下來，回到宿舍只餘作飯、洗衣的力氣，沒多餘的心力來絞腦袋說中文表意。

密莉安睡覺時總要把大燈打開，會怕。她與大雅各自窩回床上和同鄉人講手機、傳簡訊，倦極入眠時，也許有一滴淚，也許沒有。

巷口有野狗低鳴。

●

早上八點多，熱氣騰騰的電鍍機身磨動低沉的機械聲響，密莉安的額頭已冒出細微的汗意。一陣摩托車馬達突然減速、引擎欲動還控的噪音，清朗的男子聲毫不遮掩地傳進工廠：

「Good morning!」

大家都轉過頭。密莉安立即臉紅了。

整條俊興街，外籍勞工不少，但密莉安是極少數的菲律賓人。說英文似乎是她的專利，這聲招呼明顯是對著她來。

且這不是第一次了。連續好幾天，早上開工後，中午休息時，傍晚下班前，總有這麼一個聲音，先是馬達聲，再來是理直氣壯的孩童般無邪地叫喚：早安！午安！晚安！晚安他說得不對時，總把 good evening 說成 good night，像在枕邊細語，無端有點親密感，叫人臉紅無措。

她沒敢認眞回望，眼角約莫瞄到一個台灣男人騎車離去的背影，小平頭，寬肩膀，藍T恤與休閒褲，一路騎到巷子底的拉鍊廠。她知道那家工廠，224巷絕無僅有的另一個菲律賓人奧利佛在那裡工作。奧利佛四十多歲了，早年組樂團到台灣西餐廳流動駐唱，直到景氣蕭條、飯店不再供現場演唱，他就轉入工廠做工。這樣的男人，在菲律賓與她幾乎是兩條平行線，同處一個時空裡也沒得交集。但在台灣，空間逆轉千里定焦在俊興街上，殊異的軌道反而接上了頭，彼此不免心生親切，有家鄉人般的可親、可信與可靠。

沒幾天，奧利佛就來找她要手機號碼了。他說廠裡有個台灣人許晉溢想和你作朋友；他說阿溢是老實人，會講一點英文；他說你一定早知道他是誰了。那個騎機車的背影。

密莉安的手機裡開始出現初階英語般的簡訊，泰半是問候語，像會話練習，祝你天天快樂，今天是個好日子，你好美麗。她默默看著，唇角綻放一朵笑意。

然後，阿溢直接打電話來了，說的是破碎的英文，東拉西扯像個手足不協調的孩子。溝通使用的語言是密莉安相對熟悉的，這使她立即在兩人關係中稍稍佔了上風，異鄉人的侷促不安都在對方說起外語時，得到安置、放心、從容，甚且得以俏皮。

她笑了，直接質問他：「你喝酒嗎？吸菸嗎？結婚了嗎？」

阿溢聽得懂，但找不到正確的辭彙回應，一時結結巴巴乾笑如俊興街上常見的外勞。最後他大聲用中文說：「我喝水啊，吸空氣啊，沒結婚啊。」每個字的尾聲上揚，像唱歌一樣。

她又笑了起來，露出好看的梨渦。可惜他看不見。

持續著，摩托車的引擎聲與英語招呼聲。有時下工後，阿溢到巷口接她去夜市吃晚餐。工廠老闆娘說：「密莉安，你交男朋友哦？是阿弟仔嗎？」

俊興街224巷的人都叫阿溢阿弟仔。他十五歲就來到拉鍊廠工作，大家從他是個小童工一路看他長成到三十歲。

阿弟仔國中畢業就從嘉義朴子來到樹林，那時的俊興街還沒那麼多商店，交通也不算方便，阿弟仔以廠爲家住了下來，從日薪五百元的童工做起，和當年開始大量引進的外籍勞工，一起住在工廠頂樓的員工宿舍。宿舍的牆上，貼滿了泰國或菲律賓家鄉妻小的相片，以及佛像和十字架、佛珠和聖母像。童工阿溢主動和外勞大哥學了些日常英語會話，有時還可以充當領班的翻譯。

那時期，景氣正好，股票一路飆升，生產線滾動的拉鍊成品一捲捲綑妥、裝箱，每天大卡車來來去去出貨。童工阿溢每天從早上八點工作到晚上十二點，有一種自食其力的堅忍，和接近欣欣向榮的想像。他配合所有加班，連上廁所都要小跑步速去速回，像是要把未能升學來作工的邊際效益，發揮到最大值，再多一點，再多一點，累癱了還是撐住。一個月含加班的薪水約二萬出頭。

當時，他怎麼也沒料到會在俊興街224巷一待就是十數年。總以爲拚命幹，再往前，會有不一樣的人生。

也不過三四年後，他的童時玩伴有人考上大學來台北讀書，有人高工畢業後來台北就業，而他勞碌終日的工作似乎未能累積成有用的社會條件，還是在原地。等阿溢服完兵役退伍後，台灣景氣已一路快速下滑，他簡直沒有太多選擇地又回到原來的拉鍊廠。同時，許家三兄弟把媽媽從朴子接來台北，一家人在俊興街附近的新興社區買了房子，排行老三的阿溢就近騎機車上下班，認份工作、繳貸款。

但工廠的加班時間愈來愈少，終至主要生產線都移到大陸與越南廠，台灣只餘訂單進出及零星作業。而母親焦心委託親友安排的相親愈來愈多，直到他在224巷的電鍍廠，看見密莉安在幹活，毛燥的捲馬尾一震一震。

阿溢整天找時間從巷子尾的拉鍊廠，晃到巷子口電鍍廠，再確認一遍她的模樣，記住她纖細的身量，黑亮的大眼睛，嘴角的梨渦。他回家練英文會話：「哈囉，早安，你好嗎？……」

●

這是密莉安來台的第二個冬天。

二〇〇三年初抵台灣時，她在三重的飛盟電子廠工作。那時候，一百四十幾個菲律賓女工擠在不到二百坪的舊廠房改裝的宿舍裡，除了雙層床的一席床位，外加一個統一格式的塑膠衣櫥，幾乎沒有私己的空間，幾個女孩不免常爲了誰又多放了什麼新的行李箱導致擁塞不堪而互相怨懟。但她與鄰床的麥洛、艾莉絲總有說不完的話，異鄉生活這樣疲累，又這樣新奇，即便是一成不變的生產線，也總找得到稀奇好笑的人與事。

實領薪水遠比勞動契約上明訂的少很多。要具領薪資單，就得先簽收一疊各式名目的扣款單，某個早上遲到三分鐘扣五百元、某天和某天和某天都產出不良品各扣數百元不等、上週五晚上回宿舍已超過門禁時間再扣二千元兼罰勞役……密莉安小心保留所有薪資單，繼續配合加班，再多一點，再多一點，她盤算著一年後還完來台前繳交的仲介費，就可以開始存錢了。

所有的夢想都排列在償清負債的後面。

到了週日，她們聚集到中山北路三段的聖多福教堂，擠在綠草如茵的美術公園、或幸福豪華的婚紗店前，拍下絲毫看不出超時工作的美麗倩影，與微薄的匯款一起，寄回家。

不到一年，飛盟電子廠開始積欠工資，惡性停工。密莉安一早去打卡，物料沒來，再走回外勞宿舍待命。沒工作沒收入，台灣工人已經有人留職停薪、另外打零工去了。但外勞不行，不能換老闆，不能從事許可外的工作，不能不續交每月一千八百元的仲介服務費。最後連菲籍華裔的舍監都返鄉不管門禁了，但晚上再沒人有心力說笑，多半皺著眉頭在祈禱：願神平息我的憤怒與不安，引導我度過難關。這是神的試煉，我要忍耐。神的旨意有祂的道理……

「我們去找神父好了。」麥洛揹起外出包：「一起去！」

「彌撒時請大家幫我們禱告嗎？」密莉安遲疑不定。

「我們總要做些什麼吧！」艾莉絲也穿上球鞋。

神父介紹她們到教堂鄰近的TIWA，這是我所任職的「台灣國際勞工協會」（Taiwan International Workers' Association）的英文縮寫，唸起來像中文的「踢哇」，爽口好叫，彷彿帶勁的集體足球賽。自從密莉安她們一波波湧進來後，TIWA所有組織工作者就日以繼夜進出飛盟的工廠、宿舍，協同數百名本地、外籍工人共同參與這場勞資攻防賽事，奮力踢球得分。

密莉安從沒料到她千里迢迢來到台灣，竟成爲上街頭拉布條抗爭的一份子。她在菲律賓看過人民軍抗議，看過工會大罷工，但她穿著窄裙白襯衫遠遠繞過抗爭現場，優雅地到銀行上班，在冷氣房裡數著成千上萬別人的鈔票，想像跨海掙錢可以帶來更美好的出路。可辛苦來到台灣後，她竟具體經驗了無薪可領、帳戶與護照都在老闆手中的困境，這才眞實嚐到被壓迫的滋味。

飛盟電子廠是股票上市公司，歷年來賺了不少錢，但利潤與資金全數轉移海外投資，連現有廠房都已經二度抵押了。股東大會上，老闆力陳海外設廠的美好規劃，上海、深圳、寧波都陸續買地蓋廠登記新公司，台灣游資已募集近億元，前景看好。但他絕口不提台灣廠的積欠薪資，總數不過數百萬元，就是欠著，欠著，被老員工逼急了，總經理才分發問卷調查，請員工自請離職，或留職停薪等待明年春天旺季開工再回復原職。外勞若不是提前解約，就返回家鄉放個長假吧，機票自付。

密莉安是當初最早來TIWA申訴的六個人之一，她像個好學生，幫忙收集連署簽名、計算資遣費，熱心負責，不搶風頭。拉布條時，她害羞地躲在後面；喊口號時，她滿臉通紅但聲音宏亮。

那一年冬天，熱氣騰騰的抗爭行動一波又一波，接連不斷。前途未卜，沒有人知道結果會是什麼。在外勞宿舍辦跨年晚會時，密莉安和麥洛自行排練迪斯可表演，她們頭上都戴著新莊夜市買來的橘色毛帽，宛如頂著綻放的花瓣，明亮奪目。

我至今記得那些轉圈圈的舞步，在喧鬧溫暖的飛盟外勞宿舍，像橙亮的花，朵朵盛開。

●

冬天結束前，總算確定飛盟關廠歇業，所有員工都一併討回積欠工資及資遣費，一百多名外勞準備轉換雇主。

密莉安從高科技電子業的全自動生產，一夕間轉換到俊興街的家庭式電鍍作業；由適百名菲律賓女工吵鬧的氛圍，到與大雅的相對無言。電鍍廠裡老式的機器笨重粗大，下物料、調染色、扛重物，都不是輕鬆的差事，起放間就是很大的體力勞動，她個子嬌小、瘦弱，更覺吃力。

週日來到TIWA，抗爭的記憶維繫大家深厚的情誼，擁抱與敘舊，誰誰誰轉到那裡去了，誰誰已經返鄉又到科威特去了，說不完的千絲萬縷、撒開四散的關係網絡。麥洛轉到紡織廠，二班制輪工每天都要十二小時；同樣轉到樹林電子廠的安，食宿費一扣就是四千元，宿舍裡還沒有熱水洗澡；還有吉兒與夏琳，一個月只休一天假，加班費僅以七十元計算……四散的同伴們夜裡互相交換情報，密莉安彷彿得了點安慰與支持。

好一陣子，密莉安入睡前總流淚，台灣冬天眞冷，只有兩個人的宿舍眞冷，電鍍作業太累太難太粗重，她輾轉反覆，夢裡都是溫暖的家鄉。但大雅待她溫暖，事事照應她；老闆娘豪爽友善，知道這差事粗重，主動給她們每個月加了二千元，還買腳踏車供她們方便到市中心採買什物、找朋友。就這一點溫暖與善意，密莉安撐了下來。

大雅才二十七歲，但看起來比實際年齡還老成些，她的性格堅忍、和善，埋頭工作時不喊累也不求助，只一回見她被故障的機器敲中右臉頰，直到臉都腫起來了才摀著手哭出聲來。

春天來的時候，大雅逃走了。

那個週末，密莉安和阿溢去淡水玩，晚上八點多大雅打電話給她，說是煮好晚餐了，要她回來一起吃。密莉安九點回到宿舍，大雅已經走了。

大雅也許曾想和她道別吧？她準備好了嗎？害怕嗎？

她們在一個純男性的電鍍廠共同工作、生活了兩個月，但語言無法溝通，沒能交心、分享。有一回，大雅接了一通家鄉的電話，激動地大聲咆哮，最終在廚房裡呆坐流淚：「妹妹，怎麼辦？怎麼辦？」她只能陪伴，相對無言。大雅在想什麼？她實在無從知道。

勉強要想像那個逃走的理由或徵兆，密莉安還是覺得：「她是太累太累了吧？那個工作，眞的很重很重。如果可以轉換雇主……」

如果可以轉換。誰要選擇逃亡呢？逃走，意謂著沒有勞保、健保、被欠薪或意外都無從追討，公權力站到你的對立面，警察不是尋求保護的對象，而成爲追捕你的獵人，大街小巷再也不安全。大雅可以逃到那裡呢？三個月後，老闆娘說大雅被外事警察捉到了，立即遣返，五年內不得再來台灣。

密莉安再也沒見過大雅，也從來沒能忘記她。

●

春節期間，密莉安原本說好和其他飛盟女工到我家過年，但當天她沒來。

麥洛說：「密莉安今天有約會，她談戀愛了。」停頓半秒，像揭開一個神奇的謎底：「是台灣人！」

Lane 224, Junxing St.
俊興街224巷　(029)

中山北路三段

儘管向更遠處走去，向一個生疏的世界走去，
把自己生命押上去，賭一注看看，
看看我自己來支配一下自己，
比讓命運來處置得更合理一點呢還是更糟糕一點？

——沈從文，《從文自傳》

十八歲時，幼年喪父的陳淑華從朴子來到繁華的台北。

那是六〇年代初期，俊興街那樣的工業區還沒成形，如果再晚個十年，淑華應該會像全台灣數以百萬計的年輕女孩，一起湧向加工出口區，戴著口罩在生產線前焊接電子零件吧？又或者，她這樣勤奮的鄉下女孩，應該會戮力向中盤小盤商接各式代工回家，默默實踐「家庭即工廠」政策，在繡珠花、黏貼聖誕燈飾、剪毛衣線頭……各式代工中，日夜打拚。

但那時的淑華，除了勇氣與毅力，沒有太多選擇。她就像同時代類似出身的女性，很早

就學會剪髮、洗頭，並據此很吃力地扛起一家生計。

直到十八歲她決定北上討生活時，這個意志強韌的少女，身邊還帶著兩個弟弟同行照顧，她安排好弟弟進入木工廠學作師傅，自己則進入延平北路大稻埕熱鬧的街道巷弄中，繼續美容理髮的行業，並因此認識同在永樂市場賣布人家的小兒子許久雄——後來許晉溢的爸爸。

淑華喜歡看書，像是《羅蘭小語》等清新小品最能呼應她的心情，沒人客上門的漫漫長日，她總會趁著老闆娘外出辦事，翻看僅有的幾本散文。彼時年輕俊俏的久雄從幾條街外的布店走來，不經心似地拿書借她，不經心似地攀談幾句就瀟灑轉身走了。書頁中夾著約會的字條。

她回家在同一頁上看了又看，字條上的筆跡被聚焦、擴大了，看不見其他印刷字體，只餘一個中山北路約會的預告。

●

六○年代的中山北路，是台北市最壯麗的一條街道。

從日據時代就作爲「敕使街道」而風華獨具的中山北路，在戰後更成爲國民政府的「國道」，盡頭的日本神社改建爲中國宮廷式圓山飯店，直通總統府的中山北路依舊是金光迤邐的一道錦帛。一九五○年韓戰爆發後，台灣一夕之間成爲美國反共版圖的前哨站，第七艦隊進駐協防，美軍顧問團在中山北路三段廣建營區、司令部、眷屬宿舍。

那年代，所有時興的、外來的、最有風頭的東西，都集中在中山北路。久雄與淑華先在圓環（當時這個各線道路集中收束、人潮擁擠熱鬧、吃食種類繁多、容百川納千人的圓環，誰料到會在下一個世紀初，由市政府改建爲透明、突兀、難以近身的怪異建築？）吃了東西後，就併肩（連手都不敢牽）走到楓香蓊鬱的中山北路，一路緩步北行，到最有派頭的圓山大飯店外，看台北市夜景。

沿途，都是大使館、領事館、咖啡廳、酒吧、飯店，出入大半是金髮白膚的洋人，偶而有夾道開路的黑頭車成列駛過，也許是哪個大官正駛向或駛離士林官邸。大馬路沿線裝設成排的雁翅水銀燈。

這樣一個外貿、外交的集中展示，彷彿炫耀珠寶般，淑華感覺自己眞的置身台北城了，是不一樣的人了。久雄與她同齡，但自小在市場裡長大，他說話這樣機智有趣、見識這樣廣泛豐富，她又緊張又開心，台北讓人迷惑又刺激。

他們走過剛開幕的國賓大飯店，暗色的落地玻璃門與晶亮垂墜的燈光，眞叫人目眩神迷；他們走過專賣原文書與唱片的敦煌書局，與他們同齡的穿牛仔褲的年輕人大方進出，而那分明是另一個神祕高貴的世界；他們走過馬偕醫院、雙連教會，生死與宗教在台北都彷彿被擴大了般的氣派、莊嚴、新穎，與她所熟悉的朴子鎭上的小診所、老廟，那麼的不一樣。

再越過民權東路，就是晴光市場了，裡面大半是委託行、精品店，在那個禁制出國旅遊的年代，所有罕見的舶來品幾乎都是美軍或家眷夾帶來寄賣的，每樣東西都稀奇精巧，價錢貴得不得了。福利麵包店、聖多福教堂、漢清旗袍店……走馬燈似的櫥窗，中山北路三段飄浮著舊官仕派頭、與異國租借地的混雜氣味，這裡是在地的他鄉，置身其中還是個外人，不知何以令人羞怯、興奮、大開眼界。他們路經農安街、德惠街，巷弄間酒吧林立，有年輕的美國大兵對她斜斜吹了聲口哨，她紅了臉撇過頭去，久雄的表情是這樣得意。

走不完的中山北路，綠蔭藍天宛如電影畫面，理容院的寒傖、布店的操勞、每天晚上酸痛的臂膀與浸藥脫皮的雙掌，似乎都是昨日之身。

●

鏡頭拉遠一點，時間拉長一點，從全景全知的視野俯瞰，我們可以看到中山北路兩側樓層疊高拓建，路旁的楓香旁又加種了安全島上的樟樹，八線車道上小轎車的數量快速增加了；而淑華與久雄散步的影像緩慢移動、近乎停滯定格，他們就這樣在中山北路約會、走了整整十年才結婚。她像個小媽媽拉拔了弟弟都當完兵、成家了，才敢考慮自己的未來，兩人結婚時都二十八歲，在當時算是晚婚了。

這十年間，越戰開打，台灣和菲律賓同樣成爲美軍後勤基地，爲美國侵略、攻打越南提供軍事基地、後勤補給、裝備修護，以及，前線士兵的休閒、性消費樂園。中山北路更加妖嬈美艷了，雙城街開滿了美式酒吧，頭髮在新國都燙得飛捲的吧女，挽著剛從南越叢林撤退來台渡假的美國大兵，走進堂而皇之提供性服務招待的樂馬飯店。

理容行業，原本在農村極土氣寒傖，但在都市大飯店裡又搖身一變成爲極時髦的差事。

淑華後來轉至新國都大飯店工作，中山北路的外交使節、觀光客、以及營區的美軍還會包團來理髮呢，店裡的小姐且曾被招待參觀美軍營區，她至今記得美軍福利社出售的晶亮禮品盒，炫耀華麗的包裝，罕見的螢光色澤，令人嘖嘖稱奇。但現在，在台北街頭，啊不，甚至在她的故鄉朴子街頭，都四處可見奢華一百倍的禮盒了。

這個鄉下小姑娘在大城市裡鍛練了不少國際經驗，她見多識廣，談吐自有一種自尊自重，不會輕易大驚小怪。她很專業地說起黑人的小捲捲頭要特別留意，東方人的頭髮習慣是逆著髮流向上梳，再拉起來剪就行，但黑人的小捲捲若要逆流梳可就結成球團了，非得順流梳齊了再倒過剪子來理才行。原本剪一個頭八十元，美髮師與店家對分，也曾經因爲翻譯還是有意，美國大兵逕自掏了八十元美金付帳，還外加五元小費。彼時台幣與美金是四十比一，這個價錢幾乎是她半個月薪資，令她至今津津樂道。

淑華在那個歷史交錯點上，像島上多數力拼生存、儉省儲蓄、脫離貧窮的人們一樣，完全沒察覺到同爲美軍駐地的菲律賓與台灣，在冷戰對峙結構下的共同命運，以及同被鎮壓封鎖的反抗運動。

她認眞工作，爲做到出手闊綽的美軍生意而欣喜不已。淑華靈巧的手藝輕輕滑過這個年輕美國大兵的後腦勺，也許他上一次旅程才去過馬尼拉、宿霧買春，回越南不明所以地浴血殺戮後，再捧著優沃的度假津貼來台灣買醉。淑華沒想到，幾十年後會有一個來自菲律賓的媳婦進入她的家庭，和她共同居住，並且生下台菲混血的，她的孫子。

現在，淑華都六十五歲了。她的頭髮燙到齊耳，染了紅棕色，看起來很有精神，穿著打扮也很講究，出門買個菜都要攬鏡搭配一番。像她這樣在美容行業中待過的女人，多半是永遠不會讓自己看來邋遢，她們有一定的品味與計較，對穿著細節特別講究，不見得花梢、昂貴，就是注意著，不容隨便。淑華做了一輩子理髮師，對毛髮齊整、色澤特別挑剔，自然也注意搭配的衣服花色。

而那個十八歲離家、敏感又沉重的異鄉客心情，還一直停格在已然六十五歲的淑華的記憶表層，無須翻尋，不招即來。她說台北人都好忙啊，不懂的事要問人，也不見得有人搭理；她說想家想得嚴重，可過年過節時才捨得花錢擠站票匆匆返鄉。

「那時候，」淑華端了盤切好的鳳梨給我，眼神映著年少的光影，有霧：「半夜一聽到火車聲音，眼淚就掉下來！」

但她節制地沒再浸溺其中，反而轉過身對著密莉安，用閩南語說：「咱攏是艱苦底做起來的人，知咩出門在外的辛苦。」

這是歷史說書人的補白，一口氣就跨越二代移民長達四十年的距離。

我知道密莉安一句也聽不懂，但她識得這個口氣的親切、同情、與理解。她於是抱起剛滿月的孩子，貼近淑華：「阿嬤抱抱，好不好？」

淑華抱過孫子：「做人，我沒在分台灣外國啦。雖然是外國仔，就是有困難才來台灣討生活，咱就要更加疼惜。」

而中山北路確實因爲越戰開打，而更加繁華、富裕、多彩多姿，以及被壓抑的抗議與衝突。因應大量長、短期的駐台外交及軍事人員，聖多福教堂於一九五八年設立於中山北路三段、德惠街口，全面以英語進行彌撒。同時間，台灣在資本主義的邊陲位置，以廉價且無污染管制的土地、優惠的外資免稅條例、及受過九年國民教育的高品質且便宜耐操的勞動力，吸引了大量的國際資本來台。中山北路於是拓展至六、七段，在天母聚居了挾著國際資本的高階經理人。

階級與種族優勢的異國風情，沿著中山北路向北延伸一路綴飾小酒吧與麵包店。

等到淑華最小的兒子阿溢也來到台北討生活時，昔時繁華的國道早已成爲過去。狂飆的股市現出疲態，本土資本南向又西進，關廠失業的台灣工人從中山北路四段的新光士林紡織廠響起震天怒吼，來自東南亞的外籍勞工正式開放引進台灣……歷史在這裡出現了未經計劃的轉折：大量信奉天主教的菲律賓勞工在週日湧入聖多福教堂，因應而生的攤販、商圈、人潮聚集，改寫也啓動了中山北路的新樣貌。

彷彿才不久前，淑華和久雄這一對年輕的戀人，在楓香綠蔭下徒步約會的場景尚未自記憶淡出，跨越新世紀的影像已佔據主畫面。現在，我們看見許晉溢和密莉安在德惠街口停下摩托車，牽手走入週日的中山北路三段，嘈雜、熱鬧、小販林立、人潮洶湧，他們約會的身影幾乎被淹沒在更多約會的身影中。

這時的中山北路早已沒落了。整個台北市商圈快速向東移動，信義計劃區動輒一坪上百萬，所有新穎時尚的玩意與娛樂都在東南向，昔日國道已一如圓山飯店的宮廷風光不再，新興的台北一〇一以玻璃帷幕象徵跨國與本土資本的雄偉，已遠遠凌駕黨國勢力。

菲律賓商店、餐廳一一進駐原已關閉的沿街鐵門，等待週日，欣然開啓。

密莉安和她的朋友們，有一個共同的辭彙：中山拜拜。「中山」特指中山北路三段延伸聚集的一整個菲律賓商圈、公園、路邊攤，「拜拜」則是到聖多福教堂望彌撒。「中山拜拜」是台灣特有的、菲律賓族群的動態聚集。

這裡是台北的「城中之城」，本地人的他域之境，密莉安在異鄉的故鄉。

●

週日早晨，阿溢的摩托車停在俊興街224巷，等密莉安穿上乾淨、貼身、有別於平日勞動時的體面衣著，她的手環上他的腰，沿環河道路飛駛，過一個橋，再一個橋，直抵中山，參加九時整的那場英語彌撒。

聖多福教堂的立面由白色長直窄窗、紅色磚牆、及水泥鏤空花磚交錯而成，望彌撒時，陽光從頂處窗櫺斜射而入，潑灑在淡藍牆面的佈道台上，坐在梯級座椅上的阿溢，總不免分神於偶被飛鳥或樹搖擾亂的光與影，昏然欲眠。

拜拜眞是苦差事啊，阿溢說。他家的佛堂每天由媽媽燒好香、供奉鮮果，他只偶而陪著去廟裡拈香、抽籤，人神自來自去，牽掛不多。可天主教的彌撒，每個環節都閃失不得，誰在什麼位置、司什麼職，都清清楚楚，縱有歌聲、應答，還是不免叫人緊張。

但其實眞正叫他緊張的，恐怕也不是儀式，是環境。陌生的語言、陌生的儀式，他看見這些平日沉默的外勞都變了個樣，自信而有神采，神父佈道時說的笑話他聽不懂，在哄堂笑聲中他爲自己的沒能及時反應而悄悄羞赧不安。密莉安不時要側身爲他解說，有時又不免忙著和前後左右的朋友招呼、或者專心聽道而沒能搭理他，他這才眞像是置身異鄉，還得佯裝進入狀況，以抵擋著實無法忍受的重重睡意，一小時下來萬分疲憊。

後來阿溢就乾脆躲到晴光市場旁的麥當勞，在熟悉的跨國速食店裡，點一杯檸檬紅茶、吹冷氣、看報紙。

十時整，阿溢起身去接密莉安，教堂裡湧出大量的菲律賓人，她們一個個興高采烈，每個人手上都有大包小包的東西，逛完街的、自備餐點的、還有連雇主小孩一併帶在身邊的。他看見密莉安了，她的梨渦從人群中跳出來，若隱若現像發著光。在一式一樣的牛仔褲、貼身T恤的裝扮中，他總能一眼辨認她所在的位置。

有時候，密莉安戀戀不捨和朋友笑著互相搶話，像高中女生喋喋不休；有時她皺著眉，也許是聽說哪個舊識被遣送回國了、誰的老公外遇了、誰的薪水被莫名其妙苛扣、或者誰的三年期限快到了下週就要走了……她平常在俊興街電鍍廠工作，穿著寬大的、多起污漬的運動衣褲，黯淡沉默。週日的她神采飛揚，特別漂亮。

她像是忽然巧遇他似地，說：「啊！」帶幾分害羞神情地介紹他給朋友們認識：「這是許、晉、溢。」

女孩子們快速交換著猜想是對他的意見，不時笑成一團。

他說：「嗨！」

他抱著雙手站著，禮貌地笑，知道自己是被討論但無法傾聽的焦點，像罩在透明隔音筒內，與外界對視卻不對話。異鄉。

中山拜拜的密莉安，整個人似乎都舒展開來，像清晨的花，自在地昂首、舉臂、綻放，鮮麗異常又輕鬆如常。阿溢反而有點退縮起來，擔心自己的英文不夠好，擔心自己剛騎過摩托車，頭髮被安全帽壓得有點傻氣。他因爲置身語言陌生的環境，不禁有點氣短而謙虛。換他傻笑與微笑。

●

中山拜拜，舉目盡是漫步的、疾行的菲律賓人，脫離「外勞」低調順從的身份，回復成爲一個完整的人，無所顧忌地精心打扮、痛快說母語。

卡拉OK的歌聲從永遠客滿的菲式自助餐館傳出，商店門口置高的對外電視螢幕播放熱門菲語節目，騎樓外圍站了上百人專注觀看，一旁是廉價衣飾皮包手機涼鞋剪指甲賣電話卡的小販，時常更新。公園與人行道都有人野餐、笑鬧、睡覺，阿溢路經時幾乎像是誤闖別人客廳般地困窘。

跨入二十一世紀的中山北路，咖啡廳及酒吧都所剩不多了。晴光市場轉而賣起台灣小吃；農安街旁的萬萬百貨，過去是舶來精品店，現在全部改頭換面，成為專做菲律賓生意的「金萬萬」商城。阿溢跟著密莉安進去買洗髮精，像迷宮一樣零碎小坪數的雜貨鋪總有三、四十家，從金飾、租書、按摩、理髮、美容、服飾、餐飲、匯兌、到抵押借貸應有盡有，還有擠靠成排、再無空間放置飲料的網咖，沒有人打線上遊戲，專注的面容全貼著視訊和遠方的家人通話，在公開場所進行私密情感交流，彷如集體的懇親會，情緒飽滿，流淚吵架也無人大驚小怪。

拜拜完，他們多半會再繞到教堂附近的TIWA，和組織工作者見面、聊天、求助諮詢，和也一樣常來的飛盟老朋友敘舊、訴苦、探問近況。

「密莉安去年的退稅一直沒領到欸，」阿溢拿著她的居留證和薪資單，對比著算計：「國稅局說是仲介早領走了，這要怎麼辦啊？」

「要簽委託書，要去國稅局查資料，要去找之前的老闆和仲介……」我也在觀察他，不知道這個人好不好。

「很困難嗎？」

「只要你會說台灣話，就方便多了。」

「好。我來辦。」

「你要有始有終哦。」我半調侃他。

「當然啊。」

打從初次約會起，阿溢就盤算著密莉安契約期滿回菲律賓前，他只有半年多的時間可以努力，教她中文、帶她認識家人、進入她的中山拜拜，還有跨國婚姻複雜繁瑣的程序，他打定主意不找仲介，一切自己來。

彼時外籍配偶在台灣的人數已破三十萬，都市、農村、部落裡都可以見到抱孩子、照顧老人的東南亞籍年輕女孩。可一旦上了媒體，大抵都是有問題的，她們若不是甚有心機利用台灣男人來騙錢的，就是狀似無知可憐，被台灣家人凌虐、訛騙、先虐後棄的；她們若不是很可惡，就是很可憐。一篇篇學術論文出爐，「買賣婚姻」、「商品化婚姻」的研究與追究，看似要拯救這些婦女，但更像是一把緊箍咒，未審先判地狠狠鑲嵌在她們的額頭，昭示標籤，斷絕一切平常夫妻的可能想像。

這個戀愛一開始就朝向婚姻發展，密莉安有點害怕，又有點開心。他是認真的嗎？真的嗎？結婚好嗎？她真要長居台灣嗎？

聽說外籍配偶可以自由換老闆、不必繳仲介費、不受居留年限控制，種種相關政策似乎都較外籍勞工好上許多。可是，外勞隻身遠渡重洋，薪水可以自由處置，下班後有個人自由，當了台灣人的妻子，還能夠工作嗎？賺了錢還可以寄回家嗎？可能得負擔無償的家庭照顧，可能與姑嫂公婆同住，可能……結婚和找工作畢竟不同啊，密莉安原本只想短期移動，多賺點錢，長點見識，沒料到遇見阿溢，未來的生命出乎預期地轉了向。

像是一場豪賭，一下注就是終身。而她手上的籌碼並不多，連猶豫的時間都不夠。

從農村、到都市、到海外的遷移之路

只有一波波不結冰的浪潮
像我的被拉長又拉長了的手
撫摸著漸漸漸漸遠去的海岸線
——初安民，〈台北，如果落雪〉

密莉安出生於一九七九年的菲律賓南部農村卡拉塔根，距觀光城宿霧還要四小時的車程。

那一年，菲律賓又簽下新的美軍基地協定，形同繼續受美國殖民。二次大戰後一度在經濟發展上領先亞洲各國的菲律賓，當時已因官僚腐敗、經濟上高度仰賴輸出美國軍備的單一產業，終至越戰結束後通貨膨脹嚴重，滿街都是找不到工作的人。執政的馬可仕政府推出「勞力輸出政策」，一波波失業的菲律賓工人離鄉背井到沙烏地阿拉伯、美加、中東、歐洲……四散工作。此後三十年，移工匯款成爲菲律賓主要的外匯來源。

同一年，台灣的中正國際機場正式啓用。二十四年後，年輕的密莉安加入總數已逾七百萬的菲律賓海外移工潮，從宿霧搭機到馬尼拉，再從馬尼拉遠離故鄉，在一個初冬的午后抵達台灣。生平首次出國的她，激動萬分地貪看這個全世界幾無二致的國際機場，和同伴們不知疲倦地拍照留念，他鄉異地，到此一遊。當時她並不知道日後她還會多次來回。

卡拉塔根的童時記憶幾乎都是農田、動物、菜園、與市集，南部的陽光烈艷，她只記得：「我那時候天天在田裡玩、工作，曬得好黑啊。不是你們以爲菲律賓人的黑，是像黑人一樣的黑。」

密莉安的父親在市場裡買賣牛羊，母親則張羅家務兼雜貨鋪的小生意，忙不過來時，家中六個孩子還得聘僱同村的婦女來照顧、幫傭。是的，這個穿越城鄉、國界的幫傭連鎖鍊，一環環扣連不同條件的勞動婦女，依不同貨幣的價差製成鍊條的材質，以資本主義世界體系的國界爲座標，上下浮沉。相較於同時間在嘉義朴子許晉溢家庭的低落與貧困，密莉安的家庭，無疑是菲律賓社會裡稍具條件的，得以掙有一點積蓄或借貸抵押，以盤算更好的出路。

要遷移，還得有點資本與能耐，例如仲介費，例如外語能力，例如年輕與膽識。而菲律賓高等教育的普及，也使得他們在被選擇的履歷上，有較多的優勢。

●

密莉安的大哥，很早就成爲家中第一個海外移工，一次商船出海就要一年半才回來。跑船是極辛苦的差事，但國際商船領美金薪給，幾個弟妹也就在哥哥的支持下都讀了大學。排行老五的密莉安，成績總保持在全校十名內，國中時就領有德國的獎學金，她也很自豪因此爲家裡節省了不少學費。

十七歲，密莉安第一次遷移到宿霧城裡唸大學，度過安靜而寂寞的四年。宿霧是西方「發現」菲律賓群島的起點，長達三百多年的西班牙殖民史也從此地開始，至今城內仍遺留大量西式建築，並成爲著名的海灘度假景點。在宿霧，英文不僅是官方語言，也是觀光城的必要勞動工具。

密莉安在浮動喧譁的觀光城，過著最閉塞孤立的生活，讀書讀書讀書，拿很好的成績，領獎學金，她甚至沒去過酒吧或舞廳或其他年輕人常去的娛樂。讀書讀書讀書，那是她唯一能想像累積就業條件的出路。畢業了，就可以賺錢養家了，她想，畢業了，就好了。

失業浪潮中，無所事事的人浪蕩街頭，密莉安順利搶到一個不錯的銀行工作，月薪七千披索。這算是很好的差事了，令人稱羡。但她很快就發現，城市生活的花費太大，她每天在銀行裡數鈔票，但每月薪水還是存不下來，工作兩年多了，她對家裡幾乎是無所回饋。她踩著高跟鞋上班，有追求者也談了戀愛，但生活還是單調、單純一如封閉的女學生，對這個城市陌生、無以自處。熱鬧的宿霧城，白天都是外國觀光客，入夜了就是在地遊民，希望如暗夜的星光，太遙遠而無以照明。

輾轉的，密莉安聽聞很多朋友都已到海外，或正在申請海外工作。這似乎是一條更趨光明的路途，未知的成敗，值得放手一搏。

如同我所認識的許多勇敢的年輕移工，密莉安的夢想泰半承擔著家人的需求：兩個尚在就讀的弟弟、收入不穩定的年邁父母、日漸敗破的農村。她盤算著海外的高薪，決心要趁年輕力拼幾年，分攤家庭重擔，也爲自己存錢在宿霧買房子、作小生意。她喜歡城市的便捷，要掙點資本在城市裡存活下去。

當時才發生一名菲律賓女傭在新加坡被雇主殺死的慘劇，父母兄長都不贊成她出國，怕不安全。媽媽希望她就近回農村當老師，但密莉安知道農村沒有活路了，在卡拉塔根，務農或放牧都無以維生，市場上買賣的果蔬鮮肉，大多是美國進口的。

這個外表柔順的女孩，毅然辭掉銀行工作，與男友分手，獨自到馬尼拉找機會。她借了錢付房租、付仲介費，申請到台灣作工，臨要出發前，SARS來襲，到手的差事不了了之；她轉而申請到中東，換來一紙到杜拜當醫院看護的勞動契約，後又聽說這仲介騙了不少人到了中東才發現只是當清潔工，她把護照要了回來，押金還是被扣了。前後五個多月，在馬尼拉等待、面試、找資料、換仲介、住宿、受訓、付仲介費，總計花了台幣十幾萬，比她兩年的銀行薪資還要高。

如此，非來不可了。沒有退路。一退，就是負債斷崖。

●

二〇〇三年十月十七日，密莉安記得這個初抵台灣的日期，不必思考就能直接反射說出，她的斷代史切割點，離去與開啓。

她和其他四十五個菲律賓女孩穿著同樣仲介公司的T恤，搭乘繞道轉機近八小時的廉價航程，抵達台灣。人一多，根本沒想到害怕，只有相互激盪愈見高亢的期待：新工廠什麼樣子？新老闆什麼樣子？新同事與台灣人什麼樣子？她腦子裡忍不住描繪未來的景像：精密科技空調大樓、玻璃旋轉門、全自動作業流程……啊！台北。

出關後，仲介就直接帶她們飛奔署立桃園醫院進行健康檢查。事實上，申請來台工作時，健檢證明早就是必備文件了；確定被飛盟錄取後，再檢查一次；來台後，又檢查；此後每六個月，她還要不斷自掏腰包付錢健檢。密莉安想，她莫非是申請要飛上無菌的外太空了？如此精挑細選最健康、年輕、無缺陷的勞動力，她們很可能是全台灣最乾淨安全的一群人了！日後她才知道，她們這一群標示著「外籍勞工」的人，連在火車站捐血的權利都沒有。

健康檢查，不是確定你的健康，而是恐懼你的帶原；要確認你不髒，正因爲打心底認爲你是髒的。

車抵外勞宿舍時，都傍晚六點了。天色已暗，但還是分辨得出一整排三重老舊廠房的簡陋建築，灰黑的高牆，剝落的漆色，敗壞的鐵門拉動時發出鏽金屬的刮聲，一樓堆滿凌亂的包裝、零件、物料，鄰近還有數條野狗了無生趣地躲在暗角。密莉安的興奮瞬間被澆熄，整部嘈雜不休的遊覽車一時陷入靜默，不可置信的靜默：啊，住這裡啊？這不是倉庫嗎？這是台北嗎？

爬上老式的狹窄水泥樓梯，一、二、三樓都分租給其他工廠的倉庫、包裝部門，明顯可見的易燃物四處堆疊，入夜了還亮著幾盞日光燈，疲憊不堪的工人埋首趕工，沒有人多看她們一眼。第四層樓，才是她們的宿舍，長廊兩側的牆上還隱約可見機器拔除的鏽痕，房間一律沒有門，當然也沒有窗戶，長廊的盡頭是水泥地、粗陋搭建的衛浴及洗衣間，成排的衣褲滴著水晾在室內，沒有廚房、不准用電鍋。密莉安的房間共有十二個人住，行李都來不及整理，只能四散放在地上。

等輪到她洗澡都超過十點了，停用熱水，她哆嗦著打理好自己，疲憊至極卻無法入睡。是時差吧……她不敢多想。

●

次日開始上工，從宿舍走路五分鐘到新建的工業大樓，呼！有電梯，有空調，密莉安大大鬆了口氣。電子科技的全自動作業，工時甚長，幸好台灣同事很願意幫忙，密莉安再度鬆了口氣。而眞正叫人放鬆的，還是外勞宿舍把所有人都壓縮到同一個條件平台，密莉安甚至比在宿霧時還交了更多朋友。

「在外面不要用手吃飯，台灣人會覺得很奇怪，以爲我們不愛乾淨。」說話的是艾莉絲，她聰明、有主見，已經二度來台，不時會主動照顧新來者：「不要一直打電話回家，太貴了，想太多會瘋掉。」

之前在馬尼拉市場賣便當的麥洛，講義氣又頂會苦中作樂，她和密莉安都剛結束在菲律賓的一段戀情，兩個人有說不完的心事，一起相約在宿舍跳舞，一起到中山拜拜，一起學搭公車去新莊夜市。

密莉安的手機裡，有數十個手機號碼，多半是「同一批」的。「同一批」意指同日搭機來台的移工，她們多半在馬尼拉一起受訓，勞動契約同時起同時訖，被扣的所得稅率同等計算，就算轉換到不同企業，何時終止契約、離開台灣都可以預期。同廠同批，命運與共，若有誰提早離開台灣，大約就是被強迫遣返了，其他四十五個手機都會同時收到簡訊。

一百多個菲律賓女工的外勞宿舍，由仲介公司統一管理，舍監的權柄寫在密密麻麻的「外勞宿舍管理規定」裡，從門禁、到就寢晚點名、到洗衣晾衣、到不順眼的拖鞋。

「走路這麼大聲，再吵就記過！」

「手機通通關掉，半夜吵到人要罰錢！」

「睡覺了！誰還在說話？」

舍監巡房的狠聲警告，從這個隔間傳到另一個隔間。

密莉安和麥洛就在晚點名時，被逮到忍俊不住的笑聲而被罰過錢。她甚至目睹舍監捉姦似地掀開蒙住頭臉睡覺的人的被單，像是逮現行犯。記過、罰錢、處以勞務、厲聲管教，宛如軍營。

抗爭高潮，外勞宿舍完全鬆綁，工人自治管理，竟成爲飛盟最令人懷念的記憶。她們輪流排班打掃、拖地、倒垃圾；她們開會、討論、任務分工；她們規畫最不花錢又最熱鬧有趣的各式派對，TIWA的工作人員每次都受到最慷慨的款待。我們共同享受自製的飲料、沙拉、炒麵、與肉湯，還有花俏好笑的遊戲與表演，徹夜狂歡。次日再排練行動劇、寫抗議標牌、與本籍工人討論抗爭策略、派代表參與勞資協商。

TIWA搬家時，無工可上的飛盟外勞每天輪班來幫忙，螞蟻接力地把整個辦公室徒步搬到一百公尺外，資料檔案、鍋碗瓢盆、多語雜誌圖書、VCD、桌椅、書櫃，還有我們堅持不丟的歷年抗爭布條。TIWA新家的沙發冷氣電腦錄放影機全是網路上募來的二手物資，獨缺電視。

二〇〇五年元月份，飛盟抗爭結束，就要進行外勞轉換雇主作業，一百多名女工從此四散到台灣其他工廠。我們帶了酒和零食參加宿舍裡的告別晚會，有人彈吉他唱歌，有人抽菸聊天，有人朗誦離別詩句。臨睡前，艾莉絲拿出一個十公分立方、彩紙包裝好的小盒子：「這是我們的小禮物，讓TIWA買電視。」

素香接過禮物，順手搖了兩下，小盒子裡匡啷作響：「咦，都是銅板？」

大家都笑了。密莉安說：「我們只有零錢呀。」

床邊堆疊著打包好的行李，走道上還有等待海運返鄉的大紙箱，都已用大紅膠帶封箱註記。明天就要離去。

那時候，我們都以為明天雖然未必更好，但終究是一個新的可能，新工作新契約新收入，新的流動與勞動。第二天的轉出過程，即便是緊張的氛圍還是難掩興奮，期待的欣喜遠超過離別的不捨。又哭又笑。不料集體轉換雇主後，後續衍生的問題沒完沒了，我們忙著到機場攔住那被新雇主立時遣返的外勞、到工廠簽切結書把委屈受怕的女工重新帶回宿舍、逼著官方親臨勞動現場調查……一直到過完年，提早解約返國的、確認工作上手的、二度轉換才留任的，紛紛塵埃落定。這個飛盟小禮物才又從資料堆疊的抽屜裡，悄然乍現。

靜如打開彩紙盒，一捲捲紅色百元鈔票，及散落的大小銅板，沉甸甸。總計一萬四千零八十三元。

想像她們像奉獻給教堂一樣，每個人投錢入箱，有的可能是早上才領到的強迫儲蓄金，有的是扣掉早餐剩餘的一元、五元硬幣……那時她們已經三個月沒領薪了，只暫時爭取到一天二百元的吃飯錢，小盒子輪著、傳著一人過一人，一元十元儉省著捐出來，給TIWA買電視。

至今每週日都有外勞來看新聞、影片，電視機從不曾閒置。

●

飛盟的外勞多，大家同吃同住同工作，情感相對緊密，與本地工人的接觸有限。眞正和台灣人交往過的，只有白晰明麗的吉兒。

同一條生產線上的台籍小領班曾熱烈追求她，因爲語言不通，約會不到半年就不了了之，可大家都知道，眞正的原因還是和密莉安同批進廠的夏琳。夏琳長得清秀俊美，唇紅齒白，酷酷的表情其實是因爲害羞。吉兒大方明朗，協助新來的夏琳上線工作，協助到臉紅心跳。半夜裡花布簾子垂下來，她從上鋪溜到夏琳的床上，窩著說不著邊際的悄悄話，夏琳輕輕吻她的髮，她像是驚訝，其實更是期待已久。始料未及的自在。

他鄉異地的女生宿舍，禁忌的框架若有似無，成雙成對的身影都加了蜜。吉兒原本是那種在男生群中很吃香、很擅用性別優勢的女生，每個工作都不乏對她特別照顧的人。遇到夏琳，她竟爾只想照顧她，從此領班什麼的都進不了她的視窗。

宿舍裡的女同性戀這樣公開，密莉安在家鄉聞所未聞，一開始見到她與她手牽手，密莉安害臊難堪，好不習慣，但共同抗爭多時，自己都能上街頭喊口號了，對愛情的界線也就鬆動了。

很多人家鄉裡有婚約、有小孩，到海外仍不免要戀愛。這樣苦，互相給予安慰，菲律賓人笑稱ＯＦＴ，Only For Taiwan，只限台灣。天主教徒不能離婚，ＯＦＴ無法共同寄望未來，且返鄉後各自有家庭要負擔，只能是有期限的戀情。倒是我所認識的在海外相愛的女孩子們，幾乎都會共同規劃未來，約滿返鄉後繼續移動他鄉。至今三年多，當初在飛盟一起打拚的同性伴侶們，吉兒與夏琳在杜拜、萍亞與楊在科威特、還有心碎的艾倫來信說艾爾莎嫁人了……

移動使原有的社群更凝聚，使原有的顧忌鬆綁，密莉安大開眼界，離開家鄉後才直視家鄉人。她不曾想過要和台灣人交往，覺得不可能有未來。

直到轉進俊興街224巷。阿溢與她雖在同一條巷子工作，但密莉安工時長，宿舍沒有室內電話，手機就成爲關鍵橋樑。剛戀愛時，阿溢天天電話殷勤問候，每連線就要一個多鐘頭。

我笑他：「你英文沒這麼好啊。」

密莉安立即搶話：「我聽得懂就好了。」

阿溢的英文完全是自學來的，能說簡單的基本會話，讀、寫都不行，但他不退縮，兩個人約會常待在新莊夜市的肯德雞，各點一杯檸檬紅茶，他勤快地教她中文。桌子。車子。我的心。你的頭髮。你想我嗎？肚子餓嗎？男朋友。杯子。房子。小孩子。

假日他騎車載她到處走，陽明山、淡水、大同山、三峽、士林官邸、木柵動物園……摩托車來來去去，置物箱裡總備妥兩頂安全帽。

他載她去金山，防風林再過去，就是海岸線，密莉安興奮大叫：「台灣也有海！」

她來自七千多個群島所組成的國家，家鄉濱海，人與水的關係就像土地、空氣一樣，都是天生自然的一部份。怎麼也無法想像同是海島的台灣，因著戒嚴、兩岸對峙，長長的海防線多半是軍隊駐紮、人民禁地。她一來到台北就陷入濕熱盆地，人與海的距離這樣遠，阿溢也是個旱鴨子。

「以前我只知道中山，不曉得台灣這麼漂亮。」她說：「以前想以後不會來，一直拍照拍照，怕來不及。現在，慢慢來。」

「塔拉卡根才眞的是漂亮！」阿溢把話接過來：「一邊是山，一邊是水，空氣好，天空藍，眞的好舒服啊。也許我們老一點，也可以回菲律賓長住啊。」

透過愛情，透過急著讓對方多知道自己一些，彼此都開了新的眼界，看景看物都要牽連到自身的生命了。移動的速度因此像是滾入口袋的糖果，烺出點交錯氣味，也不免纏附毛屑與殘餘，與週遭都有了關連，有重重線索可以探究滋味，難以一口嚥下。

朴子、台北，蜿蜒迴轉的島內移動

他站立在堤防上
身體像鋤頭柄頂著太陽
陽光正深深踏在他的肩背
他的影子在堤防邊折了腰

——詹澈，〈變賣夢土〉

他對「窮」的印象，來自一雙磨開了口的鞋，穿很久。他在學校僅只體育一科拿好成績，一雙跑不快、跳不高的鞋，是心中很大很深的遺憾。

阿溢是一九七七年出生的。就台灣的年代排序來說，都是六年級後段班的人了，理當是經濟飛躍期成長的、似乎不容悲慘的故事。他的窮困在普遍已無太多欠缺的同齡孩子中，顯得份外醒目——也許只有他自己耿耿於懷也不一定。那被標示爲已然富裕的、相對自私的、有活力沒理想的一整個世代，似乎都與他格格不入。

他的童時記憶是，認份的窮，不會爭不會搶，只有舅舅來訪時，才敢要求買些新的文具用品，平常則是鉛筆削到只剩一小截還不丟，不敢丟；心中兀自焦躁著，功課不敢寫，怕再來沒筆可以用。

●

四十年前在中山北路散步的年輕戀人，淑華和久雄結婚了，接連生了三個男孩，許晉溢排行老三。聰明機巧的久雄好做生意，他從家傳的布店獨立出來開了家海產店，酒喝得凶，四十歲不到就罹患敗血症，身上都是膿瘡，酒還是喝，不喝全身都抖，對外欠了好幾萬元的債務，尚未清還又有新債。最終，全家人只好躲回朴子老家，淑華重開家庭理髮，逐年慢慢償清債務。

「那時候的人也沒算什麼利息的，十幾年慢慢還，也就還完了。」淑華是見過大風大浪的人了，說起往事還兀自慶幸：「要是現在，卡債啊什麼循環利息，愈滾愈大，怎麼還也還不完。」

「我不敢辦現金卡。欠卡債，只能燒炭自殺。」阿溢這樣加註：「窮人不能欠銀行錢，人命比債務小。」

至少，當時的農村是窮不死人的。淑華自製洗髮精、開家庭美髮院，好兼顧家務與工作，但還不夠還債，她於是和人合夥田事，種甘蔗、高粱、土豆，一年二期農收，補貼家用。至於那個聰明俊俏的久雄，只存在於發黃的相片、和淑華的記憶了。對阿溢來說，自小看到的父親就是個酒鬼，失意的、失敗的父親形象：「我只要看到他就躲得遠遠的，他一直在喝酒、罵人，連睡覺都在喝。」

母親的形象因此十分巨大。一個女人獨立扛家計，辛苦可想而知。

我們一起吃飯時，淑華就看著魚頭有感而發：「三個小孩要營養，有魚有肉一定留給孩子，我只敢夾魚頭魚尾配飯吃，騙孩子說媽媽愛吃骨頭。哎喲他們也相信，長大後母親節去餐廳吃飯，還特別要留魚頭給我。」

這個說法異常熟悉，包括我的母親在內的很多台灣媽媽們，都會在上了年紀時不約而同說出類近的喟嘆。我有時不免懷疑，那時代所有的母親都默默地牽連上一條神祕的發聲筒，複誦同樣的語意與情境，奇怪都這麼一致，都這樣騙孩子、犧牲自己，像是不如此謊稱就會被含淚的孩子攔著不讓你犧牲似的。而未曾有過飢餓經驗的我輩孩童長大了，就會在某一個已爲人父母的年歲，聽見你的老母親開始訴說她的隱忍，同時訓斥你太不知足，她們一面幫你餵食那個嘟嘴只看卡通不吃飯的任性孫子，一面提醒你不知感恩惜福。

但淑華的喟嘆不只如此。無成就地返鄉，像是攤開的傷痕，人人都側目。

鄉人們印象中能幹漂亮的少女淑華，在四十歲那年回來了，帶著三個稚齡的孩子，和一個依靠她、壯年卻生病而無以工作的老公，一身負債地回到原鄉。就島內移居的邏輯來說，北上是尋求更好的生活，回鄉時不外是禮物與更時髦的打扮，短暫停留探親就足以令人稱羡；若舉家從台北回流，除非是衣錦還鄉，蓋新房子、做新事業、開創鍍了金且不同凡響的局面，否則多少是會被嘲笑的。

更何況他們的負債與窮困，一覽無遺。

「有錢是眞好，沒錢回去，人家會說：恁台北人是有多稀罕？還不是落魄轉來下港？」

即便是當時才五歲的阿溢都感受到了。

那是一九八二年，根據中央銀行統計：台灣的外匯存底正式突破百億美元！多麼重大的經濟指標啊，但於他全家人的債務無濟於事。數據的喧譁翻騰與小人物的現實生活，天差地遠。而這個外匯數字還在漲，再過五年，很快就會上翻五倍，突破五百億美元了。但家徒四壁的還是家徒四壁。

貼金戴銀的台灣經濟如迎神明的鞭炮聲，窮人蜷縮在街角也會被四散的炮竹屑彈到小腿肚，他乍醒來已陷身暖煙火香的瀰漫中，嗅到躍躍欲試的願望與欲望，於是他愁苦的臉面也放鬆了，甚且好似帶著笑意。

或者有那不認命的、不滿的，如我這一代的人很難忘記的老兵李師科。他戴上鴨舌帽、蒙上口罩到土地銀行持槍搶劫、叫喊：「錢是國家的，命是自己的！」校園裡一時蔚爲風潮，不少膽子大的男同學都扮成搶匪四處嚇人，像是搗蛋但更像是驚羨。不到一個月，遭刑求認罪的王迎先掉落秀朗橋，而把搶來的四百多萬元全包在牛皮紙袋裡竟是想留給房東女兒唸大學的李師科，迅速落網、槍決。

在一個快速向上發展、累積財富的時代，李師科所代表的部份人，都被掃落到邊緣，像是沒趕上最末一班火車的旅客，在夜色的車站徘徊、踟躕、無處依歸。

阿溢一家人就是從夜色的車站，匍匐離去。逃難似地從繁華的台北退回朴子原鄉。

●

那個年代，人人都在儲蓄，學校不時要同學們買防癆郵票，阿溢總是極少數、甚至是唯一黯著臉、不吭聲也不交錢的那一個。所以，他總是在打球，總是在打鬧，他不是成績好的學生，學校的榮耀都沒他的份。

他是台北來的孩子，理應高人一等而沒有，加上根本沒錢上幼稚園，一進朴子國小就十分吃力，老師們都假設同學已有基礎國語、注音、數學能力，他措手不及進入一個孤單的文盲處境。聽不懂，籐條伺候，似乎是責怪：這孩子怎麼這麼笨？教不會？但其實是根本沒被教過就受到處罰。

他經常被罰掃廁所，還有擔任放學的糾察。大家都知道糾察隊不是個神氣的位置，那是功課比較爛的男學生特有的標記。阿溢個子高，當了很久的糾察隊。他維持秩序，但那分明是一個對他不友善的秩序；他協助同學離校，但他永遠最晚離校而未受獎賞。那是處罰，責怪他學業跟不上、考試考不好。整個國小六年級他都是那個被判定爲不聰明、沒有獎賞的學生，異樣的眼光他從小就知道，無從抗辯。

除了體育。他是足球校隊，他不怕跌倒、不怕流汗，他專注心神、合群協力，但凡動用體力的科目，他都很好。但這個位置沒有榮光。

一九八八年蔣經國過世，連續三天都只看見黑白電視，娛樂場所全面停止營業。阿溢十歲，在烈日的操場上跪著服喪，每個孩子都別了一朵白線花，全校默哀像是過了一百年，不必上課不必寫作業，就是一直一直聽哀歌、聽演講。只有在那個時候，大家才都是一樣。一樣的白花，一樣的不准動來動去，不准笑。

多數時候，是不一樣的。他的書包裡，鉛筆都用到最短最短，幾乎要用手指捏著寫字，握不穩，不小心就劃歪了，可他沒有橡皮擦，寫錯字只能用食指沾口水塗掉，於是一團一團黑糊糊像傷口結痂般的修改痕跡，留在幾乎被搓破的作業本上，欲蓋彌彰。不光彩的寫字簿，寫對寫錯都註定了是個難堪的分數，沒辦法像那些有自動鉛筆、白色擦布、彈開來會閃著紅綠燈的雙層鉛筆盒的孩子們，先就在整潔光鮮的衣著上給人奮發、聰明的印象，字跡也這樣穩定、乾淨。一如同班的縣長的小孩。

二十年後，他仍記得這個、那個醫生或縣長或老師的小孩，他們的作業本不會結痂留痕，他們燙洗過的白襯衫與黑皮鞋這樣威風，老師對他們總也笑顏逐開，像是寶貝一樣。榮光在那裡。

「童年很黑暗啦！」阿溢一揮手下了定論。

國中不一樣，只要有人用心對待，總有不同。

他還是沒補習，還是一開學同學們都早在暑期補習班就學會了ＡＢＣ，還是又一次重溫了「聽不懂」的惡夢。但班導師鄭美玉不一樣。她是那種對他來說很有距離的外省人，說著濃厚捲舌音的國語，打罵同學一如其他老師般毫不手軟。不同的是，她也花額外力氣陪伴阿溢及其他功課不好的孩子學習，放學後，成績不及格的孩子留校繼續做功課，鄭美玉不厭其煩地一個個教導，還是凶，還是罵，但阿溢知道自己被用力、也用心地對待。其他孩子也知道。

因著一個「很肯教」的老師，阿溢彷彿一夕間開了竅，成績開始直線上升。聽來比較像是為了洗刷之前多年的冤屈，阿溢用功讀書像奮力打球一樣，竟至國中三年都拿前三名，滿抽屜的獎狀，還屢屢被選上班長。原來他真不是笨。

他唸的是朴子最後一所公立男校，有那花俏的學生穿了喇叭褲被教官當場持刀剪掉褲管，還有訓導處前公開被理成光頭的小流氓。阿溢不是記過、鬧事的那一型，但時代的記憶都存在腦海裡，一調帶就播出共同的校園氛圍，解嚴多年，但中學裡還有教官，髮禁也還要再過幾年才會解除。

整個台灣社會，股票上飆萬點，房價節節高昇至一般受薪階級再也無能購買。希望與絕望同時浮動。家裡的債務還沒還清。

國中畢業，鄭老師特地到家裡遊說媽媽，主動挹注未來學費，好讓阿溢繼續升學。但他自己早早作了決定：大哥二哥都輟學作工還債，他不能獨享特權。幾經討論，家人們都覺得「家裡至少要有一個孩子讀高中」，這是九〇年代了，高中學歷已是最低門檻，總要保留一點機會。阿溢於是報考嘉義市建教合作的高職，想兼顧工作與學業。

十五歲的他，隻身北上淡水，白天工作晚上讀書，班上同學多是東部、或南部來的貧窮少年，他們白日做著全職工人的勞動，夜晚上課時多半打瞌睡、補眠、累得睜不開眼睛，老師也不忍叫醒他們。師生皆有志一同地撐著，要撐到一個基本學歷。但老闆沒能撐這麼久。

開學才一個多月，工廠惡性倒閉，學校停止建教合作。阿溢被迫中輟，經叔叔介紹來到俊興街拉鍊廠當童工，切斷了舊時友伴的音訊，無眠無休加班與趕工。

一九九六年，正當千里外的密莉安移動到宿霧讀大學，阿溢工作的拉鍊廠也開始資本外移。公司先後在深圳、越南設廠，規模比台灣大了數十倍，員工數字也膨脹得驚人：「便宜啊，雇一個人力只有台灣的十分之一！」爭先恐後的資本湧向對岸，國家政策引進廉價外勞也沒能挽留產業外移的腳步。

阿溢心裡早有準備，他是線上操作員，不是白領人員，像他這樣的技術工人，未來的出路唯有接受指派，移動到杭州或胡志明市當管理幹部。台灣廠的訂單愈來愈少，他的年紀輕但年資長，要待到退休只怕是沒有希望，但要離職又恐怕找不到更好的機會。懸著，不敢多想。

現在俊興街224巷底的拉鍊廠，只有一樓還開工，二樓堆放舊機器及物料、成品，三樓宿舍則空盪不再有人居住了。阿溢已經很久沒加班了。老闆成本估算得清楚：本勞加計年資後薪水高，付加班費不划算，但一個外勞可以抵兩個人用，加倍工時也增加不了太多人事成本。現實與政策都在爲資本家的利益盤算，本勞外勞於是被置放在一個看似「搶飯碗」的天平兩端，像是同一條生產線的對立者。但實際生活中，分明是外勞愈被剝削，本勞愈沒有出路，唇齒相依恐怕才是眞相。

二〇〇五年初，密莉安轉換雇主進入俊興街224巷工作，阿溢經過電鍍廠時見了她，心裡有個印象。回去後跟同廠的菲勞奧立佛說：

「欸，那個電鍍廠來了個女生，好像是菲律賓人，你要不要去打聽一下？」

我的中山北路

我輕輕把腳步聲栽進土裡
迅速忘掉它的所在。而
所有被忘了的事
將在我記得的部份盛開

——羅智成，〈清晨〉

我對中山北路最早的印象，來自父親與母親在圓山動物園約會的相片。那時他們剛訂婚，搭了八小時的對號列車從嘉義連夜到台北，理應是疲憊不堪但看來卻是神采飛揚，在長頸鹿的大鐵籠前拍了張合照。年輕的爸爸穿了一身卡其服，英俊挺拔，媽媽則是齊膝的洋裝，白布鞋，還有小花傘，一面對鏡頭就下意識巧笑倩兮。應該是請路人幫忙拍的吧？大樹篩落了一身細碎的枝葉殘影，夏日好天氣。

不知道，不知道那個畫外音，他與她語言不通，可有什麼交談？

那是媽媽生平頭一次上台北，緊張又興奮，倒不是因爲約會。而爸爸曾在台北國防部工作的這項資歷，確實也令南部人刮目相看，此次帶媽媽北上探視老長官，多少有點炫耀的意思。同一個時間，淑華與久雄也在中山北路約會。我的父母曾經與阿溢的父母擦身而過嗎？他們也曾經在轉角停駐，不動聲色地猶豫著要不要買一杯眞的是太貴了的果汁嗎？

很多年以後，我與姊姊玉珍也有一次機會跟著爸爸到台北榮總，探望與他同抵台灣二十餘年卻才剛輾轉相認的表姑丈。一樣是連夜搭火車，一樣是搭車的人遠遠多於綠色塑膠皮套的座位，那時的火車座椅大多可一百八十度旋轉成兩兩相對，方便同行的人相對談笑，自成包廂。我們沒有座位，爸爸在兩個相靠的椅背夾縫與地面形成的三角洞穴裡，鋪上報紙，把姊姊與我兩個小人兒塞進去，竟自成從容有餘的臥鋪。那眞是太神奇了，上台北欸！我與玉珍安適躺進奇妙的穴居，像一種特權，舉目盡是很多雙累壞了、不住變換重心的腳，我們躺平了還是激動萬分，在列車齒輪咬合聲中，搖晃入眠。此後多年，長夜裡火車上的穴居都還是我們二人津津樂道的共同話題。而爸爸，似乎就一路撐擠著到台北，應該是沒得闔眼了。

下車時，晨曦初露，鐵道前方的薄霧與灰暗的天橋，就是我對台北最初的印象。那一回，我們車行中山北路直達石牌，探完病後，又沿著中山北路回程到三段的圓山動物園。我甚且不記得大象或者孔雀或者獅子（眞的我看見長頸鹿了嗎？），單單記得車窗外的楓香，陽光交織錯落在三尖瓣的綠葉（楓葉不應該是五爪殷紅的嗎？），枝頭上不時可見張牙舞爪的墨黑刺果，睜大了黑眼睛從綠葉縫隙間向外張望（我想，走在樹下被墜落的刺果砸到了，一定很痛吧？）。

再過幾年，我的大姊、二姊陸續從嘉義商職畢業了，她們與同學一起北上謀職，四散到台北縣或桃園縣的紡織、成衣加工廠，在木板隔間、沒有對外窗戶的女工宿舍寫信回家，編織「爲將來爲著幸福甘願受苦來活動，有一日總會得著，心情的輕鬆」的願望。她們大多活潑開朗，易哭善笑，不加班的時候逛夜市吃冰慰勞自己，領薪水的時候先想到家人。過年前，姊姊們會帶著華麗的禮物返鄉。

我國小一年級時，曾擁有一件無袖削肩、長裙及地的粉紅色晚禮服，全身上下都不可思議地鑲滿了亮片與滾邊，不可思議的隆重與華麗。這是我十八歲的大姊素銀在台北賺錢帶回來給小妹的禮物。

可是那個年代，那個年紀，我到何時、何地去展示我的禮服呢？於是有這樣一張相片，是唸高中的二姊素梅與同學們帶我到清華山玩的合影。相片中才七歲的我，神情十分怡然、但穿著確實不合時宜的粉色小禮服，在一群著軍訓裙的樸素少女中，與她們同坐在廟口的水泥石階上，像一個流落民間的小公主。

像這樣不合時宜的禮物，三十年後，我在密莉安及她的朋友們海運回鄉的大型行李中，一再一再看見而瞭然於胸：毛絨絨的大型仿冒泰迪熊、一旋轉就流洩音樂聲的金髮碧眼娃娃、酷炫多彩的太陽眼鏡、螢光西洋尺寸的大T恤、粉色日系海灘鞋……等，幾乎無一實用、但非買不可的大大小小禮物。

那是移駐勞工返鄉的必備品，一如三十年前年輕的我的大姊。

●

一九四五年，二次世界大戰結束，我的母親才十歲。

她記得讀國民小學的頭二年還受著日語教育，跑防空洞是家常便飯，後來還被疏散到海口老家以躲避轟炸機，糊塗間遷移回嘉義時已是四年級，學校一夕間轉變成中文教育。政權原來又變了。我的母親順著大時代隨波逐流，其實日文、國語都沒學好，反正生活週遭的人都說著閩南話，夠用就好。時代的轉變只顯現在一些零星的「聽說」，好比說：聽說日本人要走，有些鄉里間比較大膽的人會去打家劫舍，把過去失落的一口氣討回來；又或者是，國民黨來了幾年後，有個常來買雞的外省籍老師，聽說半夜被警備總部捉走了，從此連他的妻小都不曾再見過。

外公那時在市場擺攤賣雞鴨，小販人家雜役不少，母親從小勤快，廚藝是普通，但擦擦洗洗倒是做得俐落仔細，跟著外婆忙東忙西似乎遠比做功課來得順手。她自知生得美，即便天沒亮就要洗雞、拔雞毛、凍雞血、泡雞心，出門做買賣時，她還是能保持著衣裳乾爽不被血跡沾染得狼狽。這才真是學校裡教不來的專業知識，一輩子受用。

戰後四年，我的父親隨著國民黨軍隊一路吃敗仗撤退來台，時年二十二歲。我小時候，歷史書上說抗戰當時，全國熱血沸騰，十萬青年十萬軍都搶著報國，我也就一心認定了爸爸該是那個穿中山裝、書讀了一半就上戰場的熱血青年。戰爭與流亡，當時都被美化成一種昂揚氣勢與生命情境。悲壯與愛國是同義辭。

一直到父親過世了，我與玉珍千里迢迢跨海到江西廣豐探親，一句家鄉話都聽不懂，透過堂兄表姊的翻譯，才慢慢從八十歲老長輩的口裡，一點一滴拼湊爸爸的童時、少時。

爺爺是中國革命前最後一代地主，富裕家庭養成了他一生只會打順風球，稍有違逆便賭氣放棄，躲到古詩詞與鴉片煙裡。至爸爸六歲時，爺爺就過世了，聽說是鴉片吸多了，臨終的生命依然渾渾噩噩。遺留下已明顯敗落的家園，全年收穫的農租還是讓孤兒寡母三餐不繼。我爸爸讀了私塾、小學，家裡就再沒錢讓他繼續唸書了，只能到二伯開設的布店當學徒糊口。

那個小店員，應該是不快樂的吧？他深思寡言，終日搬運布料、剪裁布樣、計帳換零，稍有空閒就埋首一小冊書卷，這樣的一生要走到那裡去呢？他愁眉不展，甚少歡言。後來，國民黨招兵到廣豐，他決定從軍以脫離他的家鄉及命運，但長輩們不准，怕亂怕苦怕沒出息。半夜裡，小店員什麼也沒帶，就逃家隨著部隊走了。隔日，身體羸弱的奶奶一個人走了幾個鐘頭的遠路，帶了幾件衣服、被單送入軍營，託人轉交給那個逃家的抑鬱少年，怕他冷。

後來的歷史，我們都知道了，國民黨軍隊一路節節敗退，向南移，過了海，躲到濕熱的小島。他總共離家了四十八年，至死未能返鄉。

這個在家鄉連中學都沒唸過的年輕人，卻在戰時的軍隊擔任文書官，亂世裡軍階一路快速晉升，來台除役後重又入學深造，後半生竟爾成爲一名老師，用濃厚的廣豐腔在高中教授國文、三民主義。一直到我也高中了，認識同齡的父親的學生，我才知道父親的鄉音多麼讓學生難以理解，宛若天音，無人聆聽。而同一個時間，我卻也在某日清晨見父親在前院踱步許久，說是夢見早已亡故的奶奶，這樣歷歷在目、年輕秀麗的模樣，正急切對他說著什麼啊？四十年未曾聽聞的廣豐家鄉話，他在夢中竟是完全聽不懂了。

「爲什麼是國民黨？」曾經，也長到二十歲，受到台灣八〇年代左翼社會運動啓蒙的我，莽撞向父親提問。心中不免有點遺憾爸爸爲什麼不是選擇了進步的一方。

「亂世啊！在我的家鄉，跟著共產黨是要砍頭的。」他嘆息了，謹慎地說：「有理想很好。可那是亂世啊，個人沒得選。」

他的一生，多半是辛苦的。幼年喪父，少年流離顚沛，沒一天好日子過。中年成家，等待餵食的人口大增，他只得在學校裡日夜兼職，勤快的媽媽婚後在村子裡賭博也很是勤快，最終至傾家蕩產，兩人離異。父親終生期盼護衛一個完整的家庭，也未能如願以償。

可那個時代，苦的人太多了，時代的浪潮把人推過來、推過去，沒太多事是自己作得了主的。我的父親內斂、自苦、謹慎，很多老兵愛話當年勇，他並不，他埋頭作飯、洗衣兼養小動物，最大的休閒是到後山散步、到村子口下棋。媽媽賭輸時借貸的範圍擴及學校、鄰里、同鄉會，爸爸默默兼了更多行政工作，也不去下棋了。村子外的黑道在家門口堵爸爸下課回家。

我記得他遠眺的神情，記得他就著日光燈笨拙地縫補弟弟磨破的制服，不言不笑，人際間拉開了距離。而我長到二十歲，學會批判與攻擊，卻還沒學會怎麼主動跨過去、貼近身。更沒學會看懂他移動的印記鏤刻的傷痕與癒力。

●

我父母親結婚那年，越戰正式全面開打。之後十數年間，源源不絕的美軍被輸入中南半島，炸毀了無數的公共設施、道路、地下水道、電力系統……以及數不清的除草劑、化學原料遺害後幾代的人體與環境。提供美國大兵性服務的中山北路，當然看不到這些，這裡是烽火線的後台休憩站，承平歡娛。也許曾經有哪個陪酒女郎，無意間瞥見出手闊綽的年輕軍人在酒後驚惶啜泣，才隱約拉開簾幕一角，照見前台戰火的錯謬與殘酷。

我出生後，四十歲的父親辦了退伍令，北上就讀師範大學三民主義研究所，逢週末日再趕回南部團聚。當時，這一批隨軍隊來的人，早在台灣待了十七、八年了，「一年準備、二年反攻、三年掃蕩、五年成功」的口號，已成過眼雲煙，而以美國爲首、全球性撲殺共產黨人的白色恐怖也漸趨疲弱，在台灣的國民黨開始鼓勵爲數龐大的軍事人員轉業，減縮兵力。

彼時北上讀書的父親，也曾經行走在中山北路林相蓊鬱的街頭，甚至到敦煌書局買過原文書嗎？至少，我在父親過世後的資料裡，看過他以類似寫書法的筆跡，一句句抄寫著制式的英語會話。而家裡的書房，也曾參雜著幾本陳舊的、無人閱讀的英語書刊。

二十年後，我也因爲就學而移居北上。圓山動物園正式搬遷到木柵，自中山北路三段開啓浩浩盪盪的動物大遊行，蔚爲奇觀。那時還沒有集會遊行法以規範麥克風、路線、時程，警察也尚未拿捏出示警、舉牌、捉人的街頭攻防節奏，動物們在籠子裡觀看台北市街景，有點急躁不適地原地踏步。當時的我，認眞閱讀才三大張的黑白油墨報紙，下意識仍在搜尋長頸鹿的蹤跡。但媒體的焦點是大象林旺。

這場遊行，彷彿也是中山北路開始褪去華美外衣的一個隱喻，大小獸都往東南方震動而去。再過幾天，民主進步黨會在幾百公尺之遙的圓山大飯店正式成立。同時間還有鹿港反杜邦、台中大里三晃農藥廠毒氣外洩、安強十全美關廠女工抗爭、後勁反五輕……各式運動議題如伏流出土，整個台灣社會都在騷動不安。

我在天母、士林打工，經常搭公車在中山北路來來去去。車窗外的綠蔭如昔，但街景的沒落如此明顯，高貴的服飾店與專櫃早已向東區遷移，且台灣已然開放出國觀光，沒有人需要到委託行裡買昂貴的洋貨了。新的地標與商圈取代了舊的，永不饜足消費的城市。我和朋友們讀了一點影印的左翼書籍，開啓了全新的認識世界的方法，而社會運動也慷慨地開放、滋養彼時的大學生。我無法不重新思考並選擇，自己終究要成爲什麼樣的人？

騷動不安。伏流持續激躍上岸：山胞正式改稱「原住民」（此後政治修辭學不斷推陳出新，二十年源源不絕，從四大族群到新台灣人，外省人改稱新住民，外籍新娘改稱新移民女性）；十九歲鄒族青年湯英伸殺害雇主一家，無法挽留地速遭槍決（再過二十年，同樣證件被扣、不分日夜工作沒有休假日、最終持刀砍殺雇主的，就換成外籍女傭了）；台灣解嚴了。

解嚴後的二十年，我有幸置身於社會運動的脈絡中，成長與學習。我進入基層產業工會，成爲專職的社運組織工作者，進入一個不斷下降的社會位置，放下大腦袋，貼近工人的眞實生命。我於是成爲複數的我們，進入集體的行動與利害盤算，對未來的想像不再只是單線個別的條件積累。我們學會對勞工政策進行利害分析，看懂工人的薪資單背後的成本算計，和印刷廠的黑手半夜下工後一起到中年娼妓的阿公店喝酒，和職災截肢的年輕工人一起求職被拒再嘗試，趕到機場攔住一個被迫無薪遣返的外籍勞工……我原本想改造這個社會，卻最先面對如何自我改造。投身社運，歧途找路走。

新世紀開始，我們租屋進駐中山北路三段，鄰近聖多福教堂。週日時，TIWA的廚房是放假的菲傭煮食家鄉菜，客廳有廠工收集好薪資單來申訴變相減薪，還有生病的看護工半躺在沙發看電視。我們沿著中山北路舉辦外勞文化展演、舉辦二手衣物交換；組成移工自主團體開會討論、集結抗爭；大型鷹架展出移工拍攝的相片，和台灣社會對話。當然我們也遊行，組織本勞、外勞一起走上街頭，媒體的關注不如當年對東移的動物們。但我們沒有鐵籠。

我們在假日的中山北路，走路、跳舞、爭吵、討論、大聲說話。沿路的楓香與樟樹雖有不同氣味、體態、與枝葉，但墨黑粗礪的樹幹卻如此類近：無以複製的厚實、挺拔、有溫度，像是少數可以承載歷史刻痕、轉述給後人知曉的記事材質。

●

我童時經常探險的牛稠溪，從嘉義市郊蜿蜒流經民雄後，就開始稱作朴子溪，全長達七十五公里，沿岸土壤肥沃，人口聚集，主要流域穿越水上、朴子、布袋，最後在東石鄉入海。

在朴子溪的上、中游間，我與阿溢曾經有過近十年的交集，爾後先後因就學、就業離開故鄉嘉義。直到二十年後，因為密莉安，我們在台北的中山北路又重逢了。

追求幸福的權利

當一片羽毛落下，啊，那時
我們都希望——假如幸福也像一隻白鳥——
它曾悄悄下落。是的，我們希望
縱然它們是長著翅膀……

——林泠，〈阡陌〉

密莉安約滿離境那天，每到一個定點，阿溢的電話隨即響起。在宿舍整理行李，他來電：「等一下就要走了…」抵達機場，電話鈴響：「要保重啊…」出海關、登機前，每一個流程都有他一路告別。等到密莉安的易付卡手機斷了訊，一抵達宿霧機場，來接機的大哥手機也響了：「密莉安到了嗎？」

之後天天熱線，無一日懈怠。「我明天去辦單身證明。」「你收到我寄的DHL嗎？」「明天要去拿戶籍謄本英文版，你也要記得去辦。」「昨天去買電話卡，才一百五。」……

大抵就是這些瑣碎的事。像過五關，像一個最堅固的承諾，告訴她：「我沒忘。」

三個月後，阿溢和淑華媽媽飛抵菲律賓，正式到密莉安家提親、舉行婚宴，綠草地上席開二十桌宴請親友，還請了法官來證婚。

婚禮上，賓客間鋪了一條長長的紅地毯，密莉安的父母穿了高墊肩、寬鬆袖口的菲式禮服，陪伴她走到中途，再依習俗放手讓她一人獨自走向盡頭，盡頭是阿溢與婆婆。就在放手的那一刻，密莉安眞正感覺到別離，走向阿溢的路就是移居千里的未來，她的淚流了下來。阿溢也哭了。紅毯兩頭的三個老人家都淚流滿面。

「那個主婚的法官說，辦過這麼多婚禮，第一次看新人和家人都哭成這個樣子。」阿溢實況轉播這一段過程，半是嘆氣半是得意：「這麼辛苦才走到這一步，眞的很不容易欸！」

「我也不知道爲什麼，就一直哭一直哭，都快走不動了。」密莉安指著相片：「看，這是我爸爸、媽媽、奶奶、大哥……」順著點名，她的聲音愈說愈小。海角天涯。

「阿妹仔在台上說在台灣沒有親人，以後就靠我們照顧、教導；阿溢也說若是爸爸也在場多好，媽媽自小帶大三個孩子不容易……」淑華媽媽描述婚禮的情景，又紅了眼眶。

那場婚禮，每個人都湧起不同的心事與往事，情緒被擴大了，整整五個鐘頭的慶典一再延長，到後來甚至來不及讓賓客在新人身上貼鈔票以示祝福。

祝福得來如此不易。

他們交往一個月後，媽媽主動問他，一天到晚講英文電話，是不是和工業區的外勞在交往啊？

「你會不會看不起東南亞的？」

「大家都是父母生的，怎麼會看人不起？」淑華按捺著心中的驚異不安，小心地說：

「我只怕文化不合。」

「若我們合，你願意嗎？」

「語言不通，很難呀…」她遲疑著，還是鬆口了：「先帶回家來看看好了。」

這是阿溢第一次帶女孩子回家，大家都很慎重，能說英語的二嫂還特地留下來翻譯。但密莉安太緊張了，她慌張失措，整個人僵硬得胃都痛了。她聽不懂也開不了口，格格不入，坐立難安。異鄉人。陌生人。外來的人。奇怪的人。

淑華私下打了不及格的分數，悄悄抱怨：「不要娶外國的啦，太麻煩，說話又不通，不知道她家裡有沒有問題。」

阿溢難得違逆媽媽的意見，他氣急敗壞：你們不懂啦，外國的也是人！他婉言相勸：再試試看，她很好，眞的。密莉安第二回來訪，大哥一家子都在，有孩子在場，她放鬆不少，低著頭淨顧著和孩子玩，這才知道要笑。在異鄉，唯有動物與小孩可以不經言語、傳達最直接的善意。

這回過關了。家人們都說她這麼疼小孩一定是好女生，是有禮貌、好教養的人。媽媽只叮嚀阿溢：「自己要的，以後不可以抱怨。你要給人家安全感，別娶娶又擱後悔。」

我父母親那一代，村子裡多是語言不通的婚配。很多老兵娶本省籍、原住民女孩，經常也僅只媒人介紹見了兩次面，就決定了婚期與未來。婚姻有風險，特別是資訊不對等的狀況下。可每個時代，都有條件不俱足的男與女，在有限的機會中，藉由婚姻，尋求可能的幸福。

我的母親二十八歲時，前夫因操勞過度罹患肝病死亡，留下四個女兒。她一個人在市場擺攤做買賣，大家都說這女孩又乖又美又會做生意，手腳伶俐討人喜愛，有刻意把攤子搬到她旁邊的，也不時有人來要主動作媒，完全不知道她是四個孩子的寡婦。知道了就打退堂鼓了。

婆家待她刻薄，四個不帶把的孫女不受重視，丈夫一死就像是再無關連，鮮少聞問。那時候，四姊玉琴甫出世，年幼的三姊玉燕感染了彼時狂掃全台的小兒痲痺症，媽媽一個人帶著四名稚子，又要工作又要持家，撐到四姊滿週歲也只能送人扶養。外公不忍心，開始幫媽媽找媒人。後來朋友都笑她，又不是少女，連改嫁都讓父母作主，實在太古意了。

這樣一個女人，其實在婚姻市場上是沒有太多選擇的。而我的父親，彼時來台十五年了，像很多的外省軍人一樣，總算認清楚反攻無望，回鄉不成，也積極想落地生根、娶妻生子，但他們多半是婚姻市場上的弱勢。父親原本也有個交往中的台籍女友，因女方父母不同意嫁外省人而作罷。娶一個中年寡居的台灣女人，恐怕也是父親有限條件下的選擇吧？

他們相親的地點在冰果室，外婆和阿舅女友陪同一起去，媽媽只管低著頭，根本沒敢抬眼看對方的臉，全程互相說了什麼也完全沒印象。最後臨走前，外婆要爸爸寫下住址好向人打聽他的人品，再考慮考慮。

「可是要向誰打聽啊？我們根本也不認識什麼軍營裡的人！」多年後媽媽說著忍不住笑了。

我則是暗自琢磨，我家外婆很有一套啊。媽媽拖著三個小孩再嫁，條件委實不好，但外婆這一聲可就佔了在地人的置高點，虛張聲勢，擺擺架子，眼下全是我方的地盤，好唬唬這個外地來的大兵！很顯然的，我母系的親人在這場相親局勢中輕易就佔了上風，是挑選者。

也就在爸爸拿筆寫地址的時候，媽媽才順著低垂的視線，清楚看見來人的手，白淨的、厚實的、漂亮的讀書人的手。媽媽不愛讀書，可向來對讀書人有好感。

「就是看中他那雙手啦！」媽媽後來說。

可還有個難題。當初媒人說對方是「吃縣政府頭路，在糖廠工作」，結果見了面才知道是營區裡來的。

外婆說：「啊做兵的不好啦。」拉著媽媽就要走人。

媒人忙著勸說：「這麼年輕就當中校，很厲害了。他住在司令部，是軍官，做文書工作像呷公家頭路一樣啦。」

阿舅的女朋友在軍營合作社工作，對官階比較有點概念：「我們那裡三條桿的就很神氣了，他是二朵梅花很大欵，不是兵，是管人的啦。」

那年代，嫁外省人是件很丟臉、沒面子的事。外公就曾經說：「女兒嫁外省的，磈磈乎豬母去配菜！」但如今女兒已是個寡婦，這標準似乎也不能不下降。阿公說再把人帶來看看，看身體好不好，可不可靠。結果人來了，阿公和爸爸語言完全不通，但人後誇他漢草不錯，高大勇健，也是古意人，可以交往。

頭一次約會，爸爸差了一個阿兵哥開吉甫車來接人撐場面，媽媽則帶了三個小孩一起出門。往後的約會約莫都是帶著孩子出遊，像我在家裡看到很多的老照片，三個孩子斜扭著身子被媽媽強按著面對鏡頭，爸爸則站在一旁如外人。中山北路的約會，是他們少有的單獨相處。

母親三十歲那年，他們就結婚了，年差八歲。

先前媽媽在市場賣雞，也會遇到一些外省兵、外省婆操著奇腔怪調來買菜。市場的人私下調笑說：「哎喲！老雞母買老雞母！」笑那些不會打扮的外省婆子走路、穿衣都不好看，大家共識似地會傳授新擺攤的媽媽，把較差的、老的雞都賣給外省人，反正他們才剛來，什麼都不懂，又很愛講價，什麼都想買最便宜的，小氣兼麻煩。人家說「長山客，對半拆」，意思是外省人一殺價就對半殺，那麼，東西就賣他們便宜嘛，給的是最老的雞。在地人的一點計算，騙不成也就算了。

認眞問起來，媽媽的生活經驗中，其實也沒眞遇到壞的外省人，連二二八都未曾聽聞過。就是大家都說外省人很「番」，那些士兵動不動罵「媽你個屄」，看起來就是會亂來的樣子，再加上外省人剛來時，聽說上面下令士官以下都不可以結婚，很多流言傳著，說晚上女生單獨走路回家就會被外省士兵拖去甘蔗園強姦。令人害怕、迴避。

向來聽說都是殘了、傻了、有缺陷的、住山上的，才會嫁外省人。愛面子的媽媽在朋友面前，總覺得丟臉，怕人家看低了自己。一直到搬進眷村，看見這麼多本省好女人也嫁了外省人，媽媽才覺得自在些。

「張太太、劉太太家裡也很好過啊，也沒死尪啊，還不是嫁外省的。看來看去都還好嘛，我才感到卡自然啦。」她說。

●

密莉安的原名是Merian，台灣的仲介公司爲了方便造冊、領薪，幫她取名作「密莉安」，其他還有麥洛、艾倫、吉兒、卡洛琳等，菲律賓籍的她們不僅看得懂自己的中文名字，甚至學會在薪資單上簽名。

申請結婚登記時，她需要一個正式的中文名字。阿溢說：「就叫做許密莉安吧！」他拿了結婚證書到TIWA給我們看，神氣地說：「她不必冠夫姓啦，她的姓就是我的姓！」

他們居住的社區裡，前後戶都有越南、印尼嫁來的媳婦，可不時還是有人要問他：「啊你這麼年輕，爲什麼要娶外籍的？」

都不是惡意，但就是壓力。

「年輕人喜歡就好。」淑華說。但她還是悄悄地嘆了口氣。

跨越親友的疑慮，像是要跨過一整個世代與社會的偏見。可眼前先遇到的麻煩，還是跨國婚姻的行政程序，門檻一關又一關。仲介開價九萬元。阿溢說，我們自己來。

他要密莉安回菲後耐心等他把所有程序弄清楚了，累積足夠跑程序的休假日去娶她。這一等，就是三個月，一直到二〇〇六年初，中英文戶籍謄本、單身證明、良民證等等繁瑣的證件都準備妥當了，這個才國中畢業、生平沒出過國、英文也識不得幾個字的男子，和媽媽一起飛越太平洋，往南，到菲律賓群島求親。

「我會說英文，可是看不懂，一下飛機跟著人潮走，就走錯門到機場後站去了。眞丟臉。」阿溢比手劃腳。

「我嚇死了，在前站接機接不到人。」密莉安搶著說：「可是他眞的好厲害，還向路人借手機打給我。」

阿溢補充：「我先向警察借電話，人家根本不理我。要媽媽先看著行李，我又跑去找一個小姐借，才連絡到密莉安跑過整個機場來接我們。」

「眞了不起，」我們都誠心誠意：「第一次出國就這麼有膽識！」

他們帶來婚禮的實況錄影帶在TIWA播放，休假的外勞們都擠過來看，宛如共同赴宴。一旁麥洛拉了密莉安說悄悄話，我知道她也交了個台灣男友，苦惱中。

「我也覺得自己蠻有膽量。」阿溢得意了：「也是很憨膽啦！但一去就不能回頭，選擇這條路，眞的很累！」

淑華說：「我在看他們，走這條路實在是不簡單，一關又一關，兩個人嘛眞有勇氣。」

到底有多辛苦呢？作工仔，年假累積頂多也只能休十五天，又要小心配合只三個月時效的觀光證件，外交部、內政部、境管局、菲律賓駐台辦事處、台灣駐菲辦事處、菲律賓外交部，處處是關卡，沒有仲介居中處理，只能低聲下氣。

兩次面談，一次是證件審查，第二次才能確認密莉安能否來台。兩個人都很緊張，面談官問他們用什麼語言溝通，阿溢說英語，外交人員問他學歷，國中而已？擺明了懷疑他。

「為了討老婆，就矮人一截當次等公民沒關係啦。」阿溢向其他打算台菲聯姻的人面授機宜：「面試時衣著要簡單，不要太正式、不要化妝，否則人家就覺得你有問題。說話要誠懇，若看起來太有經驗、太老道，人家會懷疑你是假結婚。」

他舉了好幾個被駁回、面談沒過的案例，惋惜不已：「都付了仲介費欸，還是沒過，再排隊，又要再等好久。有的人孩子都大了，夫妻還是不能團聚。」

面試的刁難、質疑，比考試還艱難，婚宴請客幾桌？昨晚睡那個旅館？她的哥哥有幾個小孩？昨晚她穿什麼入睡？問話這樣私密，但當然不眞是關心你，而在繞圈子套出蛛絲馬跡好退回申請案。最終，因為前一天旅館名稱雙方答案不同的、對洞房後誰先進浴室的順序說錯的……林林總總不可思議的破綻，竟輕易導致團聚被駁回。面試不過，再申請再排隊，又是半年，再付一次面試費用，再熬一次兩地分離，再捉緊年休假間辦妥所有行程。無從申訴。

這個婚姻錄取率這樣難，且愈來愈難。

我看著內政部境管局誇耀政績的新聞，去年婚姻面試過關的比例大幅下降，原本一年一萬三千多件的越南配偶，去年跌破三千不到，官員喜氣洋洋宣傳「破獲多起假結婚」，爲國界管制立了大功似的。連美國國務院都公開讚揚，這個數字展現台灣政府防制「人口販運」的政治決心。來自東南亞、大陸的外籍配偶，全被當作「假結婚」、人口販運的嫌疑犯。境外領事官都深諳篩選標準，台灣丈夫若是身心障礙者、有卡債紀錄、失業、或是雙方年齡差距過大，都列爲高危險群，先入爲主成爲優先淘汰組。

誰才有條件、有權利、有能力，結婚？

阿溢和密莉安作了很大的功課，從證件、戀愛時約會的相片、喜帖、婚宴相片及錄影帶、兩人通訊的手機簡訊……整整製作了一大本的記錄，證明「我們是眞的」。但要交往多久才算眞的呢？牽手、喝咖啡、看電影的約會流程都作足了，才得以爲婚姻背書嗎？只見了兩次面、約了三天會的人，不可以結婚嗎？經濟條件有限只能匆匆婚訂的，不可以賭嗎？

誰又不是賭？竹科新貴與國小女教師聯誼，美事一樁；女明星嫁入豪門，人人稱羨。婚姻裡的利害盤算，難道還不夠眞實嗎？怎麼樣才是假的？

媽媽淑華也是第一次出國，她盛裝到宿霧拜訪親家，雙方完全說不上話，但他們吃飯時還特地爲她準備筷子，這好意她領受了，念念不忘。在馬尼拉辦結婚證件時，兩個年輕人四處奔走，密莉安不忘貼心地幫淑華在教堂林立的街頭問了間頗有規模的佛教廟宇，好讓憂心卻插不上手的媽媽去上香、拜拜，爲他們祈神保佑。

保佑善男子善女子的尋常福份。

我現在不一樣了

我把一切的淚都晉升為星，黎明前
所有的雨降級為露

——商禽，〈逢單日的夜歌〉

「孩子就快出來了，我們一起加油！」密莉安生產過程中，阿溢不間斷地貼著她的耳邊說話，像細語呢喃，又像是催眠囈語。

可細聽那內容，全是勵志的、有情節、有記憶的，接近革命情誼的那種：「你記不記得，那時在馬尼拉，我們衝去坐計程車趕辦證件，在街上拚命跑啊，累到喘不過氣來，就怕趕不上時間；你記不記得，外交部官員問我你有幾個兄弟姊妹時，我差點答錯了，你好緊張；你記不記得，單身證明申請得太久了，我的假期都快用完了，差點就來不及結婚……」

他握著她的手，說了一個又一個慌張失措的情境，重溫彼時的努力與鬥志。那些似乎是特別設計來刁難新移民的政策，宛如一個個攀越不完的障礙賽，他與她奔波在馬尼拉台灣辦事處來來去去的歷程，竟爾成爲女兒山出生時的奏鳴曲！陪伴密莉安的呼氣、吐氣、用力、放鬆。

「你辛苦了，要加油哦！想想看，我們一起走了這麼久，經歷這麼多的困難，還不都是過來了。不要怕。……」

他整整說了兩個鐘頭的陪產故事。步出產房時，阿溢像歷經千里跋涉般的虛脫與亢奮：

「當媽媽，眞的好偉大哦！」

密莉安懷孕期間，心情起伏不定。我還記得她孕吐得厲害，身子瘦了，肚子卻出奇的大，才四個月已像是懷胎六七個月的模樣。每週日中山拜拜後，她來到TIWA，總有許多人圍著好稀罕地摸她的肚子。那些來台灣幫傭的多半是中年有孩子的女人，急著傳授媽媽經給她，年輕的廠工則多半好奇阿溢與她的交往。

他待她好嗎？婚後不一樣嗎？婆婆好嗎？可以讓她出來工作嗎？家裡會不會要她做這做那如免費女傭？

跨國婚姻的賭注相對大，兩邊都在怕。

她懷孕時很多人都說，這麼圓的肚子一定是男生啦，阿溢也直言喜歡男孩，結果超音波一照，女生。

密莉安悶悶不樂地生氣，氣阿溢：分明男女孩都一樣好，他卻偏愛男生，這實在太欺侮人了！她在台灣就肚子這麼一個血親，還要被他嫌棄。愈想愈氣，整整一週不和他說話，打電話回菲律賓也不敢訴苦，像自己犯了錯。更慘。

那個關頭，正値主管要調阿溢到大陸廠當技術指導員，薪水上調百分之三十。他才新婚，不放心密莉安，可公司主管的壓力排山倒海，拒絕外派歷練像是拒絕升遷，不識抬舉。

「他如果去了，我怎麼辦？朋友都走了，我又不熟悉台灣。」密莉安愁眉苦臉。但扭過頭，還是對著阿溢冷戰。冒著白霧的冰，其實是因爲害怕。

阿溢沮喪、失眠，賭氣說重話：「你再這樣，我睡工廠不回家算了。」

密莉安更傷心，鎮日和肚子裡的女娃娃說話，覺得兩個人都被遺棄了。之前對生命的許多想像，如今只限縮在這個屋子裡，沒有工作也沒有可自主支配的金錢，原本要支持弟弟讀完大學的承諾也無法履行，在台灣的朋友們白天都有工作，她連個出門訴苦的對象也沒有。不公平啊，阿溢有工作有收入有家人有朋友、甚至隨時可以找到別的女生，而她離家千里，什麼都沒有了！

婚姻的危機來得這樣快，才半年不到，人生已降至谷底。沒娘家可以哭訴，吵架也沒地方緩衝，她只有他。而連他都不是了。她只覺得舉目無親，全盤皆輸。

後來，淑華來說情，拿自己婚姻失敗的例子來說明女人的爲難，帶她出門逛街。阿溢則一聲不響去附近國小幫她報名中文班，下班後騎摩托車接送她上下課，她開始學習、認識境遇相近的朋友，慢慢感受到溫度了，才解了冰凍。

如今，密莉安抱著孩子：「我想我有妹妹，我現在不一樣了。」眼睛閃著光：「再有一點點不高興，看看妹妹我就什麼都沒關係了。」

一如我所認識的很多外籍配偶，孩子是她們在異鄉的唯一血親，有了孩子，似乎與這塊土地、與這裡的人，才有了眞正的關連，這是誰也奪不去的。他們共同照顧孩子，兩個人都這樣重視這份照顧，連去中山拜拜都因爲週日人多，怕孩子不適，而改到週六晚上作彌撒了。密莉安原本做事慢條斯理，現在只怕時間不夠用，要趕著洗澡、泡奶，整個人被改造了一番。

密莉安在菲律賓不作菜，但少小離家的阿溢會下廚。兩人結婚後，阿溢每天中午一定騎摩托車回家用餐。我們幾度作客，見密莉安一一端上桌：魚湯、豆腐、青菜肉絲⋯⋯都是台式家常菜，口味清淡，也沒有菲律賓菜餚慣有的濃甜腥。

「都是我教她煮的！」阿溢可得意了。

「你看他，」密莉安手圈著阿溢的腰：「這麼胖。」

「結婚後胖了十公斤，唉。」怎麼看來還是得意：「還在胖。」

當然得意還不只這個。菲律賓有全亞洲最高比例的大學畢業生，佔全國人口的百分之九，密莉安就踩在這個尖端數字上。

阿溢談戀愛時，不只一次問密莉安：「我學歷這麼低，你眞的願意和我交往嗎？」

「沒關係呀。」她像是哄小孩：「喜歡就喜歡啊。」

他靦覥：「她說學歷沒關係，我聽了還是蠻窩心的。」

結了婚他又說：「我才國中畢業，就娶了個大學畢業的，這實在很驕傲。」像佔了什麼便宜似的。

•

我的母親自小愛美不愛唸書，我們常笑她剛好遇上戰時，藉著跑警報、順勢輟了學，可她一生中嫁的倒都是讀書人，像佔了好大便宜。

她的前夫青木是農專畢業，日語好，人勤奮，個性安靜聰明。他是家裡三兄弟的老大，全家都靠他賺錢，他於是拚命工作，也很有做生意的腦子，在傢俱行當半年伙計，就全數學會了各式木工及技術，根本沒資本但也很有膽識地就開了嘉義市第一家木材傢俱工廠。

青木喜歡帶媽媽出門，人人都說媽媽生得美，讓他很有面子。可同住的婆婆會給臉色看，媽媽書讀得少，但自小擅察言觀色，小時候曾聽大人們數落媳婦的不是：「大主大意，說要出去就出去，也不會說一聲。」她留了心，不敢造次。有時候，青木下工要媽媽一起出去走走，媽媽一定先問：「卡將，我可以和青木出去走走？」若婆婆靜默不語，媽媽就知分寸地繼續作家事，不再多問。若婆婆說好，媽媽才去洗臉、換衣服。而這樣的機會是很少的。

婚後十年，青木肝病過世，死因是操勞過度。媽媽當時工廠內外都要忙，每天洗五六個工人的衣服、烹煮眾人的吃食，還有整個夫家要料理，婆婆不好侍奉，大姑擅搬弄是非，她又一連四胎都生女孩，地位一落千丈。

媽媽總是說，她做小姐時阿公管得嚴，小販人家的雜役家務都多，還要到紡織會社做工，日夜不得閒；嫁作人婦，夫家人口眾多，她是長媳事事都得操勞，家庭、工廠合一的自營作業者，更是沒一刻休息。

「眞正是嫁乎你爸爸，感覺有卡安定在生活，嘛卡有人來照顧。」她總算說了公道話，而那時爸爸已經過世很多年了。

父母親結婚後第一年除夕夜，爸爸在客廳裡愼重其事地擺了兩張椅子，和媽媽雙雙併坐，要三個孩子一一跪下磕頭來領紅包。此事未曾有過，莊重得有些過了頭，才八歲的二姊素梅早熟善感，說什麼也不肯磕頭，媽媽一氣就要打人，嚇得爸爸急忙塞了紅包了事。之後，就再也沒有磕頭領紅包的儀式了。

我猜想，也許是爸爸小時候的地主家庭裡也有這樣的過年規矩，他好不容易活到三十八歲才成了家，就依樣仿著學。但這可能性似乎不高，我未曾謀面的爺爺據說一生只好讀書、吸鴉片，早在爸爸六歲時就過世了，應該沒機會示範這樣的隆重場面。比較合理的推測，大概是初爲人父的爸爸自己腦袋裡胡想、胡亂實驗的。他從來沒當過父親、人夫，也幾十年沒在尋常家庭裡生活了，不知道除夕給紅包這等家族大事，要怎樣莊嚴出現才好，上坐、磕頭等事恐怕都是電影裡學來的橋段，不然要如何送出手才顯得不同於一般人呢？他一定想了很久。

媽媽愛談一事，剛結婚時，每次吃飯，三個姊姊沒吃完的，媽媽就叫爸爸吃掉，免得浪費糧食，爸爸也從來沒有二話。一回，表姊表兄到家裡玩，中飯後，媽媽也要爸爸一併清掉幾個小孩子的剩菜，爸爸不肯：「別人的口水，我不敢吃。又不是自己的小孩。」寧可倒掉。

新婚的媽媽，這才意識到：「他眞的是把我的小孩當作他自己的。」

孩子們生病吃藥都是爸爸半夜燒木炭、煮熱水看護，他且特別疼愛小兒麻痺癒後略有跛腳的三姊玉燕，買了全村唯一的迷你腳踏車讓她上學方便。村子口賣麵的伯伯都說，爸爸叫麵一定一人一碗，力求公平，不會小孩子湊和著吃，連香蕉都挑五根買。

後來，爸爸北上讀書的期間，媽媽跟著鄰家阿姨玩四色牌，爸爸嘆氣：「你看看，賭輸的錢給小孩買點好吃的，讓大家都高興一下，多好！」

惹得好面子的媽媽拉下臉：「輸了就輸了，輸那麼一點點錢有什麼關係？」

媽媽向來個性獨斷，耳根子軟，旁人說什麼就是什麼。前夫的脾氣也大，兩個人一吵可以幾個月不說話。遇上爸爸，多半是媽媽生氣，爸爸來想法子和解，連後來她賭博輸掉爸爸畢生積蓄，聲氣凌人的也還是她。

「結婚前我也是很客氣啦，但結了婚持家，我意見比較多，他都聽我的。」媽媽說。明顯的恃寵而驕。

「台語說『軟土深掘』就是在講你這種人啦。」我拍拍她已然年邁的手。

她不無得意地又供出一件往事，說只要一不順她的意，她就上床佯睡，賭氣不說話。初初成了家的爸爸，只好花錢買蛋糕，要孩子們拖媽媽下床，唱生日快樂歌逗她開心。有時，爸爸在房裡改考卷，媽媽心情不好，只要開口邀爸爸出去走一走，爸爸立即放下筆，騎偉士牌老爺車載媽媽到郊外逛逛。

那輛媽媽記憶中，可以一路從嘉義載她回屏東娘家探親的摩托車，到我幼時還有印象。車子極老舊了，他每次起動就要踩上大半天，鄰居的小男生都愛在他車走後，奮力學著他徒勞無功踩油門的樣子，哄笑半天。中學時我騎腳踏車回家，偶而會遇上父親緩如牛步的車行背影，同儕們都可以加速腳踏車便輕易超越他，這每每令我覺得十分發窘，乾脆與朋友停車佯作散步聊天，和他一前一後不照面地緩行回家。也好幾次，他上完夜校的課，回家途中被年輕人從背後撞上，牙斷體傷，車子與人都一修再修。

家裡孩子多，他早晚都在學校裡兼行政職，汗衫內褲都穿破了還在用，說是反正外面看不到，沒關係。西裝也總共一套四季通用，專門用來應付正式開會場合，冬天時，衛生衣外穿著短襯衫只爲了那個領口可以套上領帶，再罩著西裝外套，不能脫，脫了就洩底了。他對自己極節儉，但媽媽的親戚婚喪喜慶的紅包總要特別大方，爸爸從無二話。外公每每來探孫子，和爸爸相對無言，各自抽菸，客廳一片沉寂。

人前人後，外公都說幫媽媽嫁對人了。

但媽媽愈賭愈大，菜市場收攤了就蹲到村子口和人賭四色牌。爸爸原本只有抽菸一項「不良嗜好」，和媽媽訂了「你不賭，我戒菸」的約定，眞就戒了。可媽媽終究沒戒掉賭博。一直到我十四歲，三個已就業的姊姊力勸離婚，不讓爸爸再幫媽媽還沒完沒了的賭債，不再相信媽媽一次又一次的發誓戒賭……離婚，孩子全跟了爸爸，媽媽則離家投靠娘家，慢慢還債。媽媽不在，爸爸又抽起菸了。
媽媽之前的婚姻，整個夫家家族都在管這個新媳婦，一嫁入門就有公婆、三個小叔、大姑要伺侯。倒是嫁給單身在台的爸爸，生活忽然簡單、自主，不必看人臉色，她這才發現：「嫁給外省的，原來這麼沒壓力，卡快活，什麼攏是我在作大。」
她說這話時都七十二歲了，父親早已過世十七年。
我的老母親倒像是瞬間恍然大悟般、自顧自地順著往下說：「早知咩，我第一次就嫁外省的了。」

●

這樣一個含笑的我的母親的面容，竟如此神似當了母親的密莉安的臉，像是替換的特寫鏡頭，我看見密莉安正轉過頭對著阿溢，自顧自地說：「眞的，上帝給我很好的男生當老公！」
他們的家，乾淨整齊，客廳旁原應是飯廳的地方，擺了一個小小的佛堂，亮紅燈泡，淑華每天上香、祭祖。新房是原先阿溢的臥室，靛藍如大海的床罩、被套、枕頭，有海豚悠遊。粉紅色的嬰兒床於是像海平面上一朵盛開的花，捲頭髮的姆指姑娘安睡其中。大紅布蓋住梳妝枱的鏡面，這是台灣人習俗，要蓋四個月免得嚇著了初生兒。
坐月子，密莉安說到每天每天的麻油雞，臉蒙在手掌裡：「哦，我的天！」

比台北低十四個緯度的她的家鄉，只有春、夏二季，吃飯都習慣配冰飲料，哪裡可以想像又濃又烈又暖熱的麻油要餐餐吞進胃？但婆婆好意不能不接受。

我們在房裡聊天，大哥的四歲兒子進來跳上床鬧她，密莉安又親又玩，很開心說：「他喜歡我。」我想這個孩子抒解了她初入門的很多壓力。沒有成見的接納與親近，何其重要，又何其難得。

初生兒每三小時要餵一次奶，密莉安把之前一餐剩下的半瓶奶浸入熱水中溫著要再餵。

「不要啦，都冷了，重新再泡！」阿溢手勢熟練地把孩子接過來。

「我有 warm 啦。」

「重泡重泡，小孩子不要喝壞肚子了。」

她於是起身倒掉重泡。

阿溢說話愛講大道理。學校教育不足的，他在大社會裡慢慢補課，自修自學，幾近太過嚴肅了。密莉安是新移民，他更是事事提醒、事事唸，有時過度了，不免像個老師而不是伴侶。

密莉安生氣了就說：「我已經知道了，不要再說了。你老婆不是那麼笨！」

他鄉異地的遲疑、笨拙，看來都像是人有了缺陷，顯得傻，但其實是環境不允許照見自身原有的能耐，又或者是文化差異導致的誤解，無從表達而令人氣悶。

就從有效表述自己開始吧。

阿溢打從第一次約會起，就費力教密莉安中文。婚後更是嚴格，一般人家只求生活會話夠用就好，阿溢不，他認眞檢查密莉安的課本，寄望她在三年制的中文小學畢業後，還可以繼續上課升學。

「學歷低是我一生最大的遺憾，出去很丟臉。」他又搖頭，強調：「以後小孩子教育最重要。」

有時阿溢提起幼時辛苦、輟學的往事，密莉安看著他毫不掩飾的眼淚，就想疼他。她做事三心二意，阿溢不時提醒她別再拖拖拉拉，可她在工業區忍不住要熱心幫忙一些被欺負的菲勞，阿溢又耐心陪著她去了解狀況。

白天阿溢上工了，密莉安在家裡就抽空傳簡訊練中文，等他回家來糾正錯別字。兩個人手機裡簡訊都是大爆滿，中英文都有。幾乎無一日間斷，阿溢的簡訊每要滿百了，密莉安就親筆一一抄寫在習字本上，抄完了才刪除，空出記憶體來迎接永不落空的新簡訊。

「你看，」阿溢把手機遞給我，上面閃著細明體的字句：「爸爸，我還沒持飯，因爲妹妹在鬧，你今晚何時回來？愛你的密莉安。」

持是「吃」之誤植，阿溢說，知道了嗎？

密莉安也熟練地找出阿溢的日日叮嚀，甜言蜜語。其中一封是這樣：「早安媽媽，我是爸爸，你現在做什麼？今天是不是有朋友要到我們的家裡？妹妹有沒有很乖，是在玩還是在鬧？媽媽新苦了，永遠想你愛你的老公晉溢。」

我笑阿溢是不合格的老師，是「辛苦」不是「新苦」。他說我知道。他是傳訊達人，可以邊談笑邊快速按鍵，完全不必偷時間多瞟一眼。

密莉安是虔誠的天主教教徒，每週日的中山拜拜，她穿著白袍唱歌、負責服侍神父進行彌撒，祈禱千里外家人健康祝福，也祈求一個幸福的愛情：「我本來想，神一定會給我一個天主教徒的丈夫，希望他住在菲律賓南部，離家裡不要太遠……我請求神，要賜給我很好的男生。」

就是在這個時候，她轉過頭向著阿溢，心滿意足地說：「眞的，祂給了我很好的男生當我的老公！」

「以前假日會去這裡看看、那裡玩玩，想多認識台灣，看什麼都很漂亮，因爲以爲以後不會再來了。」密莉安看著懷中的妹妹說：「現在有孩子了，沒時間去玩，也不能去太遠，但我知道我不一樣了。」

是啊，異鄉人、觀光客總是躍躍欲試。但她現在有孩子，整個人與環境的關係變得從容、綿長了，有一輩子的時間慢慢來。

遷移與離散

當我們交臂化為雷電
你不再是你，我不再是我
黑暗歸於黑暗
光明歸於我們勤奮的腳步

——莫那能，〈相會〉

密莉安說話愛用一個自創的轉折語，她說「如果的話」，頓一下，再進入下一個主題，或延續原本的話題，但多個婉轉的比喻或說法，像是很客氣地假設與詢問。

「已經來一年多了，他們都沒有領到加班費。仲介每次都騙他們。」她帶著兩個膚色更深、明顯是來自南部海岸，無法使用英文溝通的菲律賓勞工來到TIWA，當場翻譯：「如果的話，你和他們老闆說說看，他們可以領勞基法的加班費嗎？」

隔兩天，晚上十點多了，密莉安和阿溢又打電話來，說那兩個年輕菲勞想回家了。他們是鄉下人，仲介威脅著說幾句重話就不想再爭加班費了，只想趕快回鄉，害怕。但護照在雇主那裡、這個月薪水還沒發……左右爲難，愈想愈害怕。

那個晚上，密莉安和阿溢抱著幾個月大的孩子在俊興街慘白的路燈下，和兩個更弱勢的工人談了很久，把所有可能的後果都討論清楚，把所有緊急支援電話都交待了，才放心回家。

如今他們出現在TIWA，總是帶著孩子。密莉安胸前綁著揹帶，孩子被包成一只小袋鼠的模樣，安然沉睡。阿溢的胸前，反揹著一個後背包，裡面大抵裝著尿布、奶粉、濕紙巾，隨時需要就可以打開拉鍊取物。兩個人一起來，像各自懷抱一個小禮物。

有時候，正值關廠工人來求助，我會請密莉安和大家溝通她在飛盟抗爭、取得積欠工資與資遣費的經驗。她像個小講師，侃侃而談，鼓勵大家不要放棄，不要害怕，不要亂簽下任何未經討論的同意書。她和大家用塔加洛語交談，遇到困難的問題，再轉頭以中文詢問我的意見。

有時候，我知道誰交了台灣男友打算要結婚的，就直接把阿溢的電話報了出去。隔兩天，總聽說又有人到他家作客，絡繹不絕。我笑說他們家都快成了婚姻仲介中心，專門傳授與官僚打交道的小撇步。

「人家都說我們好像仲介哦，可是又沒有賺錢。」密莉安這樣說，但還是一聽到誰說誰要嫁台灣人了，就主動關心，怕有人重蹈覆轍，作白工。阿溢也不時來電幫廠裡外勞詢問勞健保或加班費問題。

每週一至四晚上是密莉安的中文課時間，阿溢負責在家中帶孩子，那是她難得離開母職的快樂時光。她很認眞學習、作功課，作業本攤開來拿了很多的甲，字跡乾淨好看，還領了不少獎狀。班上二十七個同學，見面總有說不完的話、聽不完的故事，有的人婚後被打，有的被家人像下女一樣管教、有的不讓她帶朋友回家、最多的是婆媳問題……密莉安說：「眞的，我很幸運。」

我第一次見到婆婆淑華時，她客氣地敲了門進來，耐心叮嚀：「小孩子衣服多，就直接丟洗衣機洗，不要再用手洗了啦，這樣會太累。」

她先用台語對阿溢說了一遍，又以國語對密莉安說一遍。還不忘對我說：「今天沒空招待你，以後有時間再來家裡多坐坐。」

後來我知道她說這話是眞的，很多飛盟的老朋友、中文班的同學都愛來走動，他們家成爲不少朋友往來的聚集點。

淑華有老式鄉下人的熱忱，與城市人的老道。她有自己的社交圈，與同居的大兒子、小兒子兩個家庭保持一定程度的開放，她平日不和兒子媳婦共同開伙，不時搭車回朴子配天宮拜拜、看朋友、打掃老房子。配天宮是康熙年間至今的三百年老廟，定期上香拜拜是老年淑華的生活大事，一如密莉安上教堂，互相尊重。

「天主教也可以拿香，這樣就好了啦。」淑華從容說道：「我們到教堂去，也會給人家拜一下啊，不要誰說誰不好就好了啦。」

密莉安的嘴角有兩個小小的梨渦，一笑就加深了俏皮與善意，討人喜歡。但她談起菲律賓的經濟，皺著眉：「很多人很多人要找工作找不到。」

海外移工都知道，重返家鄉不一定能再找到工作，低階的勞動者，在國際間遷移累積的諸多能耐，拿回國內的就業市場，絲毫沒有加分的作用。舊的條件已經消耗殆盡，新的條件毫無積累。只能再往前。飛盟關廠多年，因共同反抗而建立的深刻情誼，讓她們隔不多時就會互傳簡訊。隔一段時間就會聽說誰又去哪裡了，誰正在申請到哪裡去，很少有人停下移動的腳步。除非。除非。

除非像密莉安這樣，因婚姻而成爲長期的移民，面對的是另一個截然不同的情境與政策。

「之前我做外勞的時候，」密莉安會這樣說：「每天就是工作、休息、週日去中山，很簡單，但會怕老闆不喜歡你，隨時可以把你送回菲律賓。現在我再找工作的話，我可以辭職、換老闆，感覺比較安全。」

但居留位置還是不安全。中文班的同學，不時有人因爲離婚、老公死亡、甚或婆婆不願延長居留證，就遭到遣返。原來面試只是重重關卡的第一步。未來要面對的生存問題還很多。

這些勇敢的女人，飛越海平面的上方，抵達一個陌生的國度，從不同的人爲邊界，穿越層層不合理且愈趨刁難的管制，進入底層的勞動，或許是在全球化邊陲的生產線上，或許是某個營造工地的勞役，或許是照顧孩子與老人的幫傭，或許是結婚生子長期居住，同樣貢獻勞動與生產。

移動的路徑都指向陌生的冒險，更強韌的生命。

密莉安想開個小店的心願仍舊在，但很多海外移工都有這樣的夢想，卻很少有人實現。在海外打拚的移工，所得扣除仲介費、被騙或借貸的債務後，最後幾乎都沒能如願存下一筆足以無憂創業的基金。

全球化下的移動，資本永遠比人快速、便捷、備受尊榮。帶著資本的人，跨越國界從來不是問題，時尚雜誌裡早上在東京、下午飛到舊金山的專業經理人，又或者是到從北美洲到南美洲海邊買地蓋屋只為渡假的有錢人，還有規劃妥當每年環球旅行的時髦上班族……他們向遠方去都無須冒險、押注、顧此失彼。但這些條件只有少數人有。

我認識這些帶著一點盤纏（甚至多半是負債）、些許勇氣就出發的移駐工人，在天涯海角，浮沉泅泳，撥浪前行。

•

我的父親和母親結婚後，就在家中奉侍祖父母的牌位。他自己拿了張紅紙，寫上爺爺奶奶的姓名及顧氏列祖列宗，以木質細框加襯就掛在牆上。過年過節拜拜時，要媽媽招呼未曾謀面的爺爺奶奶來用餐。

媽媽用閩南語說：「啊這是，這是要按怎呼請啊？」兩個人也沒得學，就拿了香向著門外拜，呼喊祖父母的名字，要他們千里外還能聽見、也來用餐。我童年的眷村，幾乎家家戶戶都有一式一樣的小牌位，彼時已有人專門加工製作統一的暗紅木雕，內置「堂上□姓歷代祖考妣之牌位」的字樣。眷村改建後，這些牌位多半會跟著搬到下一個客廳，約莫直到這流離失所的一代也過世了，部份牌位才得以退位。

父親過世前，我一回返家陪他散步，隨口問起他自小的夢想。他瞇起眼睛，良久才說：「開個牧場。」

我大爲驚詫。命運開了他一個玩笑，這個在農村浩大平原上長大的孩子，誰知道後來會來到一個狹小的島嶼，開牧場何其困難、稀有？小時候，村子裡孩子們都愛來我家，九重葛圍繞的院子裡滿是雞、鴨、鳥、狗、猴、兔，活像個小型動物園。有一陣子，爸爸從山上撿拾木材拼拼湊湊，竟也蓋成了一座大鳥園，頗有一點規模地養了孔雀、雉雞、乳鴿。那時候，每天都有小朋友央著我放學回家後，要幫她們挑揀色彩斑斕的孔雀羽毛，而我總也順道翻看是否有淡褐色的雉雞蛋，好爲晚餐加菜。後來，福壽螺流行了一陣子，爸爸又在院子裡加蓋了一個小水塘，沒多久就是一池子粉色如塑膠的卵泡。

媽媽向來愛乾淨，連花園裡葡萄架長了小毛蟲，她都要因此考慮砍掉葡萄樹，更遑論養貓養狗，爲此，兩人爭執不休。而那似乎是我父母一生的大小爭鬥中，爸爸唯一不肯退讓的。

他一直，沒放棄開牧場的夢想。很多年以來，我仍不時會聽他不經心似地提起和朋友約了去看遠郊外的哪一塊地，或老了去鄉下養雞也不錯云云。我讀高中時，三個姊姊都出嫁了，玉珍北上讀大學，弟弟家銘住校，整個家空盪下來，就我與爸爸兩個人日夜輪流守著個老眷村房子。早上我們各自匆忙出門，他辦完兼任日間部的行政事務下午再返家休息，等我傍晚放學回家他多半已出門到夜校教書，到晚上九點半他再回家，幾乎也是我回房就寢的時刻了。一個家兩個人，但極少正面接觸。一回我回家得早，與爸爸在門口碰見了，竟有幾許尷尬，像是不小心揭露了這個交接日夜班的祕密。也是那回，我才知道他每天傍晚都提早一個鐘頭出門，爲的是繞遠路從後山慢慢騎車到學校，沿途景緻美好。

二十年後，我與姊姊千里迢迢代他去探江西廣豐老家，走蜿蜒的山路去祭拜未曾謀面的爺爺奶奶的墳，遠山近水，舉目淨是和南台灣鄉間幾無二致的水稻、山色、林相，我一時淚如雨下……這就是他總愛走山路、看遠方的心事嗎？那個藉著逃家從軍以脫離當店員的命運、卻從此再也回不了故鄉的少年，走著、看著、在想著什麼呢？失去家人的音訊，斷了回家的路，他心中的晚年，應該也有一個與自然、田園、動物共處的夢想吧？他在島上落地成家，養了一窩孩子，總是儉省著存錢買土地，打算退休時山居養牧終老。可惜，媽媽賭博後，地一塊塊賣，存款一筆筆領出來還債，這個牧場的夢想，終究沒能實現。

「不知道你爸爸會走得那麼快。不然就對他好一點。」到現在，媽媽還會這樣說。

他辦理公教人員退休前，掛念著要和媽媽再重辦結婚登記，說是媽媽身體較好，一定可以活得比他久，若入了籍，他死後媽媽還可以領終身俸，不必擔心日後子女不孝。他總是想著照顧她。可那時媽媽在屏東旅館裡當清潔工，工作上手了，薪給也不壞，不捨得辭職回家。離了的終究還是沒能再連結回來。

那時玉珍、我、與家銘全在台北讀書，出嫁的姊姊唯有玉燕還在嘉義，她是爸爸最疼惜的女兒，從小捨不得打，媽媽離家後是她出面向左鄰右舍的嬸嬸阿姨協調債務清還的時序，最終趕到醫院送父親最後一程的也是她。父親寡言、喜怒不形於色，家居簡單也不麻煩人，吵吵鬧鬧的一窩孩子依次離家，生命中最末一年只他一人獨居老家，那時，他必然是很寂寞吧？想媽媽再回來，再重拾一個他畢生努力維持的家，但媽媽沒能領會。她離婚後就不睹了，心中煩惱的多半是家裡沒她在，不知衣服、地板有多髒了？會哭也是想著這個。直到債務還清了，媽媽才又開始回家過年，不時請假回來整理家務、祭拜祖先。

我記得一回除夕夜，媽媽一進家門就數落衣服沒摺疊好、垃圾沒收拾好、報紙堆滿抽屜、紗門都破了洞也不知道要換……嘮嘮叨叨，我們都習慣了，姊妹們逕自談天說笑不理會她，只爸爸不時打斷：「難得回來，不要一直唸唸唸，一起來客廳坐坐嘛。」但媽媽在廚房像是一個晚上要把一整年的不在場都收拾妥當，用力洗刷，一直沒上桌吃飯。那一年的除夕，爸爸就站在廚房門口和媽媽竟夜爭執：「別再洗了！」一直到我們都吃飽了，媽媽還在刷地，而爸爸也一直沒上桌，沒動一下筷子。隔天清晨的鞭炮聲都還沒響呢，爸爸就把新紗門換好了。

經營一個家，一個自己的家，恐怕是這個少小離家、無緣再回的浮雲遊子，心中最大的願望吧？於是他在那個私家汽車還很少的年代，就自己偷偷跑去學開車，想買一輛二手車，好載全家人一起出去玩。但媽媽不讓他買，眷村裡的巷弄太窄，沒地方停車，若停在村子口，媽媽又怕被人弄壞弄髒，爸爸拿了駕照好多年，從來沒能開車上路。一直到他突發性心肌梗塞過世，我們才在遺物中看見他又報名了駕訓班，可能是怕多年未用的技術荒廢了，要再重學。媽媽也說彼時眷村裡很多人都搬走了，前院可以拆了當停車場，爸爸老了，再騎摩托車太危險，總算允了讓爸爸買車。

但終究是來不及。

守靈時，媽媽特別囑咐，要葬儀社的人記得燒輛名牌紙車給他。

•

阿溢是那種窮人家出身，更打拚著要在經濟上掙回一口氣、要回安全感的工人。他的學歷不高，更自學自修要補回來；他薪水有限，但隨時留心時事，買賣零星的美金外匯，他頭腦動得快，也很肯花力氣。他是鄉下孩子進城來，逛街都不爲尋奇，而是打探新的精品、好的賣點；他很少休閒遊樂，滿腦子如何增加有限的財富積累。未來是這樣不確定，他得自己累積條件。

他拚命、認眞、想扳回一城，才三十歲卻總有中年人的喟嘆：「孩子以後好好栽培就好。我這一代不好過，下一代要更好。」

他開始踏入就業市場，正值股市狂飆、房價飛漲，這個社會變動得快，漲跌就在十年間，他又是心驚不敢轉業，又是動腦筋要賺外快，對未來，太多的不確定。條件這麼少，他不能不多想幾分。

倒是娶了外籍太太，阿溢對未來的想像似乎多了些不同的出路。他細細盤算：密莉安的大哥退休後，也許可以和他們合作經營外勞匯兌事業。中山北路上一長串大銀行都在辦理匯款，一次手續費要兩百元台幣，他可以在台灣接案子，傳眞請菲律賓的大哥代匯，利潤豐厚，小小的個體戶生意，和大銀行瓜分一點市場。他想得實際，工業區多的是日以繼夜工作、連週日都沒得休假的外勞，他就近直接服務，還可以兼賣電話卡、買賣中古手機……

孩子六個月大時，他特地泡了越南咖啡，請我品嚐，說是拉鍊工廠在越南設廠，他託同事買回來的。拉開梳妝檯抽屜，排列整齊滿滿都是一包包越南咖啡。

我很是驚奇：「咦，你這麼喜歡喝咖啡啊？」

他開心：「讓密莉安拿去中文班，賣給同學呀，她們班一半以上都是越南來的。」

又是一樁小生意。還有人會預訂品牌呢。

未來呢？拉鍊廠在台灣是撐不久了。但阿溢也不看好大陸市場。

「大陸的政策變來變去，我老闆前前後後都投資三億下去了，但別人還有更大的資本，你也拼不過。中小型企業像在台灣一樣，撐不了幾年啦。」

資本主義的競技場，大吃小，強凌弱，永不饜足的胃口，吞吐下去的勞動力，不好用不適用就丟。他有自知之明，即便被調去大陸廠、越南廠，也不過就這幾年。未來在那裡？朴子不會是退路，宿霧倒有可能。那裡依山面海，風景多麼美麗，但整體經濟敗壞、官僚腐化，似乎也不是個可靠的終老之處。留在台北，房價、學費都可想見地昂貴，他看到更多的不足與欠缺。

「再過十年會在那裡？眞的不一定。我們沒有資本，只能順著隨波走。」這個白淨體面、婚後胖了十公斤的年輕男人，眼睛裡有普遍台灣工人的迷惑。

那時候我們都不知道，再過八個月，孩子才剛學會走路，阿溢就會被匆忙調去杭州工作，每天工作十二個鐘頭，薪水且毫無預警地大幅調降，他被迫接受，沒有條件對抗。

我收到他的簡訊：「我的工作都是一些粗重工作，並不是有的人所想的那麼輕鬆做小組長。」工廠剛從首爾進口一輛新型拉鍊製造機，阿溢是全廠唯一能與韓國技師交談的人，他於是被派去共同組裝機器，廠長說好好向外國人學以後會升你當幹部。新型機器很昂貴，外國技師拿的是美金薪水，盛氣凌人，阿溢只分到重體力的焊接、搬扛等粗工，什麼也沒學到。他負氣般不給自己一點休閒，假日同事上酒店他在宿舍裡倒頭大睡，身上僅有的二千人民幣撐了兩個多月，生活極盡儉省就是不肯動用匯入台灣戶頭的薪水。就這樣瘦回去十公斤。

分離與想家令阿溢焦躁難安，格格不入。密莉安回傳簡訊：別擔心，我和妹妹都很好。這段時間，她先後考過了輕型、中型機車駕照，賣給同鄉人的電話卡小生意也很穩定，她計畫等六月份阿溢回台後，要一起送孩子到菲律賓託母親照顧。不管阿溢還會不會返回杭州，密莉安決定開始找工作了，未來這樣不確定，只能在有限的條件裡一步步找路前進。

流動的、看不到盡頭的遷移與離散。

●

從密莉安來到俊興街224巷到現在，有的工廠關了、有的幾經易手，當初的電鍍廠如今正在大興土木，改裝門面與廠房，還不知未來要生產什麼。三年的變化，竟好似三十年，不確定的明天。

我與密莉安推著嬰兒車在鄰近社區走路，很是戲劇性地竟遇見電鍍廠的老闆娘，她把騎過頭的摩托車轉回來，安全帽吊掛在後視鏡上：「密莉安，眞的是你！」

老闆娘長得福態大方，性格明快爽朗，她跨坐在摩托車上，身後是小學二年級的女兒。她親切地問候阿弟仔好嗎？說怎麼兩個人結婚沒在台灣請客？孩子都這麼大了，眞快；再來要操心的會愈來愈多囉。

這一年來，電鍍廠關了，但年輕的老闆娘像所有自雇自營作業者一樣，仍打拚忙著開創副業，又是安親班，又是直銷，工作不歇手。密莉安與她如今已脫離勞雇關係，兩個人的角色轉變使這場偶遇的敘舊如此平常、安然，像明天、明年、或隨時還會再見。

「你現在中文好會講！」老闆娘說。

「我有上課，慢慢學。」

「上課時誰幫你看小孩？」
「婆婆啊、阿溢啊、其他家人會幫忙。照顧不來就打電話，我就快回家。」
「那你不工作了喔？」
「想啊，可是要等小孩子再大一點點吧。」
「很快啦，小孩子一下子就大了。」
「是啊，很快。」
「快下雨了，你們早點回去哦。」摩托車噗噗噗又轉回原路遠走。
夏日的風，夾雜著工業區的砂石味，獵獵作響。
空氣中暗含一點雨意，密莉安停下腳步拉開嬰兒車的防罩，將蓋巾與毛毯塞緊。孩子在搖晃的路程中早已沉睡如一隻小獸，撲紅的臉頰有無畏的神氣，像是再沒有更安穩的庇護了。我們慌慌張張爲突變的氣候改變行程，要提早回家免受雨淋。
雲層重重疊疊陰沉下來，從南部馬尼拉海溝襲來的低氣壓，已接近台灣海面。風正從遠方吹來。

漂浪之歌

讓我們互相扶持
這段艱鉅的旅程中，充滿懸崖荊棘，
路滑又滿佈吸血水蛭
同志啊，我們必須等等其他人，
不要讓任何人落單了，讓我們幫忙那些有困難的人
必須橫越的河流湍急且深，你要小心踏穩石塊。

——菲律賓科地雷拉Cordirela原住民歌謠

註：本輯各篇文章引用的詩篇，都是來台工作的菲律賓勞工以英文或塔加洛語（編按，菲律賓國語）書寫的，由台籍志工翻譯成中文。

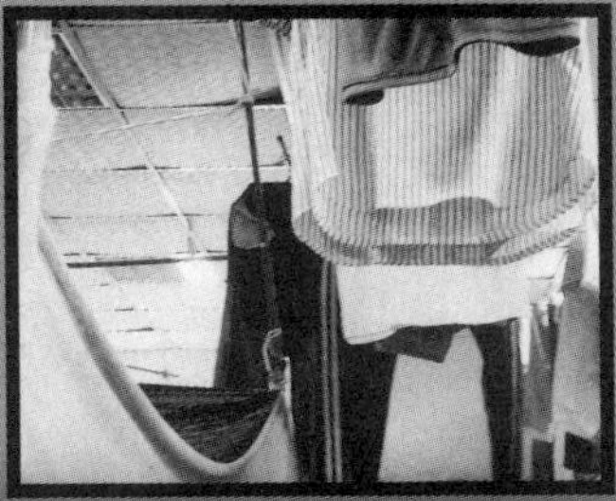

Anti-WTO
Anti-WTO
Taipei Ne

序曲

鐘何時能停止？
明日何時能來？
我何時能聽到美好的聲音？
我何時能看到我的孩子？
現在的我就像一座鐘，不停的轉動

——Ellen Panaligan，〈鐘〉

・出場

我一直記得初見喬伊的模樣。

她穿著鮮黃色的緊身七分褲，蹦出臀部緊翹的線條，上身是橘紅交錯的花朵，浮動在墨黑的棉質衣料上。她的輪廓深，過肩的大波浪捲髮染成麥金色，臉上化著淡妝，眉眼只加強了下眼線，就已經十分銳利突出，深且陷落的雙眼皮，炯炯有神，還有隨時都可開懷大笑的厚唇。喬伊那時正忙著設計、佈置萬聖節的場地，手上拿著裁剪成蝙蝠的黑色厚紙板，指揮大家一一黏上天花板，把整個地下室佈置成陰森鬼魅之氣。

她看見我，很快地貼身擁抱：「你覺得這樣子好看嗎？」像是我們早已相熟。而她在中山北路的TIWA就像個主人一樣，正在籌備一個大型派對，邀大家一起來見證她們的多才多藝。

我說：「你也要參加扮鬼比賽嗎？我負責找評審來評分哦。」

「啊，這是祕密。」她俏皮地一轉身：「我一定嚇你們一大跳！」

她年紀與我相仿，手機裡全是三個兒子的相片，每個月的電話卡耗資不少，與青春期的兒子情話綿綿。和大多數的中年女性移工一樣，她們都很少提及先生，但家鄉的母親及孩子全是不能少的話題，因爲，母親多半是孩子的照顧者，她們遠行最大的後盾與支持者。

熱力四射的喬伊，一直是菲律賓勞工團體的核心人物，她懂針線，擅設計，又喜歡跳舞、唱歌，活力充沛，彷彿永遠不會疲倦。她帶我到附近的週日舞廳，花一百元在手背上蓋個章，可以換一杯飲料，跳一整個下午。擁擠的舞池，她開懷搖擺，偶而在螢光光束下，拉起我的手轉圈圈。

幾週後的萬聖節，我在巫婆、殭屍、吸血鬼、惡魔間找尋喬伊的身影，但她沒扮鬼。她穿得十分美麗，化著漂亮的妝，還一早就作好頭髮，和六名舞者一起表演傳統舞蹈，穿著半透明的白色禮服紅色大圓裙，搧著黑色蕾絲扇子，一轉身一頓步就是一個回眸生媚的表情。

這是喬伊的出場，永遠明麗耀眼，艷光四射。

•大風過後的曠野

喬伊出生在菲律賓南部的農村塔庫洛，位於明答那峨島西南部。若從首都馬尼拉搭船回家，在島嶼和島嶼之間迴轉，要親眼目睹二次的黑夜與日照，整整三天的航程才抵達家鄉。

民答那峨是菲律賓最重要的農業重鎭，舉凡香蕉、鳳梨、玉米、咖啡都佔據極重要的輸出地位。南方的豐饒之島，塔庫洛只能算是個不起眼的農村罷了，離政治經濟中心遙遠，但年輕的喬伊已是當地社群的佼佼者。她大學唸的是商業管理，畢業後接下父母親的雜貨鋪及一公頃的稻田，她擴大規模營運，不到一年就進行地區稻米的統購，還供給村民們動物飼料、農作肥料，把一個小店經營成一筆進出頻繁的農產生意。

「我的利潤就像水一樣，每天都浮湧而起。到處都可以賺錢。」事隔多年，喬伊這樣形容彼時意氣風發的她。

「喬伊，你跑得太快了。」父親憂心規勸。

她收購鄰近的稻米，買珠寶、保險、土地，身邊不時圍繞著各種讚美她、崇拜她的人。她雄才大略，以超低利息借貸給有困難的人，還支助獨立參選的政治人物。

「喬伊，這些人眞的可以信賴嗎？你要當心啊。」母親婉轉提醒。

父母親的警語，像是沉睡時的預言，清晨醒來陽光普照就消失無影，要到雲層壓境、風暴滾滾時，就忽然一一兌現了。

民答那峨島鄰近赤道，高溫濕熱，雨量平均分散在四季。相較於風災頻仍的北菲律賓群島，這裡相對是穩定的農作氣候。可也正是因著這樣穩定，突如其來的大颱風，就幾乎在毫無防備中入侵肆虐，猝不及防。災難襲捲塔庫洛，喬伊的田地、作物、房子、倉庫……全泡了水，原本就是快速膨脹的財富，風一吹就散，骨架脆弱得出乎意料。銀行帳戶空了，供應商停止供貨，股票沒了，支票跳票，還有很多帳款未付。

「每天都覺得我的世界愈來愈窄小，我淹沒在債務中。」喬伊燃起一根菸。抽菸開始於失眠的半夜，陪伴她走過焦頭爛額的困境，至今不肯、不願戒，一天只一根都好。這是老朋友。

而災難總是接踵而來。原已搖搖欲墜，再一陣風，就是粉身碎骨。喬伊的老公出了車禍，初生的孩子感染肺炎，龐大的醫藥費，拖得她心力交瘁。她自尊心強，不向家中求救，反而向地下錢莊借錢，拿土地去抵押。她生意愈做愈糟，開始賣珠寶房子土地，卻連利息都不夠還。

「我就是不願意承認：我破產了！」她看著煙圈，往事歷歷。

她無路可走，向過往親近她、崇拜她、請她無息借貸的人求救。大風過後的曠野，杳無一人。

昔日是朋友的債主們，催討債務不得稍歇，甚至威脅要對她提告。這才是喬伊生命中最大的挫敗，人情冷暖，她的憤怒這麼大，像火一樣燒。她恨自己過往對人太好、太和善，在夢中她仍帶著對這些人的怨恨，她在半夜驚醒，握緊拳頭，立誓未來要報復。

「我只有出國快速賺錢一條路。還債、養孩子、站起來！」海外工作是喬伊為自己訂定的尊嚴戰役，是責任，也是復仇。

當時她已經懷孕了，還是隻身渡船，經過三個白晝三個黑夜來到馬尼拉辦證件，申請海外工作機會。等到孩子出生兩個月，她就搭上飛機離家了。三名稚子託給年邁的父母親照顧，她發誓一定還清所有債務，重新再起。

●喬伊回來了

這樣一個好強的、漂亮的、愛恨分明的喬伊，卻在當年的萬聖節後再也沒有出現。連告別都沒有。

由於嚴格的居留年限規定，外籍勞工在台灣一次不能超過三年，再加上聘僱關係的不對等，隨時有人會被無預警地送走。週日聚集在TIWA的外勞們，幾乎每隔一段時間，就要熱烈擁抱、道別，此後也許不再相見。有的人會盛大開個告別派對，承諾幾個月後會再回台灣；有的說要回去結婚了，忙著和這個那個拍照留念；有的說正計劃申請到加拿大去，前途未卜；有的說還沒打算，先休息再說……不告而別的也有，忽然被老闆遣返了，家裡出事了，匆匆離去，只在機場傳來最後一則簡訊：我會想念你。

但喬伊什麼也沒說。偶而有人問起，但無人深究。台灣的外勞政策只要他們最年輕力壯、最好用的一段勞力供給，用完就要丟回母國。他們被迫繼續遷移。在這裡，大家都是過客，只是過客而已。

二年後的秋天，喬伊安靜走入TIWA，含笑環臂站在門口。我被她的麥金長髮先照亮了眼睛。

「嗨！」大大的擁抱，跨越長長的距離。

「哇！」我是真驚喜：「你回來了。」

「嗯，我又申請回來台灣工作。」

「在台北嗎？」

「內湖。照顧阿嬤。」

「每週都可以放假嗎？」這一定要先問，全年無休的大有人在。

「嗯，我不放假會死。」

TIWA的客廳裡正播放西洋熱門音樂，一群菲律賓女工專注練習一首新舞曲，準備中秋節表演。我邀請喬伊加入舞團，她二話不說就和新朋友們混在一起跳舞，熟練、自在、一迴身就一個媚然回眸的表情。

音樂暫歇的時候，喬伊溜進辦公室。

「嗯，希望你不要告訴別人……」她咬著唇，罕見嚴肅地盯著我。

「發生什麼事了嗎？」

「我不想騙你，我一直沒離開台灣……」她欲言又止。

「你逃走了？」我放低聲量，握住她的手。

「嗯。我等到認識的朋友都離開了才再來找你們，之前太多人，」她聳聳肩，無奈地笑了笑：「你知道，我怕太麻煩。」

「小心。」我拍拍她：「就跟大家說你才剛回台灣，至少未來三年是安全的。你現在有工作嗎？」

「有。在好幾個地方當清潔工，不必照顧老人小孩，不必煮飯洗衣餵狗，不必當英文家教。」她作出鬆了口氣的表情：「感謝老天！」

「住老闆家嗎？」

「我搬去和荻微娜住。」

「啊，」我笑出聲來：「當心哪天和你以前的老闆在路上遇見囉。」

我知道荻微娜在延平北路六段社子島一帶租房子，而喬伊二年前逃離的雇主家也正在那一帶。

「唉呀，」她掩著嘴也忍俊不住：「我眞的看過她開車經過欸，嚇死我了。」

•腐地中撐起一個家

他們都叫逃跑外勞爲TNT，這是菲律賓塔加洛語Tago Ng Tago，意思是躲躲藏藏。逃走，意謂著地下化的生活，不見天日的躲藏生涯。

荻微娜是我認識最大膽的TNT，她不躲不藏，她沉著、穩重、敏感又自信，怡然出現在週日中山北路的社群中，態度落落大方，沒有人疑心她的身份。

人群中，荻微娜不主動出現，但也不退縮。她的中文好，五官也沒那麼突出，除了偏黑的膚色，長相和台灣人還比較相似，很有隱沒到人潮中、不被警察認出的條件。我初識她時，她留著一頭短髮，神態靈活，不時安靜走到我身邊，像個等待發問的女學生。近幾年她的頭髮留長了，有時散放到腰際，有時隨意挽起，看來成熟不少，人也長胖些，我總要笑她再胖下去，當心遇到警察跑不動。

喬伊總是熱情擁抱，大動作親近你。荻微娜不同，她冷靜、擅於觀察，臉上的微笑看來意味深長，和人保持一定距離，但熟悉了就會主動過來，也不一定做什麼，就是存在著，不主動幫忙，但你找她做事，她稍作思考也就接下來了。有時候，荻微娜趁著下午送孩子上才藝班的空檔順道繞到TIWA，我們忙她就自己找個安置的方式，也許在沙發上小睡一會兒，也許轉著遙控器看電視。

幾年前，荻微娜在苗栗逃過一次，被捕遣返菲律賓後，又買了個假護照再合法申請來台，不料還是遇到不適合的雇主，她於是又再度展開逃亡。至今，荻微娜在台灣斷續累計的逃亡年資已邁入第七年，成為台灣少數真正實踐「遷移勞動」的外勞，逐水草而居，哪裡有工作往哪裡去，幾乎北、中、南、東都長短期居住過，熟門熟路。我有時不免笑她是假工作之名、行觀光之實。

她爲現在這個雇主工作四年了，每個月只休二天假，偶而週日有活動，她便帶著雙胞胎小男生到TIWA，匆匆來去。兩個小男生都說得一口流利的英語，聰明機巧。週日雇主有時會額外掏錢，要她帶孩子們到動物園、兒童科學館玩，當然荻微娜會看準不塞車時間改搭公車，省下計程車錢當作自己辛勞終日的小費。雇主夫妻各有自己的事業，收入豐沃但沒時間帶小孩，請一個全天候待命的外傭，明顯比二十四小時托育省錢多了，家裡又有人弄早餐、洗燙衣服、清潔打掃，怎麼說都划算。

荻微娜的月薪約有二萬五千元，收入固定又不必繳仲介費，比起一般合法外傭多出一萬元的收入。但代價是不能生病、不能出意外、不時要躲警察。相處多年，雇主頗信任她，最難得的是她不必和小孩擠一間房或睡在雜物間、洗衣房等零碎空間，雇主的年長子女出國讀書，荻微娜因此有了獨立的舒適臥房，令人稱羨。

但即便是這樣，我還記得有一陣子，連續二週，荻微娜重感冒，週日戴著口罩來TIWA，半躺在沙發上，昏昏沉沉。

「你要不要先回家休息算了。」我倒杯溫水給她。

「不要。」荻微娜半閉著眼只喝了兩口：「那是工作的地方。」

無法休息。勞雇關係再怎麼友善，畢竟不是能夠放心休息的地方，雇主洗碗而她躺著睡嗎？難。

我在TIWA的工作空間騰出一個睡袋，讓荻微娜窩在我的電腦桌旁睡了整個下午，直到傍晚睡飽了，她起身喝水，搭車回雇主家，工作的所在。

沒多久，荻微娜就搬出來，另行租屋外宿。她每天一早六時起床搭車到雇主家，洗衣、清掃、作早餐、送孩子上學、買菜、準備中餐和晚餐，接孩子回來、幫孩子們複習功課、洗澡、清掃，忙到晚上十一時再搭最末一班公車回家。來回奔波，既耗時又花錢，但她堅持回自己的家，回到一個生病了可以癱躺著不說話的地方。

那個荻微娜在台灣第一個自己的窩，月租二千元。位居市區邊緣的社子島，一個傳統菜市場深處的長巷內，矮舊的老房子用木板隔成多個狹小房間，沒有對流的空氣，室內悶熱潮濕，廁所和廚房是公用的。荻微娜的鄰居，泰半是上了年紀的獨居老人，或失業的混混，房東除了收錢也不管事，反正是老房子，不整裝不重修，廉價出租給都市邊緣人。

荻微娜陸續從街角撿了不少家具回來，衣櫥、鞋櫃、書架、置物箱，也買了二手電視和錄放影機，閒暇時可以看菲律賓影片。電風扇轉呀轉，隔壁鄰居的咳嗽聲鎮夜都在響，她倒頭就睡，無比酣暢。

這個簡單也散亂的小房間，再過一年，喬伊會住進來，擅長布置與設計的她，將縫製新的窗簾與桌布，連天花板都徹底清洗過。在腐地中撐起一個遮風避雨的小窩，開始，成爲家的樣子。

週日的中山北路三段

第一樂章

當我起步時　心仍徘徊不已
我知道我的前途必定坎坷
但這不能阻止我駐足不前
反是鼓舞我向前的挑戰

——Josephine T. DaLit，〈奮鬥〉

・夜間飛行

喬伊重回中山北路後，就參加了TIWA的移工寫作坊。我們試著使用即席練習、朗誦分享、夢境描述等方式，催化一點集體習作的實驗與實踐，也讓來來去去的成員都找到參與的位置，進行個別經驗的碰撞與交流。大半年後，陸續有成員約滿返鄉，一些在課堂上開啓的欲望，需要更長篇的載體與更長時間的浸淫，才得以緩慢長出眞實的回顧與陳述。

我們於是同意各自發展「家庭作業」，多想一點，多寫一點。

「寫什麼呢？」喬伊的欲望似火，易燃也易滅：「一離開這裡，我就失憶了。」

「我喜歡你描述和老闆吵架的那個場景，可以再發展下去呀。」我鼓勵她。

「嗯，我再想想。」她看著手冊上凌亂的字跡。

二週後，再催。

「我開始寫了，很慢，沒時間。」

再催。

「有啦，每天都多寫一點點，有時掃地掃著就想到很多過去的事，回家卻又想不起來。只想睡覺。」

她一見到我就揚起手上一疊紙：「你看，已經在寫了啦，最近真的太忙了。」

我知道她四散打零工，每天回去後多半是累癱了還要交功課著實折磨人，就好意說：「你的草稿先給我，我幫你找人打字，你再慢慢修改好了。」

「不行不行，我的字沒人看得懂。」

這是永遠美麗出場的喬伊。即便是回憶記事，也不容草率現身。

整整三個月，我們一見面就談她那篇一直沒寫完的稿子。她像個懷孕的媽媽，不時告訴我胎兒成長的速度，半夜裡驚醒想起了什麼，和家人通電話時又湧起什麼記憶，屋子裡到處散放她的草稿。忙碌的移工生涯，喬伊的家庭作業，成爲一個懷在腹中的小生命，有心跳也有溫度，不時撞擊她的記憶與身體，讓她在勞動中陷入沉思。爾後輕輕微笑起來。

終於在二〇〇七年春天，喬伊拿著一大疊草稿來了：「你教我怎麼用電腦。我想自己打字。」

我幫她開了電腦，打開一個新檔，設好檔名，要她試著自己練打字，同時提醒她隨時要記得存檔，以免功虧一簣。

那一整天，我們各自專注工作，她不時要我過去幫忙，要刪掉這一段、要改錯字、要多空二行……等等技術性的問題，邊抽菸，邊改稿，邊打字。電腦不是她生活中熟悉的設備，但喬伊以強韌的意志力克服，整整五、六個鐘頭邊改邊打字，專注的浩大工程。

寫作期間，日夜都迴繞在過往的生命，她工作時也想著，回家看電視也想著，但眞要提筆，需要一個完整的時間，偏偏她的工時零碎，待工時間不少，但都無法完整做什麼事。這個苦差事於是經常在夜半進行，像是埋伏在喬伊的長途跋涉中，一隻意外甦醒的蝙蝠，非鳥非蟲，以不可測的高頻聲納探究身世。在夜間，展開翼膜帶領她升高，瀏覽、俯視來時的道路，又揹著她低潛，貼緊、擁抱踽踽獨行的孤單。

「我想，我是眞的愈來愈強壯了。」喬伊說。

終於，在書寫與回顧中，得到安慰。

•幾罐台啤十數人輪流喝

一九九八年初，喬伊在原已看不到盡頭的負債之外，又增加了一筆台幣八萬元的仲介借貸，一無所有地來到台灣。

初抵台灣，她印象最深的是台北街頭的水果攤：這樣漂亮、碩大的水果！她不曾在家鄉見過。喬伊是農村長大的老闆娘，也賣過芒果、鳳梨、椰子，不知道一海之隔，熱帶水果可以改良成這麼大的尺寸，令人嘖嘖稱奇。

第一份工作在內湖的紡織廠，三班制，每週一輪。一個人顧一檯紡紗機，綠色燈表示一切如常，黃燈提醒要替換新的紗線了，紅燈則鐵定出了問題，若不是故障就是絞線。而老舊機器經常是三種燈同時都亮，手忙腳亂。

眞正進過紡織廠的人，必然震驚於巨大的、二十四小時不曾停歇的噪音。柔軟的絲線要來回交互編織成布匹，竟要仰賴這麼笨重的機器滾動、牽線，用力碰撞的聲響排山倒海，終日震動。我幼年時，母親也曾在紡織廠工作多年，記憶中她與其他女工都毫無例外地磨練出粗大嗓門、終生重聽。偶有一次母親到學校來找我，在同學面前大聲叫喚如置身市場的粗鄙形象，令已然長成少女的我羞赧不已，渾然不覺那是供給我學費的勞動副產品。要一直到我投身工人運動後，才長出新的視野與能耐，接得住也承擔得起，那個一逕大嗓門、一直好可惜我沒能出人頭地的晚年的母親。

對來自農村的喬伊來說，那鎮日作響的紡紗機，簡直像是耳鳴般地如影隨形。外勞宿舍就在廠房樓上，下工了還聽得到機器捲動的聲響，連夜半都恍惚入夢。

倉庫、廠房、宿舍的三合一廠，最怕的是火災。外勞宿舍多半上了大鎖，防工人半夜溜出去玩，可一旦大火就成爲致命環節，拉不開的門活活把人悶死。那幾年台灣各地就不時有廠災的新聞，一把火燒了倉庫物料同時也燒死沉睡、或已然驚醒但逃脫無路的工人，死傷名單中永遠不乏外籍勞工。

廠房隱藏的危機，喬伊知道，但那不過是她海外工作的風險之一。眞正令她難以忍受的，是不曾預期的歧視。在台灣，管理階層和一般工人在外勞面前，似乎都長高了三吋，有意無意的優越感。喬伊明顯感受到自己毫無選擇地成爲一個標示爲愚笨的、沒知識的、需要教育與訓練的、可以動輒頤指氣使的對象。最瑣碎麻煩的工作，就「叫外勞來做」，像是同樣吃過午餐後的洗碗工作，以及下工後的廠房清掃。當然都是額外的無償勞動。

那時的基本工資也是後來十年不變的15,840元，扣除勞健保費及稅金，喬伊每個月只留一千元過生活，其餘全數匯回家，娛樂唯有宿舍裡看電視，連教堂都不去，坐車與吃飯都要錢。偶而，她與其他外勞會聚集到宿舍六樓的晾衣場，唱卡拉OK，跳舞，喝酒，買了幾罐台啤十數人輪流喝。

「我們就算沒錢，也會自己找樂子。」老闆娘成爲女工，很實際地算計台啤的價格，與酒精帶來的放鬆價值。足夠就好。

那是她第一次來台，工廠裡的年輕女孩男孩對她來說都有距離，但終究是有人作伴，有類似處境足以稍稍抵擋鄉愁。曾有個已婚的台灣領班追求她，送她電話卡、約她出門，但領班老婆也在同一廠內工作，同事在午休時間遠遠指給她看過，喬伊從此不再與領班多說話。她是來賺錢的，不想惹麻煩，放鬆可以，糾纏不可以。至今，她提及往事仍說這個領班人好，他在工廠做了二十幾年，對異鄉人特別照顧，且他的禮遇及善待並不因喬伊沒有對等回饋而嚴峻收回。善良的人，喬伊收取了這份心意。

二年廠工期間，父親過世了，丈夫離家了，家鄉只剩老母親和三名稚子。喬伊沒能停下來貼近自己的心傷與心痛，她只是更拚命，不能倒，不能輸，活下去。

約滿返鄉十天後，喬伊又出發到馬尼拉申請新工作，等待機會。那時的台灣外勞政策只容許一次來台，短期使用，用完就丟。但新的身份再買就有，買個假護照也不過五千元，喬伊沒忘記自己的誓言：不還清債務，不會回頭。

• 為什麼是我？

在菲律賓，荻微娜與喬伊的家鄉相距甚遠，中間相隔數千個島嶼。喬伊來自南部的農村平原，荻微娜自小居住在北部的深山高地，兩邊的方言與宗教都天差地遠。但她們來台的時間相差不到半年，工作地點也只有一橋之隔。可那時她們誰也不認識誰。

荻微娜是菲律賓義富高的原住民，從小生長在呂宋島北方的深山裡。義富高有美麗的山坡水稻梯田，近海的漁村又擁有海岸線下一整片眩目的珊瑚礁，天然美景是菲律賓原住民族最驕傲的身世，而交通不便的阻隔，竟也讓他們在近四百年的西班牙、美國先後殖民的歷史中，倖免於西方帝國的影響。至今，菲律賓群島約有百分之九十的天主教及基督教人口，這無疑是西方殖民留下最明顯的文化印記，少數例外的，唯有南部島嶼的回教徒，和高山原住民的傳統信仰。

就我來看，相較於一般的菲律賓人，荻微娜的眼睛狹長、和緩些，圓而扁平的臉，和台灣人相近些。而典型的菲律賓人，就像喬伊，突眼黑膚深輪廓，簡直和蘭嶼的達悟族一個模樣。荻微娜也說，閩南語很多發音都與她的家鄉話很接近，她學來特別順暢。語言、種族本就和現實的國界畫分，大有出入；勞動與貢獻，更和國籍毫無干係！

住在高山上的荻微娜，家中有九個孩子，她排行老四，父母都是農夫。高地部落，樹林多，田地狹，飲水要接引山泉，入夜唯有星光月色。所謂「務農」，不是收了稻子去賣錢，不是！荻微娜所居住的山上，種稻、種蔬菜、養豬、飼雞都是自家吃食，大自然有無窮的生命與糧食供給，餐桌上的配菜從來就只一、二樣，撒了鹽就能下飯，孩子們吃飽了下田耕作、山野奔跑，一樣健康活潑。

可是沒錢。衣服、上學、文具，都要錢。

部落裡不過幾百人，但大半的青壯人口都在外地打工，荻微娜的父親貴為長老，還是要兼作木匠、礦工以維生。村子裡，家家都窮。馬可仕執政，窮；艾奎諾上台，窮；從羅慕斯換到艾若育，還是窮。政權更替有序，強徵原住民土地的政策一點也沒有黨派差別，邊緣的從未坐到蹺蹺板穩定落地的那一端。所謂民主政治。

荻微娜自小乖順、懂事，會下田、會砍柴，是父親明顯最偏愛的女兒。十五歲後，她搬到山下的城鎮裡讀中學，寄居姑姑家。那時，姑姑在台灣工作，經濟狀況較好，足以供荻微娜唸書，但荻微娜也很認份地負擔所有家務勞動、照顧兩個小孩。她說自己是姑姑家的小褓姆，從鄉下到城裡幫傭，填補姑姑不在場的家務勞動，換取學費與生活費。

但農村裡情況愈來愈糟，農民都活不下去了。兄姐各自早婚離家，年邁的父親只好把期待轉嫁到彼時才十八歲的荻微娜，她像是家裡的老大，被父母提早放在分攤家計的位置。

「姑姑工廠的台灣老闆要聘一個看護工，你去吧。」父親說。

「爲什麼是我？我想讀書。」荻微娜才剛考上大學，還來不及註冊。

「家裡沒錢了。弟妹都還小，我沒有其他辦法。」這個身兼木匠、農夫、礦工的原住民長老年歲大了，再沒有移動求生存的條件。

「可是……」

「大學畢業，還不是失業？」大她十歲的姑姑說：「現在有不錯的機會就去試試看，以後回來可以再讀呀。」

要放棄學業及朋友到遙遠的異鄉，其實大大違反荻微娜對未來的想像。但她不忍心：「怎麼拒絕呢？父母太辛苦了，我還可以幫忙家裡做點事。」

一九九七年秋天，荻微娜來到台灣。那年，她十八歲，還不到台灣輸入外勞的二十歲門檻，她向長居山上無須出國的親戚借了證件，向姑姑借錢付仲介費，一個人逕自到馬尼拉辦護照，飛向台灣，進入台北縣蘆洲的蝦醬工廠。

一如多數以「看護工」名義引進台灣的外勞，荻微娜負責照顧的阿公年紀雖大，身體尚能自理，並不需要全日候的照護。荻微娜每天早上四時陪阿公到公園運動，回來後做完早餐，打掃二樓的居家，再又打掃三、四、五樓分租出去的樓層公共空間，然後到一樓的家庭工廠，進入蝦醬製造流程，有時還要跟車一起去送貨。

蘆洲的主要街道上，住廠合一的家庭工廠十分常見。這家蝦醬廠是六十年的老店了，從大街上看店面並不大，鐵門一拉起卻是老式建築的狹長結構、佔地頗廣，一樓既是車庫、也是辦公室、展示櫃、廚房、材料倉庫，再進去，還有一長排裝放蝦油的水泥槽形成一個四面高樓圍踞的露天空間，製料的上端以塑膠蓋擋雨、防沙塵，掀起蓋子，只見烏黑的油膏流淌，工人不時要加入鮮魚、鮮蝦、食鹽、糖、調味料、還有己二烯酸鉀的防腐劑。製造腹地的最末端是包裝的部門，完全是手工灌瓶、包裝、再黏貼上不同的商標。有的叫魚露、有的是特級蝦油，全部來自同樣的材料，放上不同標籤，紅黃綠橙都有，總有十種標籤。

蝦油採傳統製造，沒有生產線，勞動形式也相對無須制式的管理，荻微娜很快就學會所有流程，含採買物料送貨，也練就了一口流利的國、台語交錯應對。

雇主廖太太為人海派，待人和善慷慨，她這樣形容荻微娜：「她對主人很忠心，我不必交待太多，她就會自己主動做。一個工人要做多少才夠？應該做的都做到就好了，如果今天太累，就先休息。明天做好就好。」

荻微娜則說：「有的老闆看不得你休息，廖太太不會，我有事要外出只要說一聲就好，沒做完的事回來再做就好。她相信我。」

因著廖太太相對人性化、彈性化的勞動管理，荻微娜的行動有很大的自由。她也因此成爲其他移工的好幫手，代替不得休假的人匯錢、幫忙受虐家傭寫陳情書、了解移工海外組織的現況、傳遞相關勞動政策的資訊……這個一心想上大學的菲律賓少女，卻在台灣大開眼界、重新學習。

三年後，荻微娜離開台灣回到菲律賓。父親鼓勵她回學校完成學業，但她的想法已經不同，大學畢業又如何呢？山上找不到工作，城裡也未必如意，她出了國、長了見識，對自己適應環境的能耐信心大增，匯錢回家支撐弟妹就學、協助其他移工在異地的自主組織，都成爲她生命中很大的責任與成就。

她的能力與膽識正在舒展中，再回不到從前。

第二樂章

面對劇烈的搖晃，必須堅強
我們是僕人，永遠隨侍在旁
在任何的情況下，我們都會在一旁
不會放下，更不會讓搖籃落下

——Rosario Regalia，〈搖籃〉

•「國家英雄」

移工寫作坊搭設了一個共同分享、交流的平台，讓述說自己的欲望，有一個練習的出口。在集體中，整理殊異的經驗，發展共通的意義。

我們讓大家描寫印象深刻的一件事，任何事。喬伊寫下剛到台灣時，面對海關人員不客氣的態度，她內心的憤怒：「我想，你教育程度比我高嗎？你比我有能力嗎？你憑什麼因爲我是外勞就看不起我？」

「常遇到這種事，」來台幫傭的尼塔搖搖頭：「我總是想，是他們自己沒有禮貌，不理他們就好了。」

「但我很生氣。菲律賓人不會這麼沒有禮貌。」喬伊放下筆，自嘲地笑了：「可是我也不敢罵回去，萬一仲介要把我送回去就慘了。」

「那你如何處理你的情緒呢？」我問。

「不處理。我記住了，打電話回家也不會說。說了也沒用，只會讓我媽媽擔心。」

「我也是，」年輕的廠工艾莉絲說：「遇到難過的事一定不會跟家裡人說。海外移工不能訴苦，家人又幫不上忙。」

「打電話一定說好話。寄回去永遠是禮物。」向來不主動發言的荻微娜簡單下了註解。

「所以，」喬伊大笑著說：「你可以了解，我們政府為什麼叫我們海外移工是英雄了吧？我們賺外匯回國，但遇到痛苦沒有人說出來。」

菲律賓自一九七四年實施輸出勞力政策，至今約有近八百萬海外移工，佔總人口的十分之一，前往工作的地點廣佈全球一百六十八個國家，每年匯回國的金額、及政府強征的手續費用，加起來就超過一百二十億美元，是菲國很重要的經濟支援。環環相扣的供與需，依賴的無非是資本主義下核心與邊陲國家不平等的發展、及國際貨幣的不等價交換，被迫跨國流動的勞動力快速填補這個交錯的缺漏。

一九八九年起，台灣從專案到特定行業開放成為外勞接收國，菲律賓一直是重要的來源國之一。十幾年來，數百萬人次的外勞來去台灣，撐住最底層的勞動，照顧老弱殘幼，成就重大工程建設，同時也遮掩了沒有方向的產業政策及漏洞百出的社會福利。

・一千種「回去以後」的夢想

喬伊家中五個兄弟姐妹，全都有移工經驗。

大哥是台灣自一九九二年正式實施就業服務法後最早一波來台的外勞，依法一年期滿就返鄉。二哥則是八〇年代末期，拿觀光簽證來台逾期居留的非法外勞，那時台灣景氣正好，非法外勞到處都是，就服法還沒實施，不必付仲介費，也沒有外事警察天羅地網捉拿，五年後想返鄉了就去自首，罰款也不算多，付了機票就離開台灣了。姊姊在新加坡幫傭二年；妹妹則是申請到韓國工作。

遷移各地的家人，聚散無期。七〇年代的菲律賓勞力輸出，以中東沙烏地阿拉伯的營造業為主，泰半是家中的父親離鄉千里賺錢；九〇年代以後，逐漸以女性為輸出主流，地點遍佈全世界，國際褓姆鍊轉個不停，走馬燈似地奔走著一個個把孩子留在原鄉的母親，來去海外照顧他人的孩子。喬伊是其中一個母親。她以小兒子的年紀，來計算自己離家的年資。

小兒子三歲那年，喬伊二度來台，在桃園縣的食品工廠工作。這一段血淋淋的工作流程，她說得特別仔細，認真總結道：「我眞的學了很多。」

果然是農村老闆娘。同廠有六十幾名外勞，有的年輕女工，一到工廠發現屠宰、清洗、包裝的全套血腥作業，氣味和環境都濕黏難捱，還得戴手套掏內臟，當場都嚇哭了。但喬伊不是，她興緻勃勃，盤算著日後返鄉也可以在農村兼營肉品買賣。她刻苦、好學、有頭腦，除了自己負責的分裝肉品及內臟工作外，整個屠殺豬仔的標準作業流程，她津津有味地觀察、學習，記得一清二楚。

每天約有將近一千隻豬進廠，大卡車直接駛進十公尺寬的大型冰庫，每個工作的關卡、作用、工序都一清二楚，倒吊著豬隻的生產線繞著不同部門轉動。

先是以電擊棒把活生生的豬隻擊昏，再來就放置到大桌檯上，倒掛勾栓住豬蹄，直接懸空吊起，一隻隻瀕死的豬身移向放血的部門。這幕宛如電影，也確實需要功夫，男性工人分作二人一組，一個人快速以刀刺中豬脖子，另一個人趕忙接血導入大儲血桶。再來，放淨血的豬仔再移去火燒豬毛，空氣中微微的焦味，異樣的芳香與腥燥。再往下，沖水，沖掉血與焦毛，光禿禿現出可憐的肉色原形。下一站，人工除去未燒光的毛，趕盡殺絕。然後，開腸剖腹，動作要快、狠、準，否則就像凌遲。再下一個作業檯，戴手套的女工一一伸手入腹，掏出纏繞成團的內臟。胸腹淨空的豬仔，再一次沖水、洗淨，送進冷凍庫。

一天一千隻！

內臟還另外延伸一個更血淋淋但確實很專業、細緻的工序，要清洗、分類、秤重、包裝，豬隻全身上下內外大多是可用之物。喬伊在這個部門，學會了分辨豬內臟及不同部位的豬肉價格，有貴有賤，有用有無用，都是很驚人的學問。台灣人什麼都吃，連豬血都可以冷凍了再賣錢，她大開眼界，默記在心。

對喬伊來說，這個工作比紡織廠的機械性勞動有趣多了。具體的勞動令她激動、雀躍，她的腦袋裡編織著一千種「回去以後」的夢想，依著出貨的需求，全力配合工廠加班到午夜。而冷凍庫久待造成日後天冷關節就酸痛的毛病，也會在往後的下半生，伴隨著她回到家鄉。

●離開？我又不能換老闆！

喬伊在屠宰場爲豬內臟分類包裝的時候，二十一歲的荻微娜總算得以使用自己的名字申請來台工作。

這一次，她來到苗栗鄉間的獨棟透天厝。雇主是個土財主，四個老婆，子女皆在學齡，全家加起來總計二十五人！四層樓的大坪數房子光是打掃就極耗工費時，更不用說煮飯洗衣。這家人是第一次使用外勞，原先每層樓都有洗衣機，可家裡來了個小婢女，老闆就要求一家大小的衣服全得用手洗，還得一一熨燙妥當，連內衣褲都要燙平。

荻微娜每天上午六時工作至半夜二點還做不完。假日休息？不可能！

這樣的人，我們也不是不曾聽聞。家裡來了個傭人，清潔標準立時拉高，原本便利的洗衣機，似乎有了傭人就可以除役了；不然，傭人做什麼呢？原本沒燙衣服的需求，但既然衣服收好要摺疊，何不就順手熨了吧；不然，傭人做什麼呢？彷彿沒想到這樣工作量是做不完的。

另一種可能，則是又一個「被仲介教壞」的雇主。他們也許不是眞心要凌虐她，但就是擔心她逃跑，所以費盡心思讓她一刻不得閒，口耳相傳「不要對外勞太好，以免被她爬到你頭上。」「不要讓她們休假去亂交朋友，否則就會比較、計較。」……是了，這一組對待關係的關鍵字是「逃跑」。

外勞逃跑了（誰需要逃跑？外勞是囚犯嗎？），雇主要被處以配額取消、及續繳就業安定費的懲罰。若是那家中有人癱瘓在床，社福照顧既是零碎不全，一旦被取消了全日照護的外勞配額，不啻是莫大處罰！

那時，姑姑還在廖太太家工作，電話裡勸荻微娜：「離開那裡算了！」

「離開？我又不能換老闆！」

「逃走吧！」姑姑說得心平氣和，她在台灣工作幾年下來也累積了不少經驗與人際網絡，她說：「到台北來，再另外找工作。」

有人可以依靠，逃跑一事變得不是那麼可怕。預扣的稅金、仲介費及護照都還在仲介手上，但她身心俱疲，覺得自己快速衰老中。領薪水那一天，半夜三點，荻微娜拎著小袋行李，在鄉間道路上步行半個小時，終於搭上計程車。

「火車站。」荻微娜沉住氣。

「這麼晚？」司機從後照鏡盯著她看，再轉過身探看一眼她的行李：「你一個人哦？」

「我的老闆有事找我，很急。」荻微娜自然地開口：「我趕到火車站，和老闆一起搭車去高雄。」

她的國語說得流利，司機也不再多問。

這才是第一關，未來還有更多的關卡，她的身份一下子墜落到危崖邊緣，任何一點風吹草動，都可能讓這個司機不送她到火車站，而改送到警察局。

荻微娜回到台北。廖太太什麼也沒問，就給了她一個房間。

二週後，荻微娜透過地下仲介，在彰化花圃找到一份工作。先前說好月薪一萬八，但老闆見面時又改口月薪一萬四，工作時防賊般緊盯她的一舉一動，成天嘮叨個不停，這一次，荻微娜不必再忍受與掙扎，不到一週她就辭職了。這一個禮拜的薪水，當然沒拿到，白給了仲介一筆錢。

她沒有合法身份，沒有勞資爭議的籌碼，但也不必再遵循不合理的外勞政策規範。荻微娜在台灣，第一次像一個自由出賣勞力的人，主動向老闆終止勞動契約，不須逃跑。就是離職，離職而已。

・誰可以捐血？

週日的台北火車站，來來去去很多外勞出入，集中向東出口或走向捷運地下道的，多半是印尼籍的，鄰近的北平西路上有不少印尼小吃店；往北三門疾步而行的，則清一色是菲律賓籍，走向一整排駛經中山北路的公車站牌。

公車站前有人舉著英語標牌，手提式麥克風高聲叫喊：「中山拜拜，中山拜拜！」意思是，這是往中山北路聖多福教堂望彌撒的車子。外勞們都統稱中山北路三段民權路口至民族西路間爲「中山」，「拜拜」則是向本地人說明「望彌撒」的意思。到中山拜拜，就是進入小菲律賓區的動態聚集。

我和荻微娜約在台北火車站見面，但我早到了，決定利用空檔去捐血。火車站的捐血中心設立多年，置身往返匆忙的人潮裡，多半是冷清的。至少我捐血時似乎是整個上午的第一人，享受兩名百無聊賴的護士殷勤協助查證件、塡自願表、量血紅素、扎針。我怕疼，針筒扎入時咬牙切齒的表情經常讓護士都驚嚇地以爲扎錯針了，偏偏我的血管又細，針進了含不牢，稍稍一點不留意針就游走了，又要重來、受罪。好不容易開始輸血了，預計小血袋裡要從我身上一點一滴吸走250 cc的血液，這個流程，大抵要跑五分鐘。護士小姐體貼地和我閒聊，好引開注意力。

「禮拜天這麼多外勞來火車站，也會來捐血嗎？」我看著菲律賓人來來去去的熱鬧出入口，隨口發問。

「啊，外勞不能捐血。」護士小姐有點驚訝地回應。

「不能？只要是外國人都不行嗎？」我更驚訝，彈起的身子差點把針筒拉斷了線。

「就外勞啊，你是說印尼泰國那些嘛，外勞不行啊。」

「爲什麼？」

「我們血液要一年追蹤期，外勞來來去去，怎麼追蹤啊？」
「那美國人、日本人也都不行捐囉？」
「不是啦，外國人如果會停留久一點就可以捐啦。」
「多久？」
「幾個月以上啦。」
「那外勞一般都停留三年欸，只要超過一年就可以捐了嗎？」
「你是說印尼菲律賓那些嗎？不行啦，外勞不行。」
「爲什麼？」
「他們有瘧疾啊什麼病的，很危險啦。」
「可是外勞來台灣以前都經過體檢，來了每半年再檢查一次，都很健康啊。」
「反正，外勞就是不行。」

她把捐血登記表直接推到我的眼前：「如有下列情況之一者，請勿捐血，因爲所捐血液將可能使受血者感染愛滋病……」，以下洋洋灑灑列出十種危險群，可想見的是疾病帶原者、藥癮者，併列的還有同性戀者及性工作者。性傾向及特定職業成爲拒絕往來戶，事實上是嚴重違反醫學常識，性病的防制重點應該是安全性行爲，而不是特定對象，但衛生署這種恐懼同性戀、反制性產業、加重社會污名的作法早已不是第一次，也就不令人意外。十項不准捐血的種類裡，最不可解的則是「監、院、所收容人」與「外籍勞工」。理由我如何也想不透，罪犯與外勞如何成爲高危險群？

衛生署一直以防疫爲名，要求外勞來台後每隔六個月就定期接受體檢，理由是外籍勞工「進出國界頻繁」。但外勞可能是台灣社會最「無法流動」的一群人了，他們來台後除非必要極少會中途返鄉，他們的勞動契約一簽定就至少二年不能改變，連從台北到台中換工作的機會都沒有。若是針對「外國人」的不放心，白領的、西方的、投資型或技術型的移駐者，並沒有受到特別的「防疫」關注，沒有定期體檢的追蹤，也沒有捐血的限制。

白紙黑字明訂不准捐血的，只有，藍領的、東南亞籍的、低階勞動者。

「我從來沒作過健康檢查……」我忍不住嘟嚷：「你怎麼知道我沒病？」

「啊？」護士溫婉一笑，寬容地收好我的血液，用泡過酒精的白棉絮按緊針口：「剛才檢測你都算正常啦。」

捐完血，我還是拿了飲料和餅乾。政策不是護士的錯。

但政策決定了護士、以及其他人如何看待外勞，即便是在外勞們熱情擁抱的台北火車站。有一陣子警察進駐車站來趕人，不准躲避烈日當頭的外勞在車站大廳席地而坐，怕有失體統，妨礙市容。現在外勞們多半都聚集在南站的廣場，到了黃昏，還不時有男性營造工耍帥揹著吉他唱著一首又一首情歌，一旁圍著彩妝稍褪、而香水依然濃郁的女工，興高彩烈地低吟、笑鬧。從早到晚，不忍離去的台北火車站。

原來台灣只要他們的汗水，嫌棄他們的血。

十點鐘，荻微娜來了。「我去捐血。」我順手把錫箔紙包裝的飲料遞給她。

「哦，這是捐血贈的禮物嗎？」

「外勞不能捐血。你知道嗎？」

「眞的？因爲我們是外國人？」

「只有外勞不行。老外可以。」我用中文說，知道她聽得懂兩者的階級差異。

「嗯……你覺得要抗議嗎？」果然是身經百戰的荻微娜。

「你覺得呢？」我反問她。

「這好像不是現在最嚴重的議題……」

「嗯。最嚴重的是什麼？」

「自由轉換雇主吧。」她毫不遲疑。

「是啊，不然所有遇到壞老闆的外勞都要變ＴＮＴ了。」

「那也不錯！」她爽快地一口喝光飲料。

第三樂章

我盡我所能　努力去配合
他們用最尖銳的叫喊來交代工作
我同情我自己　決定有一天
將終止我的契約
將停止這種屈辱

——Angelina C. Castillo，〈異鄉人的希望〉

‧如果有路？

逃走的故事，我們聽說、也眼見許多。

有時一個被長期性騷擾的女孩，遲疑著要不要提出申訴：老闆不過是每天晚上要她幫忙按摩，衣服愈穿愈少，要求愈來愈多，她知道自己在一個危險的邊緣，家裡只有老人和兒子，要幫老人洗澡，幫兒子按摩，她擔心出事了無處求援。

「我請他不要這樣，他很生氣瞪我。」她遲疑地描述：「他要我按摩，大腿再裡面……我可以換老闆嗎？」

這很難。沒有證據，且小老闆終究還沒「出手」。可以協商嗎？可以，也許老闆保證不再這樣，但她擔憂的性侵也仍是危機四伏，又或者更慘的是，勞雇關係一說破，只怕老闆就藉故將她送走。

她隱忍了半年，打電話找只見過一次面的仲介。仲介說她想太多，認眞做事就好了。她傳眞申訴信到勞工局，沒有回應。她藉著體檢的機會，請了一天假從中壢坐車北上求助，我們分析所有的利弊得失，要她先試著與雇主再作溝通，注意收集證據，其他外傭也教她一些明辨眞僞、保護自己的小技巧。

一週後，我收到她的簡訊：我逃走了。謝謝。我很好。

如果有路，需要逃跑嗎？逃跑，竟是自救的手段。而這還是比較敢於行動的一個。

我要一一列舉那些無能、也不敢逃走的案例嗎？

那個連續被六十五歲的阿公性侵，說話小心翼翼，總擔心被其他人聽到她的秘密的尤莉，她來求救，不是因爲性侵，而是阿嬤懷恨誣陷她偷走一千元。她娓娓道來，阿公以「否則我就不幫你展延一年契約」爲警告，清晨從二樓到四樓侵入她不能上鎖的門房，長達一年。上週阿嬤看見阿公清晨從她的房間走出來，生氣了，竟誣指她偷竊一千元，要提早解約。

尤莉個子小，有漁村來的黝黑膚色，未婚，是家裡的老大，弟妹讀書全靠她。尤莉的英文說得支離破碎，性侵的過程她用一個痛苦的表情、緊縮的身體表達，她純眞的眼睛訴說著害怕，但她反反覆覆向我抱怨的，竟是那一千元眞的不是她偷的，不知我能不能向老闆娘說清楚。

她想，確認不是她偷的，也許就還能留下來。夜半的騷擾，是代價。尤莉後來還是被提早解約了，她一直沒敢說出阿公強暴的事，永遠成爲秘密。阿公家會再聘新的外傭，門還是不能上鎖，也許有下一個隱忍的女孩。但尤莉說：「對不起，我沒那麼勇敢要揭露這件事。」

說對不起的人，根本不應該是她！

還有約瑟琳。她白天在布店工作，傍晚別人下班，她趕去接雇主的孩子，回去煮飯洗碗清掃，到晚上十一點才輪到她洗澡。週日，她被派去雇主的丈母娘家清理五層樓的房子。

當初是因爲老公外遇，也不拿錢養家，媽媽自願代她照顧小孩，鼓勵她申請海外工作：「去吧，你出去尋找你自己的人生！」

但約瑟琳來台工作二年，日以繼夜，每天睡不到五個鐘頭，她生病、過勞，月經已經停止一年了。她沒有假日可以上教堂，但每天晚上都祈禱上帝給她力量，渡過艱難的考驗，她相信這一切現實的挑戰來自上帝對她的深意與安排。她向老闆請了兩個小時的病假來TIWA申訴，娓娓說出兩年不曾說出的話。她很瘦，像一張紙，臉上一絲血色也沒有，我說雇主違法，她在布店工作時我可以請地方政府的外勞查察員到現場，只要查到違法聘僱的證據，可以轉換雇主。但她決定二年契約期滿就回家了，只要求我幫她向仲介討回當初預付三年的仲介費，差額是一萬八千元。

她神情疲憊，二年來賺的錢剛好付給仲介。她怕衝突，不希望在離台前和雇主或仲介爭執。回家休息好了，台灣，再也不想來。

當然我不能忘記陶氏瓊。二十一歲的越南籍陶氏瓊，以「看護工」爲名來到台灣，但打從一開始就被老闆白天帶到鐵工廠工作，晚上再回來當幫傭，沒有朋友，沒有社會支持網絡，資訊封閉，生活隔離。她不明所以扛負著二份工作，直到她在日夜操勞的疲憊中，眼睜睜看著自己的右手被機器捲進去…………

…………我多麼希望她們及早逃走！

‧我辭職！

逃跑外勞的工作，多半是補充性的，種類多樣，長短不定。年輕的荻微娜去過雲林虎尾照顧老人，到陽明山種花除草，也到過楊梅種菜，月薪從一萬七到二萬五不等，有時是塡補合法外勞尚未抵台的幾個月空檔，有時是季節性的額外人力。沒有合法身份的異鄉生活，鍛練荻微娜高度的敏感與機警，她的生活容不得任何一點疏忽，一旦發現苗頭不對，例如一個太過緊張、不知應對警察與勞工局官員的老闆，就該走人了。

她這樣說：「天啊，就有這麼白癡的雇主！官員沒看到我他還主動讓我被發現，查察員向我要證件，他也不會幫我擋一下？全靠我自己騙說居留證在仲介那裡。我很快就辭職了，否則，遲早有一天，我會被他害死……」

這樣小心翼翼的荻微娜，卻在最安全的蘆洲住處，被破門而入的警察帶走。

那是所有的家傭都忙碌的農曆年假期間，一名室友走出大門時沒上鎖，荻微娜正發著撲克牌，闖進來的警員就一口氣帶走在場三名逃跑外勞……荻微娜事後回想，應該是被另一個在外結怨的TNT所拖累，有人去檢舉，警察才得以長驅直入。她當時也不覺得害怕，在拘留所待了十三天重辦護照，請朋友張羅機票錢，時值春節期間，局長還包了一百元的紅包給她們，算是台灣警察的人情味，異鄉人領受了。

逃跑外勞一旦被捉後，按理說五年內是無法再入境的。但荻微娜重新拿出第一次來台的假護照，還是又飛回來了。她有她的盤算、夢想，打算就此脫離TNT的身份，不躲不藏在台灣生存下來。

「我若想非法工作，一開始就用觀光簽證就好了，省事又省錢。」荻微娜認眞分析：「不是逼不得已，不會走上TNT這條路。」

二〇〇四年初，她來到台東，看護一個年歲已大、但行動還算硬朗的老太太，兼做全家大小的雜役。雇主很囉嗦，也事事刁難，她隱忍著，不想再掉入非法身份，躲警察。

後來到底是怎麼了呢？她只能憶起是因爲地震。

地震，牆裂開一條縫。像她與雇主間的嫌隙被暴露在光天化日之下。

「荻微娜，把這個牆修好，這樣難看死了，又很危險。」

「我不會修。」

「怎麼不會？這有什麼難，不試怎麼知道？」

「沒有工具，你要買給我啊。」

「你自己想辦法。什麼都不會！」

次日，荻微娜從倉庫裡挑出一綑膠帶，把牆壁上的裂縫以膠布密密封印，淡褐色的膠布整齊貼在老舊的牆面上，看來倒也不礙眼。這個動作，其實是她以有限的條件，回應老闆的要求，至少，不是束手無策，或者置之不理，後二種反應可能都會帶來不可收拾的後果。但意想不到的是，她笨拙補牆的動作也可以被解釋爲挑釁、故意，雇主更是暴跳如雷。

現在回頭看，不管她做或不做什麼，其實後果可能都是一樣的。總之，作決定的從來不是、不能是那個下人。雇主可以換工人，工人不能換老闆。外勞政策制定的遊戲規則就是這樣。果然，仲介叫荻微娜立即收拾行李，說要帶她到台北工作一個月，換個環境。

等她看見前來接她的仲介和當初在機場接她的人是同一個時，機警的荻微娜心裡就有譜了，她配合著仲介來到台東火車站，等待北上的列車，但她知道那一路勢必通向強迫遣返。她來台前付出的龐大仲介費，一夕之間就要化爲烏有；她笨拙黏貼，費盡心思要修好牆壁的裂隙，但老闆卻可以輕易換人、斷送她的夢想，無須縫補。

這場賭局從來就不公平，但她可以選擇冒險一搏。

在仲介稍不留意的當下，荻微娜拋下行李、飛速奔向地下道，跳上對面月台邊及時駛離的南下列車，繞經大半圈的台灣，回到蘆洲。又一次，成爲逃跑外勞。又一次，失去合法身份，同時找到自由。

荻微娜自己找工作。她循著聯絡簿，自行向上次被捉到前受聘的人家詢問，很快就回到社子照顧雙胞胎稚子，不久後，她搬出雇主家，自己在延平北路六段租屋。這份工作持續多年，她每天早上七點到十二點到雇主家工作，張羅一家的吃食、照顧一刻安靜不得的雙胞胎，再回自己的租房處，月休二天。從事房屋仲介的老闆娘脾氣火爆，先後已換過五個菲律賓人、兩個大陸人，沒人受得了她的辱罵。外勞辭職，多半不是因爲工作內容。

荻微娜捉得住老闆娘的脾性，也罩得住兩個小男生，完成工作從來不是問題，面對突如其來的咆哮，她多半冷靜以對，只有幾次眞忍不住了，對著老闆娘一字一句說：「請不要激怒我，否則我辭職你另外找人。」

這是合法看護工沒有的權利，但TNT有。而且說了有用，稍稍安定那老闆娘也許是房仲業競爭太大導致的失控，讓人從獸的位置再拉回來一點點。

可爲什麼合法的制度要任人爲獸，迫勞爲奴呢？

荻微娜一度氣急敗壞，逕自離家走人，不回去上工。最後都是老闆娘主動來電商請她再回籠。她於是知道，即便是僕傭，有自己的住處很重要，有地方可退，與雇主不致兩敗俱傷。也不會因爲過度隱忍而內傷重重。這個領會，有家可回的本地工人是想也想不到的。

‧換取自由

就在荻微娜重回台北，再度出現在中山的時候，喬伊第三度來台。

二〇〇三年，台灣就業服務法有關外勞居留年限又拉長了。因應台灣雇主的需求，外勞年限由三年改爲累計六年爲上限。喬伊於是又得以申請來台，這時她已年近四十，要再當廠工，也沒人要了，只能申請看護工。海外移工，年齡是很大的限制，男生若在營造工地，做到四十歲出頭，也已是極限，年長的女性就要轉入幫傭、看護工。

二〇〇四年三月，喬伊來到延平北路五段工作。名義上是阿嬤的看護，但事實上這位身體硬朗的阿嬤只有過年期間見過一面，喬伊眞實的工作是幫傭和家教。

她和已離婚的女雇主、玩股票的阿公、及三個青少女同居，人口不多，但一家三組人馬各自爲政，喬伊得同時週旋其中，伺候不同需求。女主人從事進出口貿易，很能幹的企業家，光在台北市就有三個辦公室要同時管理，每天忙得團團轉。喬伊在家裡要洗衣、煮飯、打掃、清理、接送小女兒上下學，還不時被女主人載到三個辦公室輪流清掃，最重要的，她被設定爲三個女孩的夜間英文家教，塡補忙碌母親不在場的空缺。

清潔工作難不倒喬伊，青少年才是最恐怖的。十六歲、十二歲、九歲都不是好惹的年紀，喬伊家鄉有三個孩子，天天靠手機千里傳訊，不料來台被三個驕縱的小女生欺負。

「她們眞的是欺負人，」她至今說來仍是一肚子氣：「連阿公都不敢管她們，他每天一早看完股票就出去下棋，只有我走不掉。」

這個家庭的人，拆成三塊各自存活，恐怖平衡。忙碌的母親似乎是藉著聘請外傭來分擔她的一切欠缺，且徹底使用她：喬伊是清潔工、家教老師、管家，工作或家庭哪裡有需要就捉喬伊去應急。三個小女生不知從那裡學來的大小姐態度，對待喬伊完全是個下人、奴隸，頤指氣使。

二小姐在書桌前作功課，一邊看書，一邊把撕下來的廢紙往地上丟。然後，她揚聲叫喚：「喬伊——」

「什麼事？」

二小姐頭也不抬地以手指示意，要喬伊撿起一地垃圾。

「垃圾桶就在旁邊，你要自己丟。」喬伊試著說道理。

「不要！」十二歲漂亮女孩面目猙獰：「叫你丟你就要丟！」

「你不可以這樣………」

「那你走呀，回去菲律賓！」小女生知道痛處，一踩就中。

類似的場景總叫喬伊捉狂。但最後的結局總是她退讓。

她恨聲指控：「我的家庭沒有人是這個樣子的。她們沒有禮貌、沒有教養，對人沒有一點尊重！」

她和小女生鬥智也互探底線。喬伊不像其他馴服的外勞，低姿態討好，反而是據理力爭，小女生平日驕縱無禮，媽媽一回家就假作讀書，而女主人也真需要一個管家來幫她看住孩子，如此喬伊才找到夾縫中的生存位置。家務勞動，不只是體力勞動。

二〇〇五年十二月三日契約屆滿，喬伊盤算自己若再續一年約，債務就還清了，懇求雇主再延長，女主人也答應了卻遲遲沒有動作，眼看著解約日期一天天逼近，這時候回菲律賓，再來台又要再付一大筆仲介費。她焦慮不得眠。

在家鄉的老母親說：「現在回來，會有什麼後果你可以想像。留在台灣，有什麼風險，你也最清楚。你自己決定，但我永遠歡迎你回來。」

她在TIWA認識布萊西、艾美、還有荻微娜，之前一直不知道荻微娜原來是逃跑外勞，荻微娜這樣泰然自若，這樣無所顧忌，連上街抗爭都落落大方，是個膽大勇健的女人。喬伊焦慮無法下定決心時，才知道荻微娜的身份，她總算首度目睹所謂「逃跑外勞」也不過是和她一樣工作、休閒、行走與吵架，不是憔悴、黯淡、躲藏、驚恐的地下鼠，這個新發現讓喬伊增添不少勇氣與想像。

喬伊開始計畫脫逃。既是決定走險路了，就要不露風聲，她主動向雇主表示想念孩子，還是先約滿回菲律賓再說吧，然後，她花三週的時間把重要的行李依次帶走，暫時安置在荻微娜在社子島租賃的家。她和孩子同住，向來沒有隱私，衣物減少了怕會引起雇主疑心，時值TIWA二手物交換活動，她一口氣拿了許多衣服、皮包、鞋子回雇主家一件件吊掛在衣櫥裡，完全看不出早已移花接木，這些都不是她要帶走的東西。生活如常。她甚且向老闆預支薪水，表示要買回家的禮物，如此把最後一筆薪水要到手。最終，除了不敢出口要求、以免打草驚蛇的護照、及被仲介預扣二年的稅金之外，喬伊已是我見過的逃跑外勞中，有計畫地將自己的損失降至最低，也最有安排的人了。

十一月廿八日，她離開那個家，再也沒有回去過。她甚且很有誠心地當晚就主動打電話給仲介，把自己逃走的考量溝通清楚，不無歉意地讓他知道她若能再延長一年，只要一年，就可以心甘情願走人了，可是老闆不想續約，她又不能另找工作，只好選擇逃跑。

一週後，透過地下仲介，喬伊有了新工作。地點在天母的豪宅，看護的對象是個有錢的老太婆，她的兒女們也同住豪宅，但房子數百坪，各有獨立的出入口，所以老太太幾乎是獨居，病弱的身體需要有人全日待命、扶持，料理她的生活起居。老太太脾氣極糟，待人苛刻，階級與種族的歧視毫不掩飾。前幾個外勞聽說都待不滿一個月。

那個孤獨的老太太，也許就如同我所知道的很多老人，永遠在抱怨、不滿、不舒服，但其實是因爲想引起子女的注意。她要的是關心，而且不是「外人」的照顧，她藉著辱罵、換人、不合作、不好搞，抗議的是被親人的忽略、也許還有內在對衰老的恐懼。她的權力似乎很大，但除了抱怨，她無法改變任何現實，她的身體日漸虛弱、力不從心，但子女很少探望。喬伊只能全盤接收她對生命的憤懟不滿與恐懼無助，照顧她而不被她看在眼裡，扶持她而遭她踐踏。

可憐又可惡的人。

「分明是她需要我的協助，爲什麼卻不把我視爲協助者反倒是奴隸呢？」喬伊的話明顯不是只針對老太太。

這份看護工的月薪有二萬四千元，逐月扣除二千元仲介費，還可以實領二萬多，算是喬伊來台灣後的最高薪，但一個月後，一如老太太預期，喬伊也辭職了。

「I quit!」她說。可以辭掉壞老闆，大快人心。

之前她還是合法身份，無法轉換雇主，只有一再忍耐；現在，她可以辭，可以盤算等工期間沒有收入的損失，可以自主決定利害得失。她辭職，不需要逃跑。這樣的感受，是掉到非法身份後，最強烈的印記。她知道她換到什麼。

第四樂章

事實是　我們是天才建築師
雕塑著命運　以每一個腳步
成為自己的戰士
在選擇的每一條道路
是自己信仰原則的君王

——Haubert S. Lander，〈我們是天才建築師〉

‧一小時的聚會

這個公園很大，網球區、遊樂區、籃球與土風舞……不同需求的人各自佔據一隅，黃昏時人潮絡繹不絕。

我們在最接近東邊出口的遊樂區找到阿娣，十數名菲籍幫傭每天傍晚的固定聚集，水泥欄杆上排放各式菜色、飲料、還有蛋糕。幾名不時尖叫的幼童在騎鐵玩、吊單槓，數張輪椅排放，坐著白髮的阿公阿嬤、坐立難安的智障兒童、腦性痲痺患者。阿娣是來溜狗的，她跑了兩圈氣喘吁吁地繞回來，趕緊用手提錄音機放老式情歌。只要有人拿起相機，四散追孩子、安撫老人、聊天談笑的外傭們，立即聚攏綻放笑容。

十三歲的智障男生，一刻不得安靜，扭著身子要葛瑞絲抱他。神情疲憊的葛瑞絲說二年約滿就要回家了，小男生在家裡待不住，無時無刻都想往外跑，他手腳都扭曲不良於行，但身量體重早已是個小大人了。累了就要人抱，出門會吵著上超商，葛瑞絲過度疲憊，還得自掏腰包買零食。孩子的母親是個社工員，工作異常忙碌，回家就是垮著臉，似乎再多一點壓力就要滅頂了，她不願多聽葛瑞絲說話，也從不補貼家用與孩子不時多出的零嘴玩具。

葛瑞絲抱著男孩說：「她對我不好，我也不想再幫她照顧小孩！」

老先生每天早晚都到公園坐坐，偶而看護工艾美得撐著助步器，讓老先生練習走路。他的牙齒幾乎都掉光了，可一逕笑顏逐開，說看見這麼多人，心情好。大家笑他也笑，艾美不時拿點心哄他、餵他、安撫他。

一旁的阿嬤不快樂。她十分瘦小，整個人縮在輪椅上，緊鎖眉頭，眼皮像是黏住了，耗力氣硬撐也是徒勞，我只能用手指幫她抬起上眼瞼才得以對視彼此。

「阿嬤，喜歡在這裡嗎？」

「不喜歡，太吵了。」

「公園空氣比較好啊。」
「我很累，想回家。」
「回家做什麼？」
「睡覺。」
「家裡有人和你說話嗎？」
「沒有。回家比較好。」
「是因爲她們說菲律賓話，你聽不懂嗎？」
「聽不懂，太吵了。」
她說話有一種負氣的神情，像在生悶氣，但又回應得流利。我甚至感覺，她其實很喜歡我纏著她問東問西，她眼睛試著要撐開看我一眼，但顯然是太吃力，我拍拍她的臉、摸摸她的手，她也很自在地收受了。
我想她生著悶氣，氣沒人理她，所以不高興她的看護工珍妮在這裡高興。珍妮無奈地聳聳肩過來推輪椅：「阿嬷，回家了。」
她還是一臉負氣的表情。
微胖的瑪莉亞是資深的海外移工，她曾在中東的醫院當了十餘年的護士，對待老人家很有一套，只見她蹲下來拍拍阿嬷的臉、親親她的額頭、聲聲召喚：「阿嬷，我愛你。」、「阿嬷，高興一點。」、「阿嬷，身體很好哦。」……那個一逕閉著眼的白髮老太婆，眼淚就流出來了，像是一百年沒有人問候她、親近她，她喃喃說：「嗯，你很好。很好。」

今天是阿娣生日，她在國境間流動多年，共同慶生的一直是不同地區、不同臉孔的海外移工。這些看護工，多半都沒有休假，阿娣在倒垃圾時主動連繫了這個公園小聚會，傍晚時分，有人出門採買就順道繞過來，有人接孩子放學也會走來打聲招呼，來來去去，一天一小時，在這個節奏繃緊的大都會裡，撐開一個放鬆、流動的小角落，讓很多人得以安置心情。

五點了，陸續有人要趕回去作菜煮飯，大家七手八腳把剩餘的菜飯分裝成單人單次食用的份量。需要的、方便的人各自帶走，現場只餘空瓶罐、鍋子，阿娣一一裝回大揹包。天色還很亮，工作還要繼續。

•即興演出

荻微娜的中文不錯，台語也通，但她不輕易外露。有時，讓人誤以爲她聽不懂，反而是個絕佳的保護色。還可以聽到不該聽的，好爲自己的處境作出明確的判斷。累計將近六年的非法身份，逼使她磨練一身的能耐與膽識，擅觀察、沉著、敏捷。參加遊行時，她會巧妙地拿標牌遮住臉，躲開媒體的鏡頭。她週日出現在中山北路，像其他合法休假的外勞一樣，自在行走、交誼，大多數的人並不知道她的眞正身份。畢竟，這個「非法」的建構，沒有罪犯與受害者，只是逸出法定登記。人還是人。

有一回，週日在中山，遠遠看見一個警察停了摩托車，荻微娜躲避不及，神色自然地往前走。

「小姐，居留證。」警察掏出手提通訊，全國連線，只要一輸入居留證號碼就能查出外邦人的身份。

「我沒帶。」她用中文說。

「怎麼可以不帶呢？」

「我的仲介拿去換新的了，明天才會有。」

「這樣不行哦，你要和我去警察局一趟。」

「你要打電話給我的仲介問問看嗎？」

「……算了，下次要注意。」

「知道了，謝謝。」

還有一回在火車站，警察也來要居留證。

「我出來買東西，忘了帶。」

「你住那裡？」

「我住蘆洲，嫁給台灣人，你要打電話問我老公嗎？」

我聽得目瞪口呆，提醒她要小心啊，若警察眞要電話，她有安排好的人選可以搭配演出嗎？但她眞是即興演出，賭，賭警察和她一樣擅察言觀色，賭警察不會在一個看似安全的人身上耗太多力氣與無謂的時間。好幾個逃跑外勞就是因爲一見警察就跑，才提早露餡了。

像我的菲籍朋友卡洛琳，從剛轉換的五金廠逃跑五個月後，因爲在大白天出門到便利商店買飲料，不符合一般外勞週日或晚上才下工出門的慣例，當場被警察捉到了。

二〇〇五年中秋節前，我趕到分局探望卡洛琳，她被置放在警察局的一個角落，沒上手銬，但也不得自由。她給了我一個住址，請我幫忙帶錢、衣服、鞋子、及衛生棉給她。我在台北市大街旁的巷弄間，找到卡洛琳給我的住址。那是一家臨街的腳踏車行，地板上全是污垢，牆面也積塵已久，浮貼的月曆紙還是一九九九年的，顯見老闆也不是太在意更新。

我說明要找卡洛琳。中年老闆淡淡地看了我一眼：「沒這個人。」

「呃，她被警察捉了。」我決定單刀直入：「我是她的朋友，來幫她拿行李，她要被送回去了。」

「哦。」

「我不是便衣。是朋友。」

「那邊，」老闆指著後門對我說：「從那裡上三樓，等一下要走也從那裡走，不要到前門來。」

後門有個鐵梯直通三樓，老闆家在二樓，三樓分隔成六、七個小坪數的房間，對外分租，住戶出入一律走後門，後門通向兩兩相對的大樓背面，有廚餘的腐餿味，狹窄無人往來，直通出去就是公園。果然隱密不外顯。

在一整排木板隔間如鴿籠的三樓，我很快找到卡洛琳的房間以及她的室友貝蒂。兩個人分攤一個月五千元的房租，狹小的房間裡，有雙人床、衣櫥、小飾品、電視、ＤＶＤ，還有隨時收拾好的海運大紙箱。隔壁，也是逃跑外勞。再隔壁，也是。再過去，都是，而且集中是菲律賓外勞，都是女生。逃跑的人聚集在一起，方便互相打聽工作、交換訊息，且也只有這樣的地方，不必先檢查你的證件。這是鬧區裡的一個異次元空間，一樓的老闆除了定期收款，平日都習慣性地假裝她們不存在。

住在異次元裡的人，對於突然被警察獵捕、暴露到現世空間裡，她們早有準備，匯款、衣物、連絡等安置都各有打點、互相幫忙，一旦被捉後，也決計不會供出這個還很多人遮風避雨的地點。

室友貝蒂已經逃走一年了，居住在這個市中心的窄巷裡，沒有工作時就不出門，生病了就休息一陣子，偶而幾個外勞一起煮東西、聚餐已是最大的娛樂。但泰半時候就像是蟄伏在地下洞穴裡，愈晚被捉到就算賺到。

警方查得緊時，也會穿便衣騙人。貝蒂一回在路上遠遠看見警察來了，忙閃進巷子裡，一路躲藏回到三樓租處，不可控制地發抖、大哭。只有那時候，會覺得生命如此不堪，作爲一個人，也勞動、也生產、也消費、也生活，何以成爲「非法」？不曾犯過罪，何以成爲罪犯？

這時候，才眞覺得厭憎這個地方，但願永遠不再來。

• 我要想一想

喬伊逃跑後，荻微娜為她介紹了地下仲介趙小姐。趙小姐在市區公寓裡租了一層樓，統共二個房間，仲介自己一間，另一個大房間專收容來來去去的逃跑外勞，各國籍都有，多半住不到幾天就找到工作而搬走了，待滿二週以上算是十分罕見。在這裡，食宿一律免費，但平日不准外出，倒不是出入自由真受到什麼鐵鍊腳鐐的限制，而是大家有志一同避免進出頻繁、引人注目。有限的空間裡，每個人都扛著自己的心事與包袱，洗衣、發呆、講電話、看電視，語言不通，相見無期，大家默默看著彼此，很少交談。

忙進忙出的只有趙小姐，電話鈴響就是一個工作機會，條件當場說定，符合資格的外勞立即提著行李離開了。

喬伊在趙小姐那裡斷斷續續住了好一陣子，條件大抵是，第一次交五千元就像入會費，住多久、吃多久都沒關係，反正大家都急著儘快上工，多拖延只是折磨。一旦上工後，依工作時間，每個有領薪的月份就得上繳二千元仲介費。

「合法仲介的服務費一個月也只要一千八百元，非法的比較貴。」我忍不住嘀咕。

「但我可以挑工作、換老闆呀。」喬伊理所當然地回應。

「可是工作都不長，划算嗎？」

「當然要碰運氣，碰到比較穩定的，就能存到錢。」她清楚盤算：「逃跑外勞的薪水比合法家傭高，花費也多，但擁有自由，我覺得很划算。」

趙小姐能幹俐落，她招呼大家吃飯、共同清理居住空間，管門禁、派工，還要應付三教九流及黑白兩道。她與外勞之間，沒有明確契約，不想留的就走人，由她介紹工作的，多半也不敢不按月繳費，否則仲介向警方檢舉了更不划算。趙小姐手上外勞多，聘僱機會也多，行事還得合理合情，罩得住警察，才能做得起這檔生意。

合法仲介多半和雇主、外勞綁在一起，提供的服務好壞你都得照單全收，一簽了約就像是賣身契，不受照顧或無法溝通，還是要照付服務費。有的雇主心疼外勞被欺負，想換個好仲介，依合約卻得連外勞一起換掉，只好彼此忍氣吞聲。

喬伊還曾經看過兩個警察上門來泡茶、閒聊，對滿屋子「非法外勞」視若無睹。猜想趙小姐也是得按月另繳保護費的。這個地下產業，因爲政策愈緊縮、捉得愈凶，而愈有利潤。利潤就來自外勞的血汗錢。

喬伊陸續接了些短期的工作，只要老闆申請的合法外傭一抵台，她就失業。很多非法外勞都在塡補這個交接的空窗期，所以工作難以穩定持續。而短期工作事實上是耗力費心得多，工人得一再重新適應新環境、新工序、新老闆、新的交通路線，得來來去去往返搬遷。

很多指定要聘菲勞的，多半是台北都會區的中產階級家庭，期待一份薪水可以聘到家傭兼英文家教。喬伊曾在和平東路的一對電子工程師夫婦家工作，滿屋子是有品味的擺飾與裝潢，世界各國旅遊的紀念品，居家空間的坪數不大，打掃煮食都不是特別艱難，但中產階級怕事，擔心被外人發現家裡聘有非法外勞，便小心翼翼不讓喬伊出門，連倒垃圾都輪不到她。喬伊整整悶了三個月足不出戶，最後還是自動請辭了。

朋友中只有極少數信得過的才知道她逃跑，對其他的人一律說是約滿回菲律賓了，反正在中山北路出入的朋友們，來來去去，誰半夜被遣返了，誰家裡有事提早解約了，誰雇主過世一轉換就換到台中去了，各式各樣的故事與身世，最好不要太追究。有些人說的身世，也不一定是眞的。但她們的人際網絡就是這樣緊密，在台灣，除了工作，也沒有別的事別的人要操煩，於是在中山的集結，會成爲一個消息不斷轉譯、流通的情緒集中站，誰和誰因爲那一句話吵架了，誰騙了誰而誰又虧欠了誰，朋友相互扶持、依賴，同時也產生擴大的連結效應。以前她會到舞廳裡玩，現在不去了，怕人多嘴雜，也怕有人酒後鬧事，她避開風險。

像大多數逃跑外勞，喬伊的人際網絡也退縮到一個更安全、也更有限的空間裡。

喬伊後來沒再回到趙小姐那裡繼續碰運氣，她送給自己一週的長假，住到荻微娜在菜市場深處的租屋，放鬆心情也放鬆身體，天天用力打掃，從天花板到地板都清理得乾乾淨淨！

好一個痛快假期！我們都笑起來。

但我想我完全可以了解她所謂的放鬆，一個自己決定的勞動，確實才是眞正的放鬆。

「我需要想一想，未來該怎麼辦？」喬伊說。

‧鮮血與白菊花

荻微娜出生於一九七八年，彼時還是馬可仕執政，五年後，人民英雄艾奎諾會搭著一班從台灣來的華航班機，降落在馬尼拉機場，一走出機艙就被暗殺了。這起政治暗殺事件，在菲律賓民主運動的浪潮中爆開如魚雷，二百萬人民走上街頭爲艾奎諾送葬，二年後終結了馬可仕二十年的強人政治。

艾奎諾突然中槍倒地的畫面，反覆在電視新聞上重播。這是極少數出現在台灣媒體的菲律賓新聞，當時我才只是個國中生，戒嚴時期的台灣人，看不懂街頭遊行的意義，高舉遺照的憤怒人潮怎麼和蔣公過世的默哀如此不同？我只記得人民抗爭的歌聲啊，這樣哀傷動人。

菲律賓最北端的島嶼距離台灣不過52.8公里，是最靠近我們的一個國家，但台灣的國際新聞向來除了美國，看不到其他人。同處亞洲、同樣在二次戰後接受美援、長短期有美軍進駐的台灣與菲律賓，相距不過一個多小時的飛程，但我們互相陌生、不聞問，眼睛都望向美國，沒看見彼此。

艾奎諾不是唯一被政治暗殺的人。鎂光燈之外，人民反抗運動與政府警力鎮壓早在菲律賓各地進行多年。

義富高、碧瑤、茂騰、亞伯拉等原住民部落，合稱爲科地雷拉區（Cordillera）。一九七四年，菲律賓政府與世界銀行合作興建齊柯水壩，一如我們所熟悉的擴張性開發政策邏輯，建設過程若有犧牲與承擔，多半會落到原已邊緣的一群人身上，如貧民、原住民、農民、遊民、漁民。雖然眞正自開發獲利的，從來不是他們。齊柯水壩的計劃中，原住民族祖居地是水庫淹沒區，許多科地雷拉村落要被迫遷離世居的土地，捨棄家園、祖墳、聖地，連根拔起，統一搬遷到水泥大樓裡。

科地雷拉的部落頭目們聯合向政府陳情，卻遭到大批荷槍實彈的軍警鎮壓，溫和的原住民扛起鋤頭鐮刀，展開武裝抗爭。一九八〇年，馬克林．杜拉格長老堅拒政府的金錢賄賂，比艾奎諾更早遭到政治暗殺。這場悲劇迅速激化了部落抗爭，贏得停建水壩的成果。之後，杜拉格長老逝世日被定爲科地雷拉日，每年的紀念活動持續凝聚原住民保衛家園的集體意識，反水壩、反開礦、反濫墾、反殖民、反全球化……每年都有成百上千的行動者，湧向呂宋島的原住民部落，參與科地雷拉日的在地活動。

荻微娜十三歲時，就跟著父親參加一年一度的科雷拉多日，接觸從各地部落趕來聚會、搭帳棚的原住民，也參與科地雷拉人民組織。她的政治啓蒙早，但山上的生活如此貧瘠，她放學後要忙農事，無從參與社會運動。一直到入城讀高中時，荻微娜才開始擔任原住民學生組織的幹部。

「我也不知道學生運動可以做到哪裡。」荻微娜手上拿著塔加洛語的報紙，理所當然地說：「但如果保持沉默，就會一無所有。如果行動，也許會改變一點現狀。」

「太危險了！」父親在電視上看見她的搖旗吶喊，嚴肅告誡她。

她知道，父親不是沒有正義感，不是不知道原住民被欺侮，但家裡有九個孩子要養，務農之外，他別無選擇地加入政府的軍隊，偶有徵召就有錢領，他成爲政府在當地村莊的保衛隊，與反抗軍的勢力相抗衡。政府軍隊利用這些農人保衛隊，引發原住民部落的內部矛盾。父女間這種難以面對的矛盾，會不會也是父親決定讓荻微娜提早到海外工作的原因之一呢？

但荻微娜來到台灣，反而因爲海外移工的緊密組織，有機會眞正成爲一個積極的行動者：組織義富高的同鄉會，互相扶持，急難救助，持續關心菲國政局的變化。異國環境快速鍛練她，對危機更富警覺、對歧視更有敏感度、對困境更有政治判斷，她的人生反而因此有不一樣的發展。

強人下台二十年，新舊政權交替頻繁，前後面目愈長愈像。二〇〇六年，菲律賓政府的暗殺活動愈演愈烈，艾若育就任總統以來，已超過八百人死於政治暗殺，逾兩百人失蹤，菲律賓軍隊有可能正式重新進駐馬尼拉，加強對首都地區的監控。荻微娜與其他菲律賓移工聚集在中山進行一場公開的追悼儀式，雙城公園的草地上鋪著大型的菲律賓群島地圖，書寫鮮血淋漓的暗殺數字，一張張亡者相片：工會幹部、社運人士、律師、民代、神職人員、老師、勞工、農民……數十名菲勞手持白菊花繞道而行，向著遙遠的、殺戮的家鄉。

荻微娜手上也有一張相片，那是個明目皓齒的年輕女孩，才二十三歲，一無遮掩的笑容，像是未來多麼讓人期待。政治謀殺的現實，拉長到海外的低調追悼，似乎擴大了激憤，又似乎縮小了恐懼，山高水長，白菊花與鮮血並置，隱隱瀰漫著無以企及的悲哀。

第五樂章

拼圖一如我的外勞合約
不相關的塊狀　不同的途徑
應該走向何方　哪裡是它的終點
再三冥想
仍走不出這迷宮般的拼圖

——Edcel Benosa，〈拼圖〉

•比西塔瘋了

二〇〇六年九月，菲籍女傭比西塔砍殺雇主一家四口。她哭嚎掙扎著被架上警車的鏡頭，在整點新聞重覆播出，仲介說她個性老實，生活比較封閉，雇主待她不錯，薪水都有按時發放，且還允許她同桌吃飯……

荻微娜看著電視，斬釘截鐵說：「她一定是沒休假！」

媒體說，比西塔疑似因爲約滿未被展延才憤而行凶，平日勞雇關係良好。官方說，未來要加強對家庭類外勞的精神與心理疾病檢查，比西塔的健檢才剛過，可見精神異常防不勝防；勞工局出面呼籲聘有外傭的家庭，若見外勞心情異狀，要趕緊送醫，若確定外勞心神狀況不適任，就可中止聘僱契約。電視談話性節目邀請藝人討論外傭們的奇特舉動，平面媒體製表列出外傭的潛藏危機。落後的、奇邪的東南亞，家有妖魔。

問題都歸責於外來者。比西塔有病，她可能是瘋了，沒有人追問她的生活與工作處境是什麼樣子。連續好幾天，我們打電話給醫院、菲律賓辦事處、台中市勞工局、勞委會、警察局、仲介、記者，向直接與比西塔接觸的人詢問。

警察局：她作筆錄時很不穩定，一直說雇主殺了她的小孩，這怎麼可能？

勞工局：她照顧腦性麻痺小孩，工作很認眞，薪資都有定期給，勞雇間也沒有糾紛。

菲辦：她沒有申訴超時工作或欠薪，雇主也沒有違法。

仲介：休假啊？我回去查查她的薪資單，比西塔又不必向我打卡！

沒有人知道比西塔有沒有放假，沒有人問，休假似乎是個小問題，不准休假的家傭多得是！被特許同桌吃飯的比西塔，週日有休假嗎？她的封閉是個性、還是客觀條件的限制？後來我們總算找到更具體的線索：勞委會職訓局的資料顯示，比西塔要到次年三月才約滿，可她居然早在八月份就申請提前解約了，換句話說，根本沒有「約滿未被展延」這回事，相反的，她早就想走了，可雇主召募新的外勞需要三、四個月的行政流程，所以比西塔返鄉的日子才被迫延至年底。

爲什麼要走？「想家吧！」仲介說。

對於來台前都付出昂貴仲介費的外勞來說，「提前解約」意味著具體的金錢損失，若非有無法克服的難處，他們是不會輕易辭職的。比西塔急著返鄉嗎？家裡有事嗎？工作無法負荷嗎？還是她早已察覺才剛健檢通過的身體已開始心神耗弱？我想荻微娜說對了，她一定沒休假。置放在全年無休、封閉固定的勞動脈絡裡，「想家」的理由就有了急迫性的血肉。

我們到台中縣女子看守所探視比西塔，隔著玻璃、透過話筒對談十五分鐘。比西塔拖著沉重的腳步進來，她的黑直髮覆蓋了三分之一的臉頰，帶著一點緊張。她說話細聲細氣，但神色恍惚，不時皺起眉頭就陷入思索，似乎是哪個環節卡住了，一直迴帶繞不出去。

在看守所還需要什麼嗎？不必。很好。沒有人罵我。

之前工作時仲介常來嗎？很少。我不知道要問誰，我可以回家嗎？

有休假嗎？我來一年五個月了，只有倒垃圾才能出去，沒上過教堂，也沒有朋友，沒有人可以說話。我說要回家，老闆說不行，我想他把我家鄉的孩子都殺了，不讓我走。

你知道你傷了人嗎？知道，可是我不殺他們，老闆會殺我。我打電話回家，小孩子說話很奇怪，我想她們都被老闆殺了。

你的家人很安全，老闆沒有殺他們，你誤會了。我不知道，我要小心，再來就要殺我了。

你砍傷的孩子，也都沒有危險了，你知道嗎？啊，這些都不要問我，這都是老闆騙我的，他們都不是眞的。

她沒有嚎啕大哭，她只是迷惑徬徨，有禮貌地聆聽與回應，但像是不敢驚動太多人似地輕聲細語，眼睛裡有很深很深的憂傷。

十個月後，比西塔被鑑定心神喪失、嚴重憂鬱症而無罪釋放返鄉。一直到我從她的遠房親戚處要到電話，已經又是好幾個月以後的事了。

比西塔到海外工作時，她與丈夫都有手機，但家裡並沒有常設的電話，這支電話是鄰居的。那地方，應該是很鄉下吧？電話接通後，要繞過好幾個人才有名中學女孩用濃厚菲律賓腔的英語回應，我們約好二十分鐘後再打去，讓她快跑去隔壁把比西塔找來接聽。

比西塔在田裡工作，聲音帶著勞動後的粗重喘息，我問她老公孩子都好嗎？她輕快地笑了：「大家都在。我知道他們沒有死，是我不知爲什麼像作了個夢。」

住在台灣看守所十個月，也像個不堪回首的夢。她不願再多說，只體貼地告訴我：「你放心，我現在好多了，不發瘋了。每天都有按時吃藥。」

我實在很想對比西塔說：不必吃藥了，我相信返鄉就是你最好的藥。

‧每個人都有苦衷

春天的時候，喬伊和荻微娜搬家了。

荻微娜在社子工作了四年，雙胞胎一路照顧到國小二年級，彼此都很適應了，但中產階級家庭，孩子除了要練英語，也要出國旅遊，增長見識，而荻微娜沒有身份，無法與全家人出境同遊，終究是麻煩。雇主於是決定以阿嬤的名義申請看護工，作爲家中的合法幫傭。荻微娜就這樣失業了。

就業與就業間的空檔，荻微娜又回到蘆洲蝦醬廠。

廖太太說：「荻微娜就像我的女兒一樣！」她給了荻微娜三段變速腳踏車，很高檔，方便跨越重陽橋，進入台北市區的短程往返。這是荻微娜身邊最稱頭的財產。

我初次循址拜訪時，在麵店、五金行、福利中心、火鍋店相鄰的熱鬧街道上，找到一整扇緊閉的深藍鐵捲門，右邊餘一小門可供進出，上面懸掛著「雅房出租」的字樣。我一進門就聞到積沉不散的腐餿之氣，像久置的乳酪，又飽含著腥味，樓梯間擺飾著國畫、仕女木飾，優雅的裝置與尙稱潔淨的牆面有一種老式的派頭。但魚露的氣味這樣撲天蓋地，我不由得擔憂會在那個轉角或梯階上撞見飄浮的魚蝦屍身。

抵達三樓，鐵柵門恰好推開，一個中年男人穿著汗衫、拖鞋走出來，我隨即要順勢進去，他狐疑地看著我。

我吶吶說：「有兩個菲律賓女生住哪一間？」

「哦，」他返轉身來，領著我進入兩側約有七、八個房門的陰暗長廊，停在第三間，敲門：「嗳，有人找啦！」

門內毫無動靜，我急了，逃跑外勞乍聽到這樣的陌生敲門聲，怕不嚇得立時要跳樓逃生？我趕緊大聲用英文說：「喬伊，是我！你們在嗎？」

這才聽到窸窸窣窣的起身、穿鞋、開門聲。隔鄰的房門也打開一條縫，有個穿睡衣的中年女人探頭出來，我瞥見她身後高掛床頭的低胸蕾絲亮紫色短蓬裙。

這裡是鴿籠般的雅房，每層樓就有十間房，狹長的舊式格局，大半房間都沒有對外窗戶，僅餘頂端的通氣木格小窗，長廊上一列列凌亂掛晾著洗好的衣服。居住的人五花八門，和我過去所知逃跑外勞共同租屋的單一集中，大不相同。雖說要上到三樓得經過好幾道鐵門，終究是龍蛇雜處，只怕不安全。

我直接說出這層擔憂，荻微娜笑了：「我當初就是在這裡被警察捉走的啊。」

「那你還敢來住？不怕被人檢舉？」我扳起面孔。

「眞要出事，我也沒辦法。」荻微娜空出一角床位，讓我坐下來。

「警察隨便就可以進來嗎？」我忍不住追問。直接破門而入地臨檢外勞，台灣警方確實粗暴異常，但這裡是台灣人的居所，恐怕還是要先出示搜索票吧？

「這裡比較好，平常人進不來，住裡面的人，互相也不認識。」喬伊從小冰箱拿出一杯飲料給我：「我不喜歡和太多TNT住一起。你不知道什麼時候誰會變成你的敵人？」

「當初會被捉，我想是認識的菲律賓人去檢舉的。」荻微娜皺著眉頭：「現在，出入記得關鐵門就好了。」

我環視這個房間，比社子島的還小，一張雙人床就佔了一半的空間，電視和錄放影機放在床尾的櫃子上，衣櫥前有兩個大塑膠置物箱堆疊放著，附鏡子的小梳妝台上有不少瓶瓶罐罐，還有小冰箱、電扇、折疊桌，狹小，但完整，也夠了。喬伊在靠床的大白牆上，懸掛了一匹淺粉色的布，讓整個視覺柔和、舒緩不少。

三至五樓每層約有十個房間，月租費從三千元至五千元不等，有的人一住十數年，盛暑季節，不時有房門逕自打開透氣，裡面擺設一覽無遺，多半是五、六十歲的男人，穿著汗衫面無表情地看著電視或躺著休息。

蘆洲是荻微娜的轉驛站，每個工作之間的空檔，她就回到一個安心的所在，休息、籌備精力、等待機會。

「我這裡就像她的避風港啦。」廖太太笑瞇瞇地說。

廖太太年輕時嫁進這個大家庭，作爲長媳，又要煮飯、又要養豬、又要顧店，辛苦了很長的時間。現在，婆婆跟著二兒子長居美國，廖太太三名子女都長大成家了，她才算有點清閒日子好過。客廳裡擺放著她旅遊各地帶回來的紀念品。

這是家老店，夾雜在市區新建大樓間，還堅持空出一整塊露天傳統製作魚露的場地，沒有生產線逼人限時限量完成，廖太太的管理方式也因此頗富彈性，工人聘得少，反正是家裡的土地和設備，有生意就多少做一點。這房子、工廠都算夫家的，廖太太撐著往前，也撐住一些都市邊緣的人。

廠裡的司機待了十七年，是高雄來的老實人，荻微娜介紹了在附近幫傭的克莉亞和他認識、結婚。他到馬尼拉娶親時，廖太太還陪同去壯膽，順道觀光。如今他們的孩子都六歲了，一家三口外加一隻容易緊張的混種哈巴狗，共同居住在五樓的冷氣套房，有獨立的衛浴，走廊上還設有簡單的廚具，眞正像個家了。偶而，荻微娜與喬伊會上來煮東西、辦派對、聊天打牌。

整個工廠都是廖太太在負責，三層樓租房的事也找她，廖先生成日悠閒打混，不管事也不管人。二樓的客廳有一台監視器，分割九個畫面，又要看守一樓廠房，又要注意五個樓層間可有異狀出現，連二樓廚房的動靜也一清二楚。

「你不怕被捉到哦？窩藏逃跑外勞會被罰錢欸。」我直接問。

「不會啦。她是合法非法我也不知道，反正她自己會有打算。」廖太太輕描淡寫：「我有心照顧她，她也不會害我，我幫幫她，需要時她也會幫我，不會害我被罰啦。」

「她是濫好人，」荻微娜用中文說：「都被欺侮。有人房租都不交她也就算了。」

「你還不是欺負我，失業了就不付錢。」廖太太搖搖頭，向我娓娓道來：「反正，什麼事想開一點就好啦，往好的方向想，好的人與事就會偎過來。做好人比較不會碰到壞運氣，卡平安。」

「我們這裡也有大陸來的女人，可能是假結婚……」荻微娜又補充。

「人家要租房子，你不要管那麼多。每個人都有苦衷。」廖太太說：「我是鄉下人啦，對人與人之間，想得比較簡單。」

•搖搖欲墜的鋼索

一如大多數的逃跑外勞，先是透過地下仲介找工作，等非法身份稍有適應，大抵也生出點勇氣，找工作就不必全然依賴仲介。

喬伊開始主動釋放找工作的訊息，朋友中有部份是合法聘僱關係，來來去去總會認識雇主的朋友，遇到需要臨時外勞的，就再輾轉介紹給她，她於是靠自己的人際網絡找到第一份工作，在療養院短期兼差，後來又輾轉進入家庭照顧小朋友，這一回，情感的幅射與接收都對頻了，離家千里的人全心付出與陪伴，和兩個小孩相處得難分難捨，連老闆娘都嫉妒。

「我喜歡孩子，若相處不來眞不是單方面的錯。」喬伊說。對照的無非又是她逃脫的那個家。家庭類工作，朝夕相處，原本就是富含情感的勞動，無法只是一份工作。

後來，她開始零星兼差清潔工，四小時一千元，口碑不錯，雇主間相互轉介，從一週二次到一月二次的頻率都有，每週還有一天固定搭車到桃園工作。喬伊成爲自己的仲介，同時有七個老闆，每月收入是合法時期的二倍，當然交通費、膳宿費都增加不少，像在地的台灣人一樣。過去在單一雇主處工作，做再多也是固定薪資，現在，她可以依對價關係，決定拼命工作或休息。更重要的是，勞雇關係也和緩多了。歧視也比較沒那麼明顯。

「至少，他們不會時時想勒住你的脖子。」喬伊說。

「怎麼說？」

「以前在一個雇主那裡工作，他們會希望你一直一直在工作，不想看見你休息。現在，你賣力工作四小時，做完事，老闆反而會和你說話、聊天、泡茶給你喝。」

「所以有時候反而比較像朋友？」

「對呀，有的老闆就會主動幫我介紹給他的朋友，讓我多一份兼差。」她陷入思考，慢慢分析：「以前，你若和老闆爭執，不管你有沒有道理，他們會警告你，叫仲介來說要把你送走。但現在，我們雙方不滿意，大不了解僱或辭職嘛，兩邊都可以主動。這樣，我也才敢說眞話，奇怪的是，老闆也比較聽得下去。」

「像是什麼話？」

「有時候老闆會要你清理天花板、高樓的玻璃窗靠外的那一面，我若是家傭，很難拒絕，拒絕了往後的日子就不好過了。但我現在可以拒絕，我不要拿我的生命冒險，而且他們沒聘外勞時也不會去清那些危險的地方呀！老闆也知道我說的有理，不會勉強。」

「以前曾經這樣嗎？」

「是啊，像以前阿公叫我修電燈，我說我不會，我又不是水電工，就算在我自己的家裡我也不會做啊。但他就不高興，生氣了，說我不聽話，打電話給仲介說要扣錢。」

家庭作爲一個職場只限定在清潔項目的工作時，反而因爲拿掉「我視她爲我的家人」的僞裝，勞雇之間才眞正有議價、評比的空間，也因此在工餘時有了人與人的對等接觸。竟是在逃跑後，喬伊才得以從容結識台灣人朋友。

非法聘僱的市場，勞雇之間各有風險，也因此形成關係的平衡桿。

「雇主知道你怕警察，但他們也怕警察，所以不會太過份。」荻微娜這樣分析：「你賺的可能比合法的外勞多，但必須冒風險。沒有勞動契約及法律的保護，也沒有辦法求助於公權力，老闆賴帳你只能算了。但你可以享有自由。」

逃走要冒風險，工作管道與條件都不穩定，就算找到工作也不知能做多久，不知道會發生什麼事，可能又要失業了。

生病了怎麼辦？

「沒生病。」荻微娜懶洋洋地倚著牆半躺床上。

「感冒總有吧？」

「忘記了。」

「我還曾經服侍你喝水睡覺，你說忘記了？」我敲她一記。

喬伊一旁打趣：「她根本自己沒發現自己生病了。」

「會啦，」荻微娜如夢初醒：「會去藥房買個藥。」

「不會特別去中山北路買菲律賓草藥嗎？」我認識不少外勞根本不使用健保卡。

「不會。西藥都差不多，在台灣人的藥局買就可以了。」

「所以不必去看醫生？」

「啊，只有兩次，」她撫著臉頰：「牙痛。我直接去找牙醫，自費，一次五百元。這是生意，私人診所不會去報警。」

「幸好沒發生什麼大病或意外。」

「幸好。」

TNT最怕意外，沒有勞保、健保護身，昂貴的醫療費會逼死窮人。我想到那些生病了、職災了、車禍了卻無健保可以就醫的外勞，還有被老闆或仲介賴帳，卻立即遭警察逮捕……TNT的自由，無一不是建立在搖搖欲墜的鋼索上。

•「獵人頭」

「作爲一個TNT，我們隨時要有被抓的準備。」荻微娜說。

轉換工作有時要靠朋友介紹，有時透過仲介，付仲介費就好似交保護費一樣，每個月二千元就仰賴仲介打點雇主及警方的關係，若是不繳錢，也有較惡劣的仲介會直接檢舉你，與警方的績效獎金分點紅，互利互助，仲介幫警方湊績效，警方讓仲介分紅，被踩過去的外勞，連痛都來不及喊出口。

逃跑年資久了，荻微娜大抵也了解這個非法的仲介市場。很多人都同時身兼合法及地下仲介，得以源源不絕開發新雇主，靈活調派。而逃跑外勞的來源也經常是一人拉一人的「下線」關係，轉介成功一件，大約索價五千至七千元，小線頭拿二千，其餘是仲介的，再來每月固定抽成的二千元就不關小線頭的事了。荻微娜擅談判、會講價，只要是她經手的案子，都不會超過五千元仲介費，總之是不讓雙方吃虧。這是她的一點小生意，友情贊助。

這個地下網絡，彌補了台灣社會長期照護體系的龐大缺漏。但勞委會、警政署、移民署不時合作加強緝捕逃跑外勞，風聲鶴戾，雇主一緊張，工作就沒了。

現在，荻微娜已經失業半年多了，問她爲什麼不找仲介？她說：「危險。」

二〇〇七年，官方推出「和祥專案」力拼治安業績，預計逮捕一萬名逃跑外勞。甫成立的移民署專勤大隊有三千名責任額，警政署包攬七千名，勞委會則大作廣告，恐嚇聘僱逃跑外勞者處以重罰，獎勵檢舉。荻微娜熟悉的仲介也不大能信賴了，仲介與警方共生，警方要業績時，仲介就可能是那個通風報信的人。風聲緊，荻微娜不想冒這個險。

警方說：「逃逸外勞是治安的不定時炸彈」。事實上，逾期居留的外勞，躲警察都來不及了，如何會以身試法？且歷年來外籍勞工的犯罪率，還不到台灣人的十分之一！他們離鄉背井原就爲了改善生計，語言與資訊上的多重匱乏，都只有使他們更壓抑、自制，任何與主流社會衝突的事都遠遠背離了他們來台的初衷。我們不曾聽聞白領外籍人士逃跑，「老外」可以換老闆、可以無限延長居留、可以不受仲介剝削，但「外勞」卻唯有逃跑才得以倖存。

如果可以辭職、換老闆，誰要逃走？

若從一九八九年專案引進外勞開始算，台灣合法聘用外勞已近二十年了，累積在案的逃跑外勞逾十一萬人，歷年來陸續「捉回來，送出去」的也有九萬人，多年來都維持約二萬名逃跑外勞在台灣。可想見的，外勞政策不改變，這個「逃」與「捉」的數據仍會不斷飆漲。就算沒有、從來沒有任何具體的犯罪事實說明逃跑外勞與治安的關連，但統治者就是可以粗暴地強加扣連，既污名化外勞，也合理化不義政策。捉拿逃逸外勞成爲治安成績單上最輕易的加分題。

這是「獵人頭」行動。引進外勞的政策實施十幾年來，每個警察都有追捕逃跑外勞的配額壓力。勞委會從就業安定基金中，提撥優沃的獎金，獎勵警方獵人頭，捉一個給二千元，累計的績效點數，還有警政署內部的考核加給。至於獵人頭配額不足的，當然另有處罰。

逃跑外勞躲警察經常導致更大的損失，不可挽回。我曾經協助一對越南籍來台幫傭的母女，年輕的女兒阮氏雲不堪高額仲介費而逃跑了，最後在桃園因警方臨檢而跳樓摔死，那時，十三個外勞同租一間房，遭仲介同業檢舉，警方荷槍臨檢，當場捉到七名外勞，六個人跳窗逃亡，唯阿雲當場摔死。

阿雲的母親也姓阮，叫阮氏絨，一個細軟絲綢的名字，但本人十分乾瘦，才四十五歲，看起來已是蒼老憔悴，她喃喃說著阿雲的乖巧聽話，在河內鄰近的鄉下是大家都稱讚的好孩子，若不是有什麼委屈，不會六個月就逃走。她重覆著阿雲的委屈求全、膽小怕事，像要抹去「逃跑外勞」的罪犯污名，以說服大家接受阿雲不是「死有應得」。阿雲當然不該為逃亡付出死亡的代價！她是錯誤的外勞政策下的受害者，最後卻死於「獵人頭」的荒誕連環扣！

警察局說是警員「執法過當」，將責任丟給有業績壓力的小警員去扛。他們並且很好心地建議阿雲的母親，應大膽供出當晚逃走的五名外勞的去向，以交換警方對她女兒的一點喪葬補助。以及，每天六百元的殯儀館停屍費用。

阮氏雲之死，沒引起任何社會注目，只是一個非法外勞嘛。臨檢跳窗又不是警察的錯。

（誰的錯？）

隔年，我在報上看見新竹的外事警察臨檢，外勞驚惶逃逸，警方開槍射擊……他們犯了什麼罪，要這樣追殺？

阮氏絨繼續在台灣工作了一年才返回河內。阿雲逃跑後工作的那家工廠雇主花了一些錢，協助火化骨灰，阮氏絨在竹東照顧一個癱瘓的老人，沒能請假，只把骨灰託一個同鄉帶回河內。

從頭到尾，我沒有看見阮氏絨的眼淚。她安靜地獨自去搭車時，眼睛望著遠方，不知是在探看來車，還是看向天邊的雲。

第六樂章

雨季來了又去
天空不會永遠黯然
如果你看到昨晚有星光
第二天就會見到陽光
明天總是令人期盼

——Gina Enriguez Zulueta，〈就像我們的人生〉

‧未完的夢

喬伊的姊姊從新加坡返鄉時，帶了一本解說夢境的英文小書，裡面有種種約定俗成的象徵，例如蛇代表背叛，玫瑰代表愛情。很多人面對徬徨就去算命，喬伊不把命運交給別人，她自己算自己的命，在現實生活中的困境，她從夜半的夢中尋求解釋。這本書是她重要的解夢參考座標，在她生意大起大落的時候，陪伴她更面對自己的抉擇。

她的夢多半反映生命困頓的焦慮，例如夢見一棵樹，果實累累，但每個果子打開來都腐爛不可食；例如游泳溺水了，她奮力向遙遠的岸邊游去，精疲力盡，不放棄；例如掉落山谷底，但有一股力量將她不斷往上拉昇、回到山頂……這樣清晰可解的夢，簡直像是自導自演的勵志電影，都成爲她在面對困境時，自我激勵或警惕的徵兆。

這本解夢之書，她一路帶來台灣，翻得書皮處處是摺痕了，至今仍是床頭書。心情好或不好，都有夢，像夜半和自己呢喃對話。

我們把夢拉到寫作工作坊討論，七嘴八舌地從自言自語中解放出來。

有的人的夢，在遠方。像尼塔。

尼塔有個在含淚驚喜中甦醒的夢。她記得自己穿著高中制服和一群年輕女孩在操場上賽跑，天氣這麼好，天空這麼藍，她記得她美好的高中時代與心情，操場邊是嘈雜人聲，大家擁擠著看比賽。她應當是快樂的，可是四十六歲的她這樣惶惶不安，共同參賽的女孩中有一位是她的姪女，其他的女孩都與姪女年紀相仿，年輕的、振奮的臉孔與汗水，她緊張到頭昏目眩，手握成拳激勵自己：「不要輸！不要輸！」

哨聲響起後，她死命奔跑，口乾舌燥，腳步完全停不下來，恐懼與激動都敲打著她的心。到了終點，眞沒想到啊她竟是獲勝者！

「我眞不敢相信，我怎麼會、居然是，我贏了！」現實世界的尼塔，個子矮胖，黑直的長髮慣常紮成一個平凡無奇的髻，低調又忍耐、和氣，典型的僕傭形象。她且極愛笑，緊張時、發窘時、害羞時，都要笑。這是她常年家務勞動不自覺鍛練來的身體語言，不惹人心煩，也不礙眼，安靜而有用地存在著。但她的皮夾裡，有她大學畢業時的甜美影像，長髮飄逸，自信的笑容，閃亮的大眼睛。恍如隔世。

尼塔的夢放在她的現實裡，一解就通。她在海外工作已經超過十三年了，新加坡、香港、台灣都待過，但台灣已屆居留年限，無法再來，她正在申請到加拿大，只要工作二年就可以申請長期居留，甚至擁有家庭團聚權，可以把皮夾相片中兩個甜美可愛的孩子，從貧窮的菲律賓往上移到冰天雪地的加拿大。至於老公，不要來煩她就好，這個男人自她離鄉到海外工作就自動失業在家，每個月只靠她寄回家的錢維生，成為她十三年的移工生涯中最沉重的壓力。

她夢想著穩當的居留與工作，可以自食其力，遠走高飛，帶著孩子到有光的地方。

但尼塔年紀不小了，在就業市場上，如何比得過那些年輕如姪女的移工呢？她在台灣工作存的錢，幾乎都要交給更昂貴的加拿大仲介了，但這是海外移工的上上選，居留不受限制，福利也有保障。不過競爭激烈，仲介費高，要求也高。尼塔在夢中，頭昏目眩地，贏了！

這個夢，尼塔笑著敘說，但最後卻流下淚來。真的會贏嗎？不贏怎麼辦？她的焦慮與她的笑容一樣多。

遷移之夢在步入中年時，條件已所剩無幾，若沒真存到錢，返鄉後也不可能再找到工作，人事、關係、網絡、甚至婚姻，俱已斷裂，一無所有會比從未出國的人還慘，像失敗者。於是不少中年移工都盤算著，在條件差到再無人僱用之前，找到一個落戶居留的驛站，未必幸福但看在別人眼中肯定是幸運的，向上攀爬的位置，順利的話，得以終老，還可以迎接親人去團聚。而這樣的落點位置，多半在歐美。可想見的競爭者多，肉搏戰。

喬伊的夢，要回家。

她是鄉下來的生意人，開了眼界、存了資本，想再回鄉大展身手。她是成就欲望強烈的人，肯努力，也尋求被看見，好強又強壯，在異鄉永遠矮人一截，她嚥不下；她已逐年還清所有債務，土地也贖回來了，總算要開始存錢，這時被捉也不會驚惶失措了，也許，想家的心情再無法平衡時，就是自首的時候了。

「現在只要小生意就好。我沒那麼大的野心了，孩子要平安長大最重要，我們已經分離太久了。」喬伊說：「今年底，我要回家了。」

現在，喬伊四十三歲了，還是像我初見她時一般，染了一頭紅金色的捲髮，冬天時垂放肩頭，夏天時綁上馬尾，喜歡穿花色明亮鮮艷的緊身衣褲。但她的前額，還是不免看到幾絲白髮，距離她第一次離家，都十年了。

‧最好的禮物

喬伊在生意如日中天的時候，不顧所有人的反對，嫁給那個小她八歲、沒錢、沒成就、遠遠不如她的男人。他從來未能在風暴中與她共同扛起經濟責任，但他在順境時對她的關心與愛情，她至今感念不忘。

「我一定還清了債務才回來。」十年前，喬伊對孩子的爸爸說：「若你不能等我，你可以走，但孩子要留下來。」

「我不會。」男人說。

「也許，你遇到另一個和你一樣年輕的女孩……」喬伊說的時候甚至沒有流淚：「你走了就不能再回頭了，因為我不會原諒你、再接納你。」

這個臨去的告別宛如一則咒語，命運就會朝著人們內在的恐懼與期待走去，完全無能阻止。來台灣不到一年，喬伊打回家鄉的電話就再沒找到他了，他離開破敗的、負債的家鄉，到另一個城市謀生，此後再也不曾出現。再過一年，聽說他已另組家庭，有妻有小。

母親流著淚，為喬伊心痛。喬伊只問：「孩子們都好嗎？」孩子在，她就有勇氣繼續前進。

「適應新環境很難，但若你有目標，一切都可以承受。」喬伊說。像宣誓般的口氣。

斷斷續續，喬伊的移工生涯都快十年了。三個兒子，如今都進入青少年期，父母親的長期缺席，讓她對孩子們心懷愧意。像多數的海外移工一樣，電話卡的花費是永遠不能少的，那是關係的延續，信心的來源。

「孩子們有問題都會找我商量，我們一直很親近。」這是另一個接近宣誓的語句，所有努力都因此而值得。

在食品廠工作時，喬伊交了個同廠男朋友，他在菲律賓也有家庭，她也是，所以看得開，在一起只有今天，彼此作伴，開心就好，別牽扯太多未來。那個男人很樸實，待她溫柔，回菲律賓後還繼續連絡她，但這已經超過喬伊的界限了，她有三個孩子要養，生命中再有其他牽扯都是負擔，所以不回頭、不搭理，到此爲止。

荻微娜是她第一個女朋友，整整比她小了十五歲。

至今，她們已同居三年了，但喬伊還是不在人前承認這層關係。她來自農村，是個亮眼的女人，沒料到有一天會和女人談戀愛。但移工與逃跑的身分，使得這一切都成爲可能。連身分都是非法的了，工作與關係都是暫時的，同性戀又有何不可？

但更重要的，還是和荻微娜的互相信任、依靠。荻微娜是喬伊得以逃走最重要的助力，兩個人有革命情誼般的默契。喬伊是火一樣的女人，敢愛敢恨，要漂亮出現，也好強，受不得委屈。荻微娜年紀輕，但脾氣好，個性沉穩，膽量與見識都不小。三年來，兩人不曾吵過嘴，喬伊心情不好，荻微娜就安靜陪伴，不多問。兩個人相處，荻微娜負責打理房東、仲介、對外關係，喬伊擅烹調、縫紉、與生活情趣。

荻微娜的愛情，多半滋長於逃亡期間。似乎是，要一直到她全盤掌握了自己的安危，有充份自由運用的時間，愛情才醞釀出足以萌芽的條件，身體也才長出心眼珍視對待。她的初戀女友是合法家傭，足足大她二十歲，在菲律賓有婚姻有小孩，她主動靠近荻微娜，照顧她、安慰她、寵她，兩個人都是頭一次交女友，但發展得這樣自然，沒半點彆扭。荻微娜是活躍的組織者，週日經常與許多海外移工接觸、開會，女友非常沒有安全感，常因此生氣、吃醋，初戀的甜美伴隨著不安的爭執，整整三年的拉扯、推擠，直到其中一方返國，像所有的海外戀情一樣自動無以爲繼。

喬伊不一樣。她的心思多半在菲律賓的孩子，對兩個人的關係不會患得患失，也不計較荻微娜的對外活動多。喬伊能自處，也擅自娛，一個人在家也不怕無聊；她努力賺錢，工作滿檔，危機意識特強，沒事不往人多的地方跑，以免惹事招禍。喬伊與荻微娜相依作伴，不打算未來，也不起爭執，只有眼前的具體的生活。一天又一天。

也許正因著這樣的不確定、不可預期、無法承諾，還能在一起就不會拿來耗力氣索求更多吧？喬伊說，我的責任太大了，不能只想著自己。狄薇娜說，不能勉強，但可以努力。我在地圖上看見兩個人的家，從南到北的距離起碼是好幾個台灣的縱長加起來。社會距離更遠。江湖險惡，相濡以沫。

「反正我不會再結婚。夠了！」喬伊說。

「有些人的老公也在家鄉交女朋友了，但還是向老婆伸手要錢欸。」我想起很多個眞實的故事。

「我知道，那個太慘了。幸好我的老公走掉了。」

「可是你們還沒離婚怎麼辦？」

菲律賓是天主教國家，離婚爲教義所不允許，所以法律上也設計得困難重重，眞要離婚，得花上一筆昂貴的費用。

「我們窮人不需要離婚！各過各的就好啦。」喬伊瀟灑地說。

「他有新的家庭、新生的孩子，不離婚又該怎麼辦呢？」我想得實際些。

「對呀！」喬伊眼睛一亮：「他比較需要離婚，我不需要。讓他來求我吧！」

「他沒佔著老公的位置向你討錢，又留了三個孩子給你，這是很好的禮物。」

「對！我要養家、養小孩，要出國，要逃跑，要想盡辦法活下去。」她一昂首，雙眼炯炯有神：「這是我所獲得的，最好的禮物！」

‧且戰且走

在義富高的語言裡，荻微娜是十二月的意思。菲律賓的十二月秋高氣爽，山上的天氣正好。

十二月生的荻微娜，天生是個賭徒。她擅賭，但不戀局，進退有據，所以贏面大。失業期間，她偶而和朋友打牌，小賺一把，當作兼差賺錢。

「我昨天有賺錢啦。」她一見面就說。
「眞的？找到兼差了？」
「和朋友打牌，賺一點錢好付房租呀。」
「你怎麼知道會賺呢？」我問得外行。
「我算清楚了，賺一千多元就收。」荻微娜面露得意之色。
「你靠的是牌技，還是運氣啊？」
「頭腦。」荻微娜說，更得意了。
十二月的台北街頭，我們辦了一場「我要休假」移工大遊行。上千名外籍勞工走上街頭，高舉著五種語言書寫的「我要休假」標牌，浩浩蕩蕩從東區逛街人潮中穿越而過，沿途高呼口號。還有人數幾乎與外勞一樣多的台灣人，拉起聲援布條，共同走在十二月的台北街頭。
那日冬陽暖燥，有風，我們在國父紀念館搭建舞台，讓各國外勞展演苦練多時的短劇、舞蹈、歌唱，每一句發言都要翻譯成另外四種語言，每一句口號都要連喊五遍。慢慢地，有輪椅從廣場四週逐漸靠攏，那是一個個不得休假的看護工及他們照顧的老人。空中有數十只風箏滑翔遠颺，附近是女中學生穿著超短裙練習啦啦隊，街舞少年快速倒立與旋轉，還有鴿子，群聚群飛。
喬伊與荻微娜出現在這個與她們無關的「合法制度」爭取的抗議場合，理所當然。她們是政策合法非法一刀切的負片，如實映照正片的反差。不能置身事外，無法假作與我無干。

「也許是在國外，沒有家庭責任了，反而就會關心政策啊、社會責任。」喬伊說得坦白：「若是還在菲律賓，我要養家，要做生意，要照顧小孩子，也許就沒時間來參加遊行了。」

若說荻微娜是因爲原住民直接承受政策迫害而投身運動，喬伊則無疑對這個資本遊戲抱有期待、也有條件進場玩的人。抗爭性的社會運動原本距離她如此遙遠，來到台灣，拉遠了距離看菲律賓，資訊反而更開放，喬伊才開始有些關於社會、民主的想像與啓蒙，像是開了眼，知道得更多，也就相對有更多反抗的勇氣。

當年帶荻微娜來台灣的姑姑，最後面臨的是姑丈另結新歡遠走他鄉，而姑姑離開台灣那年，在中正機場遇見一個前來搭訕的日本旅客，後來就嫁到日本去了。那個荻微娜擔任小褓姆照顧過的孩子，終究還是留在菲律賓，與母親相隔千里。生存的條件是這樣有限，不可預期的斷裂與背叛，成爲海外移工的代價。

荻微娜的夢，還在國界邊緣流動。

這幾年，她存了些錢請父親在城裡大學旁買地、蓋房子，預計有三層樓的隔間，以後可以出租給學生。也許，繼續參與原住民運動；也許，遷移到另一個地方，與其他菲律賓移工共同打拚；也許，留在台灣努力籌措房子裝修的錢。回家，是另一個驛站，山下也是異鄉，世界這麼大，她有膽識，沒有婚姻的牽絆，有組織力，也有組織同伴，可以共同爲集體做些事，且戰且走。

後來我才知道，看似健康壯碩的荻微娜，竟是一見血就不行。來台灣半年後，仲介帶著她們十幾個看護工去健檢，她才剛抽完血就暈倒了。

「唉喲，台灣原住民都很強壯，你們菲律賓原住民這樣一抽血就暈倒，很丟臉欸。」我大笑不能止。

「我在山上也很強壯呀。」

「若老闆看見了，一定不想要你了。」

「如果他有意見，我也有話要說：就是工作太辛苦了，才會變這個樣子！老闆實在不該讓我這麼累。」

這就是荻微娜。她大膽心細，臨危不亂，踢到鐵板也能繞彎找路走，很少灰心喪志。她外表看似冷淡，但很講義氣，我說可惜我寫了你們的故事你看不懂，她說沒關係，隨便你寫，我相信你。我拉著她逐頁翻譯，這個那個事件與對話一一再現，她很驚奇：咦你怎麼都知道？我說是你告訴我的啊。她就順勢又說了兩個小秘密，但記得提醒我：「這個不要寫出來，喬伊也不知道。」

事隔月餘，荻微娜與喬伊相偕來訪，帶了好幾瓶糯米酒相贈。那是荻微娜在蘆洲租處私釀的，密封三週後，酒色正好，她從樓下蝦醬廠拿了幾個透明玻璃瓶裝好，特地送給TIWA的組織工作者，份量有限，但心意厚重。

「這是小時候媽媽教我釀的，那天聽你說我們的故事，我才又想起來。」荻微娜又露出意味深長的微笑：「來台灣這麼久都快忘記了：我是會釀酒的菲律賓原住民啊！」

不同於台灣原住民的小米酒或乳白、或清澄無色，荻微娜說媽媽（「啊，好多年沒看見媽媽了。」）教她，砂糖得先慢火翻炒過，白糯米發酵後的汁液才會滲透著色。那酒，飲之溫潤滑順，色澤如琥珀清透，醞釀的時日不夠久、不夠沉，濃度淺淡而叫人失去提防，一口接一口。

台灣糯米的暖香漫溢，這麼甜，炒過的糖。我走在入夜的中山北路，黑暗像潮水湧來，未來與過往牽著手載浮載沉。

我看見空間交疊錯置，失去界限，星光與燈光都震動跳躍，似近又遠。荻微娜和喬伊轉身游向不同的方向，滲著酒香的黑潮漫漶四散，看不到盡頭。

問長路

希望是本無所謂有，無所謂無的。這正如地上的路；其實地上本沒有路，走的人多了，也便成了路。

——〈故鄉〉／魯迅

奉諭:
人犯未戴
「戒具」
不准出所

一千隻手

他們無法回頭走，因為他們一路上走的是自己開的路，
並且在走過之後，似乎在原地馬上又長出新的植物來，把路封住。
「沒有關係，」老邦迪亞說：「重要的是不要失去方向。」

——賈西亞．馬奎斯，《百年孤寂》

七月盛暑，空氣中浮動著燥熱的灰塵與悶氣。

眞悶。中午十二時，紡織機仍隆隆作響，但第二班的人已經來換手了。艾爾加剛輪完十二小時的大夜班，如常的累與飢，但他心裡惦記著要趕去台北，身體仍緊繃著。工廠的機器全年無休，扛絲線、布料、搬運都是耗體力的工作，腰酸背痛是常態。同廠的台籍工人會教他們使用一種藥酒，但他一聞米酒的味道就受不了，像馬尿。想到把馬的排洩物塗在身上，艾爾加就止不住要笑，這些，奇怪又熱心，很笨又裝聰明的台灣人。

艾爾加一個月有六天假，幾十個外勞輪班休，一、二個月才有機會輪到週日放假，得以

上教堂、採買食物、看朋友。但這個月趕出貨，所有的休假都停止了，他上個月才和同事調班，累積了連續三天例假到醫院陪產，現在更沒敢再麻煩別人，只好趁著週日下午有限的時間，趕去台北看麗亞。

打卡簽退，艾爾加拿了便當匆匆趕回宿舍，從床下摸出一瓶深褐色蝦醬，攪拌到飯裡。在菲律賓，沒有人把菜、肉、飯的味道都攪和著包進同一個餐盒裡，吃飯時混雜的氣味經常讓人食不下嚥，麗亞買了一瓶蝦醬給他，讓更腥臊的氣味蓋住菜肉混雜的味道，才勉強得以下飯。他快速吞嚥，不忘先把切片的黑豆干撥到一旁，完全搞不懂爲什麼便當裡十之八九都要配上沒滋味的豆渣、豆條、豆片，有土味，吃起來總覺得自己是山羊。他想到山羊，嘴角漾起一絲微笑。有時下班時早已入夜，艾爾加特別喜歡到廠區邊的小攤買一碗大腸麵線，花十五塊錢饋贈自己一頓美食，安撫經常吃冷便當的胃。大腸麵線是他在台灣少數的驚喜：內臟可以這樣煮、這樣香又有嚼勁，真令他對豬仔刮目相看！

他迅速沖了澡，換下的T恤、運動褲匆匆塞進床底的塑膠面盆，累積了三天的衣服等晚上回來再洗吧。把相關證件都帶齊了，出門搭車時，都已經是下午二點了。

陽光正炙，艾爾加疾步走到廠區口搭車，熱與塵，灰白的塵沙有氣無力在烈日下浮動，週日下午除了幾個打赤膊的工人在頂樓晾曬衣服，幾乎沒有人煙。宛如大漠。

中壢工業區原開發自大片荒地綠野，水泥叢林般的廠房設立三十餘年來已顯疲態，一如台灣下滑的經濟指標，每年都有舊廠關、新廠入，關的倒比入的多，可外勞的人數還是節節上升。廠裡的外勞都輪十二小時的二班制，這週白日，下週黑夜，生理時序每七天就要顛倒一次，往往要到交接班走出工廠大門後，才恍然知曉究竟是夜半還是正午，重返人世。

艾爾加行走在四百家工廠之間，無盡的水泥牆面、柏油道路，貨車不時駛過捲起柴油黑煙。他經過一棵發育不良的榕樹，被水泥地禁錮得根部糾結，緊繃著紅磚略微鬆動。奇怪啊，他這樣想，台灣人把鬼樹種在工廠旁，不是很晦氣嗎？榕樹枝幹眞要放肆生長會形成龐大的暗影，無數的鬚根一一倒吊著，夜晚看來尤其嚇人，是孩子們的午夜夢魘。在菲律賓，人們都說這是鬼樹，一般就長在野外、墓地。

假日的工業區，也很像墓地。

這是週日的正午時分，休假的早已外出，工作的、補眠的，全在屋內，他一個人的身形被正午的烈日曝曬成一個小黑點。

小黑點停滯五分鐘後，疊上另一個搖晃駛近的黑巴士，離去。

車進中壢火車站，窗外氣溫又上升了些，高樓百貨，擁擠不堪的都市。沒有樹。艾爾加一拉開車門，舉目盡是菲律賓人，耳中聽聞全是菲律賓塔加洛語，放假的外勞在火車站集結，從勞雇關係解脫出來成爲消費者，膽子也大了，身體也輕盈了。艾爾加原本凝重的表情不禁也愉悅、輕鬆了起來。他尋思著幫麗亞買罐巧克力粉，要先走到鄰近長江路買呢，還是轉車到台北中山北路再買？中壢的菲律賓商店價錢便宜些，但他擔心錯過這班直達車，又要等上半個鐘頭。

正遲疑著，手機傳來麗亞的簡訊：快來！

他於是放棄採買的念頭。他的個性溫厚，但遇事舉棋不定，生命中幾個重大轉折似乎總是麗亞，風風火火就催人上路，她果決又大膽，對未來的想像隨時可以變動。他順著她走，逆境或順流都很難說，但也覺得滋味無窮。再忍耐一下，再撐著點，攀越這個那個山頭，就是平野無邊。

果然麗亞是對的。才不到三分鐘巴士就來了，艾爾加直接坐到最後一排座位的車窗邊，陸續上車的幾乎都是菲律賓人，很多工業區的女孩子，週日都搖身一變充滿魅力，細肩帶、貼身背心、大耳環、銀色尖腳鞋，長髮放到肩頭，身上是濃郁的香水味，不時哄笑著飛眼看人，整部巴士都是笑語與刺激。艾爾加放心地倚著車窗，陷入搖晃的睡眠，窗外是飛逝而去的高速公路亞熱帶山色，夢裡是家鄉的人聲與剪影，延伸又拉長，像一千隻手，遠遠近近拉扯推擠，似召喚，也彷若揮別。

他模模糊糊想起，昨晚打電話回家，女兒已經會開口叫爸爸了。

•

艾爾加準時在車抵台北晴光市場時睜眼醒來。依然是塔加洛語的人聲頂沸。才四點不到，有些人已經趕著回雇主家做飯，在車站依依不捨道別；又有人疾行間大聲講著手機，與遠方的家人爭執海運回鄉的禮物分配……他彷彿置身馬尼拉的小市集。

一千隻手輕撫著他安心靠岸。

逆著騷動的人潮，艾爾加先到匯兌中心查看兌換率，菲幣還在下跌中，這對海外工人是利多消息，手上微薄的台幣要匯回家才能改頭換面神氣起來。但他現在手頭上根本沒有現金，已經三個月沒匯錢回家了。他走到Bing-Go超商買了衛生紙、巧克力粉，又順手拿了兩罐芒果鳳梨汁，在店口挑了一盒沙拉。他穿過三三兩兩在紅磚道上聊天、閒坐的人群，走進聖多福教堂，這是兩場彌撒間隔的休息時段，冷氣迎面吹來，艾爾加匆匆向教堂前方淡藍壁面上懸掛的大型十字架點了點頭，甚至抽不出手畫個十字，就直接穿越教堂來到後門的巷子，拎著大包小包就逕自拐入菲律賓餐店旁的窄樓梯，走上二樓。

客廳裡燈沒亮，斜對角是麗亞的房間，她微微敞開房門，側著身就看見艾爾加走來的身影。房間裡悶熱異常，她煮了一鍋雞湯，油浮在湯面，大熱天看了就煩膩，但不吃肉不行，否則奶汁分泌不足。初生二週的孩子已然安睡，新買的電扇轉著散不完的熱氣，孩子黃褐色的髮梢都汗濕貼緊額頭。

樓下是週日才營業的菲律賓自助餐館，卡拉ＯＫ的歡唱聲不時飄上二樓，七、八〇年代的美國流行歌曲，永遠在宣誓愛你、抱住你、不讓你離開。麗亞在這裡租房子已經有兩個月了，狹小的客廳大半堆放餐館老闆的雜物，木板隔間的左鄰右舍住的都是菲律賓華僑。落腳中山北路，爲的是採買及交通都便利，且這一帶菲律賓人多，隱藏在此，比較不引人注目。矛盾的是，也正是因爲菲律賓人太多，舊識新交人多嘴雜，麗亞於是很少出門，儘可能不引起注目地隱身在此，需要買什麼用品再請艾爾加帶來。

「幸好你來了，」麗亞露出開懷的笑：「天氣太熱了，湯喝不下。我想出去買果汁又不敢。」

「晚上十二點要上工，我只能待一下子。」艾爾加放下食物，摸摸孩子的臉：「證件都帶來了。明天去辦護照，要小心。」

隔壁的房門重重打開，兩個室友正激烈地爭吵，他們交錯使用塔加洛語和台語，似乎是誰向誰的老闆打了小報告之類的爭執，兩個人的聲音愈來愈大，暴烈的語句一觸即發，麗亞無奈地拿了小毛巾摀住孩子的雙耳。

「下個月可以回家嗎？」

「我有七天的特休假，老闆同意我回家一趟。但我沒有錢。」艾爾加苦惱地皺起眉頭：「沒有錢，怎麼好意思回家？」

「你不是有儲蓄金的戶頭嗎？」

「印章和帳本都在仲介那裡。他說要做滿三年才能領。」

「怎麼辦？」

「不知道。我已經對他發誓我不會逃走，放完假一定會回來……」

匡噹！隔壁已經打起來了。

兩個男人愈吵愈烈，不一會兒，警察上門來了。猜想是附近有人報警，擔心出事。但平常台灣人打老婆、小孩，也沒人報警。似乎是在這外邦人聚集區，所有的風吹草動格外叫人緊張，一舉一動都彷如藏著地雷，聽不懂的語言，想像無限擴大。

警察來了，完全沒有預警。麗亞根本來不及關上門，只本能地匆匆抱起孩子。兩名員警一到，逐一要查室內所有人的身份證，爭執中的菲律賓華僑邊掏出居留證，邊大聲爭辯：「哎喲，沒什麼事啦！」像是立時變成好兄弟，一致對外。

警察盯著艾爾加，他慌張掏出居留證、護照，這都是爲了孩子辦證件才剛向仲介要來的，他多此一舉地用中文向警察解釋：「我是去年來台灣的，你看……」

他笨拙地有意拖延時間。但警察越過他，看向麗亞：「你的居留證呢？」

麗亞冷靜地說：「等一下，我到樓下跟老闆娘拿。」

她抱著孩子，穿上拖鞋就走下樓梯，像一個稱職的褓姆。艾爾加也跟著起身，尾隨下樓。

幸好警察沒跟上來。

幸好。麗亞躲到餐館的小廚房，渾身發抖。孩子醒了，圓黑的眼睛尙無法集中視線地飄動張望，不知爲什麼這樣高興地綻開一朵無牙的笑，發紅發皺的小臉尙不知害怕。

警察在二樓繼續問筆錄，沒再探詢她的去向。麗亞從廚房的門縫中，看見警察沒事般戴上安全帽就騎機車走了，全身像虛脫般幾乎站不住腳。

距離被警察臨檢前兩個月，我第一次接到麗亞的電話。她說話不囉嗦，英語發音不像一般菲律賓人咬字那麼重，聽來相對輕鬆、舒緩些。她的需求也很清楚，不作無謂的陳述。

「我懷孕了，下個月就要生，你知道有什麼安全的醫院嗎？」她直截了當地說。

外勞懷孕不稀奇，但拖到臨盆待產的很罕見。雖說二〇〇一年起妊娠檢查就不列入外勞體檢項目，但眞實的勞雇關係中，多數外勞當然不可能順利在台灣待產、生子，否則，廠工眞要適用兩個月有薪產假嗎？家傭難道還讓主子倒過來幫她作月子嗎？一驗出懷孕，多半都不必再問，外勞會自行找醫院人工流產，口耳相傳的地下管道很多。

三十六萬年輕氣盛、身強體壯的外勞，來到台灣，竟好似無性的一群。台北市公娼未廢之前，還有老闆帶著一車子外勞到歸綏街解決性慾，沒有合法娼妓後，這問題就好似隱身了。看不見最好。反正外勞居留年限三年一輪，很快，台灣上下都矇了眼只管勞動不管人，只見勞動力不見勞動者的性與需求。

懷孕生子的外勞，約莫是逸出正常勞雇關係了。

「所以，」我平靜追問：「你是逃跑外勞嗎？」

「是。」她稍作踟躕，還是忍不住解釋：「老闆要送我走，我沒有辦法。」

「我知道。」我儘可能輕聲細語：「孩子的爸爸呢？」

「他是我的先生，在桃園工作，」她很快回應：「他是合法的。」

又有誰，是非法的呢？

沒有罪行，沒有受害人，不過是走出一個不適任的工作，不過是逾期居留，但法令的銳尺一刀切，合法非法成爲地上地下的兩造。

「你想自首嗎？」

「不想。我不想小孩子在收容所出生，而且我還想繼續工作。」

「孩子生下來怎麼辦？」

「我先生可以帶回菲律賓，我留在台灣工作。」

「沒有健保，生產一定要自費哦。」我提醒。

「我知道。」麗亞娓娓道來：「我在廣播裡聽見TIWA抗議外勞政策，我想你們了解外勞的眞實處境。也許，也許你會願意幫我問問看有沒有比較便宜、安全的醫院。」

我幫她打了一圈電話。桃園縣是外勞最多的縣市，署立醫院有專供外勞健檢的醫療補助。但逃跑外勞的生產費用呢？嗯……沒有健保給付，算便宜一點，還是要一萬多。那，會往上通報逃逸外勞嗎？當然會，這是公營機構。再循著菲律賓週報上的診所查詢，自費生產要三萬多元。會往上通報逃逸外勞嗎？不會，醫院只管母子安全。會開出生證明嗎？當然。媽媽沒有證件呢？有沒有同行的、有證件的人？爸爸是合法的，那就沒問題了！

隔沒幾天，麗亞就出現在中山北路了。她穿著寬鬆的七分褲和水藍色棉質上衣，肚子又圓又沉，鼻尖上冒著小小的汗珠，中長髮綁成馬尾，還揹著一只輕便的行李袋，除了掩不住的倦意，她看來泰然自若。

後來，麗亞自己在鄰近菲律賓餐館的樓上租屋待產，月租四千五百元。白天她有時路經TIWA閒坐，說是房間沒冷氣，太熱了，一定要出來走走。她聰明主動，不久就幫自助餐老闆娘照顧小孩以抵部份租金，大著肚子工作，直至生產。

一個身分非法的孕婦，勇敢籌畫、評估利害、安置自己。我們打聽各大小醫院的產檢行情，從三百五十元到一千元都有，最後她選擇在萬華一帶生產，打電話回菲律賓要媽媽把之前的過期護照寄來，再加上艾爾加的居留證，孩子總算在一個「合法的」環境與認定下出生。

孩子取名安德瑞，六月底出生。但艾爾加需要錢。他來台灣工作已滿一年，法定七天的年休假正好把安德瑞帶回家鄉請母親照顧，但麗亞的生產、租屋、坐月子，已花光兩個人的積蓄。

回家怎麼能不帶錢呢？

「仲介每個月都從薪水裡扣三千元存在我的戶頭，說是儲蓄金，加起來大概有四萬元了，我可以提早領出來嗎？」艾爾加拿出厚厚一疊薪資單。

「依法，當然可以。但現實上，不容易。」我儘可能把利害關係分析清楚：硬要向雇主提早討回存款，當然沒問題，但會不會破壞勞雇關係？以後老闆或仲介找麻煩？

他的收入現在是全家人唯一的支柱，不容一點風險。

強迫儲蓄多半是仲介代雇主執行，要討錢，主要還是看仲介的態度。不聽話的、不好使喚的外勞，都可能在仲介的轉譯間，決定了雇主是否予以留任。而一旦被解僱遣返，就意味著仲介費血本無歸，回到母國還要負債。好仲介不少，壞仲介更是不計其數。偏偏這套制度，讓人只能仰賴個別仲介的良心，權利全憑運氣，不堪一擊。

「仲介是可以溝通的人嗎？」

「還好，但他不信任我，覺得我拿了錢就會跑。」艾爾加很無辜的說：「我已經說了……」

「我知道。」我不得不打斷他。

強迫儲蓄原本就是拿來控制外勞動向的緊箍咒，錢拿走了，如何保證你不逃跑？跑了，雇主的外勞配額就少一個，仲介的佣金也少一份，外勞政策逼使雇主與仲介看守外勞行蹤如獄卒之於囚犯。不信任是必然。

因爲怕外勞跑，所以使用強迫儲蓄留人，同時也把事發後的損失降至最低。很多惡性關廠事件，外勞的強迫儲蓄就成了老闆的週轉金，帳面上看得到，但沒人檢查內裡是否還如實存在。等雇主宣佈破產，外勞的儲蓄金也就一去無回（動輒十數萬啊，我不能忘記那些絕望的臉孔）。然後，官方再公開表示強迫儲蓄違法，歡迎工人檢舉。但一檢舉，外勞就冒著被解僱的風險。官資互相騙來騙去，外勞懸在高空，一步一險。

我看了仲介公司的名字，就這麼巧，是我之前處理另一個關廠案交手過的，大抵上就算立場迥異，可也清楚TIWA的非營利性質，對我們有一定的信任與敬重。討價還價，仲介答應先提撥二萬元，艾爾加答應一週內返回台灣，我代爲簽下「絕不逃跑」的切結書——事實上，眞逃了又能如何？但TIWA組織者幾乎人人都簽過這份切結書，彷彿非要有個台灣人背書，外邦人的承諾才具意義。

分明是他的存款、他的帳戶，但一直到約滿離境，從來沒有外勞能取得自由使用權。回家的錢有著落了。麗亞抱著孩子到菲律賓在台辦事處申請安德瑞的護照。

「你好大膽呀，菲辦不會查你的身份嗎？」我看著安德瑞嶄新的護照，驚詫不已。

「孩子姓父親的姓，他們只關心父親與孩子出生證明的關係要一致。」麗亞怡然微笑：「我是誰也沒人問我呀。」

「你不害怕嗎？他們畢竟是官方。」

「捉逃跑外勞是台灣警察的責任，菲律賓的官員又沒有業績壓力。」

我們都笑起來。眞是一語道破。

安德瑞出生四十五天後，艾爾加搭上飛機把孩子送回菲律賓鄉下託母親照顧。麗亞一路陪行到中正機場，目送他們步出海關，她沒有哭。她獨自回到中山北路，把安德瑞的相片貼在床頭，開始找工作。

未來，只能更強壯。

賣了五頭牛

卑微的處境有如黑暗，正可啓示上天的光明。

——梭羅，《湖濱散記》

艾爾加有一雙明亮澄淨的眼睛，像個初進城的鄉下人，粗壯的手臂，靦腆的笑容。有時他下工後在廠區裡散步，總有幾隻老狗陪同。麗亞說他是「動物情人」，即便是兩人來台灣後難能一起逛街，他也每每在寵物店流連不去。

這個動物情人來自田原遍野、林木蓊鬱的菲律賓呂宋島農村，熟悉空氣中的牛屎味與牧草根部的清香，田裡有糧，平原上可以放牧，但村子裡多的是吃不飽的人，很多農地都廢耕了，一如台灣。離鄉前，他細數自己擁有的二十五隻山羊、三隻牛、五隻豬，還有二十幾隻小豬呢，好大一筆家當，悉數交託哥哥代爲照顧。那些小豬仔，到現在，早就成熟賣掉一半了。

艾爾加用破碎的英語向我勾勒了一個夢想：他賣了五頭牛支付昂貴的仲介費，飄洋過海打拚三年後，返鄉可以買更多的牛羊，擴大牧場規模，以因應菲律賓加入WTO後洶洶來襲的廉價歐美冷凍肉品。

我不禁想起賣牛奶的女孩。她旋著舞步在大街上作白日夢，頭頂上一桶鮮奶搖搖欲墜，賣了奶可以買小雞，小雞長大了可以生雞蛋，雞蛋可以源源不絕，帶來美麗的華服與財富……搖搖欲墜的牛奶桶，翩翩起舞的夢想家。我們宛如預知結局的讀者，掩著嘴不敢驚呼出聲，但眼看著她就要跌倒了、跌破了……忍不住閉上眼睛天眞祈願：讓她美夢成眞吧！

但故事從來不曾如願。

麗亞笑說：「他賣了五隻牡牛，期待回菲律賓時有更多的牛。但工作兩年後回到菲律賓，連一隻牛也不剩了！」

這個農村長大的男孩在一九九九年來到台灣的沖床廠工作，從農作生活一下子掉落黑手勞動的重覆、單調、昏天暗地。工廠沒有太多加班機會，每月只能領基本工資，扣掉仲介費、膳宿費、稅、勞健保費……所剩無幾。兩年後回家，除了經驗，沒有經濟上的具體積累。五隻牛再沒能買回來，遑論擴充。

他的牛奶桶碎裂一地。

「眞的，我現在只有羊和豬，沒有牛了。」老實的艾爾加說：「這次再來台灣，好捨不得賣羊啊。」

他的英文不如麗亞流利，每個問題都要思考良久，回答得太扼要而難免失焦。麗亞便不時幫他衍釋成比較有轉折的思考與推論，像個貼身秘書兼翻譯。

麗亞也住呂宋島——這個菲律賓主要的勞力輸出地，資訊相對豐富、流通迅速，城裡的年輕人無不躍躍欲試，離開，再離開，到海外闖天下，像個成年禮。有人開了眼界又回鄉，有人離去了就不再返回，當然也有身殘了、一無所有地落魄歸來的。麗亞的家鄉距離首都馬尼拉只要一班公車，她的父親是菲律賓七〇年代起第一批海外移工，曾遠赴日本、沙烏地阿拉伯在營造工地幹活；她的母親也是職業婦女，離家在城市的職業介紹中心工作，家中六個小孩都由祖父母一手帶大。

也許是爲了彌補親子疏遠的遺憾吧？麗亞九歲時，父親曾接了三個孩子到沙烏地阿拉伯同住兩年，說是要讓孩子們提早經驗國際化，開眼界、見世面。如今回想，父親對孩子們的遷移投資，其實是很大一筆金錢負擔，背後也許隱藏著定居移民的試探吧？沙國當地人民的生活不見得比菲律賓優渥，但海外移工接了家人來住就不免出手闊綽些，而小麗亞當時只覺得平白得到一個長長的假期，註冊唸書似乎只是附帶的作業，遠離熟悉的環境，就是玩。

「爸爸還租了吉普車載我們去玩咧！」二十年後麗亞也步上父親的後塵，遠離家鄉到海外工作，她這樣對照著回憶：「他可能也沒有賺很多錢吧？但我們那時就像觀光客一樣神氣！」像觀光客就好。沒有人想長留下來。父親上了年紀後，也被這個非循環利用的移工濾網給篩汰出局了。

在菲律賓，輸出移工政策實施三十年來，海外移工佔了全菲律賓人口的十分之一，總數將近八百萬人，像是年輕人向上爬升的必修學分。家境富有的不必出去，太窮的卻幾乎動彈不得，集中在中等或中下收入的家庭裡，牽親掛戚就有一大票出國工作的經驗。麗亞的大哥後來也隨著父親遠征沙國，一連工作了六年才返國。二哥以觀光簽證進入韓國，那時韓國尚未正式開放引進移工，數十萬的海外黑工匍匐在工地、工廠裡超時勞動，扛住夕陽產業不致掉落，但整個韓國社會睜一隻眼閉一隻眼，繼續享用移工帶來的廉價便利，卻無視於他們非法身分的困境重重。大姊嫁給在菲律賓工作的英國工程師，以婚姻移民的身份隨丈夫遷移各國。二姊與妹妹都比麗亞更早來台，也擔任看護工。

正因爲家裡的人來去遷移、四散分飛，麗亞很早就到城裡獨自生活。她半工半讀養活自己，大學時主修護理，領有專業護士執照。畢業那年，她曾經隨著姊姊移居香港半年，以三個月觀光簽證再延簽三個月的方式打工，白天在醫院工作、晚上擔任褓姆，這是地下工，不必付仲介費，住姊姊家又省下膳食費，每個月累計可以有台幣六萬多元的收入——那可能是她有生以來最富裕的時光了，她得以匯錢返鄉買了一小塊地，打算蓋一幢自己的房子。

「我有了地，但沒有蓋房子的錢。」麗亞說：「在香港，中國大陸的黑工太多了，我們絕對競爭不了的。還是回家吧！」

她在護照過期前毫不眷戀地回到菲律賓。但香港經歷倒成爲她筆下一則有趣的小品文，發表在熱門的交友雜誌上，同期刊出作者通訊與相片，飄洋過海來到台北中山北路菲律賓商店的掛架上。

艾爾加週日離開桃園的沖床廠，和同事們共同搭車到中山北路。他穿著潔淨的襯衫與皮鞋，駐足在商店前看菲語的拳擊節目，順手買了一本當期雜誌。回廠後，他在熄燈的宿舍裡亮著手機的夜光，耐心按下一則則簡訊給遠方不相識女孩，像服役的男生特別愛寫信，渴望回音。

麗亞回音了，兩個人隔海長傳半年簡訊才見面。初識時，麗亞在親戚開的小診所當護士，艾爾加則剛從台灣返回鄉下種田、養牧，海外工作經驗像是通關密語，遠方的記憶拉近現實的距離。一年後，麗亞離開城市搬到鄉下與艾爾加同住，二〇〇三年春天，大女兒出生了。

「我們都喜歡農村生活，自在、簡單，不必太多錢。」麗亞看著女兒的相片，揚起一絲笑意：「我想要養六個、八個孩子，他說太多了，怕不能好好教育小孩。我說，越多越好，我不怕！」

艾爾加敦厚、實在，父母留下的大片土地，足以承載無限生養的夢想。但農村是這樣窮，活著，無以發展。

麗亞自小和家人疏遠，照顧她長大的一直是姑姑和祖父母。她對那個陌生的母親，不恨，只是遺憾，覺得不曾被她愛過；兄弟姊妹也不親近。祖父母過世後，遺物全交待給了麗亞，家族裡流言四起，麗亞逃到鄉下，還想逃得更遠。現在，她有了自己的女兒，盤算著花最大的力氣給孩子最好的未來，生命延續拉長了看，鄉村的平穩就被置放在冒險之後的回歸。

「我知道海外工作很辛苦，我不怕累，我們都還年輕，可以犧牲幾年，換孩子們的未來。」這是很多移工母親都說過的話。她們忍受寂寞、孤單、與長時間的操勞，先是救全家困頓的經濟，再來是子女的學費生活費，後來免不了又要籌翻修房子的錢、開店做生意的資本……這期間，又總有這個弟弟車禍、那個長輩生病的意外支出，無以饜足的匱乏。無以停止的操勞。犧牲的幾年，總是超乎預期地再延長，代價經常是老公的外遇與鄉里的陌生不適。

麗亞不是不知道。但她不服輸，她不要與艾爾加分離，那年年底，麗亞與艾爾加匆匆辦了公證結婚，襁褓中的女兒託給姑姑照顧，兩個人約定好一起出國。

艾爾加再度賣了羊，撐起一桶牛奶的夢想。夢中的牧場，牛羊遍野，子女成群，天地壯闊。

二〇〇四年四月一日愚人節，申請海外看護工作的麗亞，從馬尼拉登機，飛向台灣。

●

台灣。台灣的家庭看護工，是什麼樣的處境呢？

從空中俯瞰而下，西寧國宅是數幢相對成排的水泥鋼筋建築，兩幢十六層高的大樓之間相距約十幾公尺，以寬不到二公尺的狹窄水泥長廊連結每一樓層的甬道，像是十餘面飄浮在空中的棋盤，田字型的縱向擴充延伸，橫面則緊捉住兩幢大樓間的住家。這個奇怪的設計必然是老建築，才得以讓中庭如此寬敞，未作積極利用，大樓間因此通風採光皆宜，簡直闊綽。可也因著國宅建材明顯簡陋，整個一長列的十字廊，全是毫無掩飾的水泥，質材薄且窄，沒有綠蔭加襯、沒有浮雕美化、沒有油彩修飾，就這麼赤裸裸架在空中，反而愈顯窘迫。

出了電梯口，要走進國宅內任何一扇門，都要先行經格狀長廊，直線轉角地探向其中兩戶人家，若是門牌看錯了，再倒回原點，重新再直角轉彎尋路。沒有左鄰右舍相聞問這回事，總有一側的鄰居是要繞行出去再彎入才能敲得到門，咫尺天涯。這樣看似條條相通、但實則是造成隔離的走道設計，即便是光天化日之下行走，也隱隱感到危機四伏；又或者，眞有危機了，也不會有人開門搶救。

我在格廊間行走一圈，忍不住想：這種設計，眞是好容易自殺啊！

像是懸在空中的危崖數十個，每一個轉角都可以一跨腳就直墜到底。想不開，或想開了，就去了。

過去幾年，居住在八樓的令狐沖就曾在半夜聽聞，有重物自半空碰然巨響掉落中庭，不多時，就是救護車刺耳的鳴叫，以及雜遝驚慌的人聲。也多次聽說還有誰誰跳樓自殺了。是因爲整個敗落的、頹圮的氛圍吧？隱藏著不安、緊張、與低落的都市裡的，小小的廢墟一樣的叢林。

從八樓一扇沒加簾幕的窗口望進來，就是令狐沖的醫療床，占據了整個客廳最顯眼的位置，躺臥其上可以看見窗外的市招及雲色，電視就在床尾，可想見沒有客人也不睡覺的時候，這個小方盒提供了長年臥床的人，所有對外的資訊。小餐桌上置放著一整排的藥袋，胃藥、安眠藥、消炎藥、止痛藥……還有一碟中午吃剩的蘿蔔糕。右手邊是他賴以獨立行動的電動車，左邊的牆櫃上嵌鑲著佛像與香爐。十六坪大的格局，兩房一廳一廚一衛浴，簡單但齊備。

無線電話在床邊的夾層櫃上，但他沒有能力主動伸手去拿，唯靠看護工將話筒遞上他的肩頭，與外界聲息相通。

令狐沖本姓王，朋友都稱他王哥，但他對我說：「你就叫我令狐沖吧！《笑傲江湖》那個有沒有？我的個性就像他一樣，大口喝酒論江湖！」

他是重度脊椎損傷患者，車禍受傷造成肩脊以下幾近全部癱瘓時，才二十五歲，小白馬的年紀，就此重創掉落生命幽谷。他生命中超過一半的時間都癱躺在床上，無法自行移動身軀，脊椎失去功能，唯有頸與肩胛尚能支撐著，有限度地挪動雙腕，但十指也失去力量了。

我們認識令狐沖的時候，他早已度過痛苦、自殘、封閉、想自殺而死不了的黑暗期。（那個近乎足不出戶的黑暗期，他精確地算出：至少八年！）長年自我訓練使用電動輪椅，延伸他的活動觸角。那時候，**TIWA**結合許多移工團體推動家務工納入勞基法保障，已經很多年了，我們逐一拜訪身心障礙及老人團體，企圖在勞、雇之間搭立一個有效溝通的對話平台。令狐沖帶著他的外籍看護工，與我們一起到立法院，要求內政部釋出社福資源，提供重症患者定期的居家看護，好讓長年看護工得以休假外出。

那天，他坐在電動輪椅上進入立法院，面對官員侃侃而談，說情論理都脈絡分明。他的印尼籍看護工伊達就坐在他的身後，安靜傾聽，偶而倦極靠著牆打盹。

令狐沖戴一付銀邊眼鏡，長相斯文白淨，但下肢已明顯萎縮了，每天需要有人幫他從床上搬到電動車上，才開展一天的生活；每天需要有人協助盥洗、餵食，還有每三個鐘頭的翻身、按摩，以防止一發不可收拾的褥瘡。這些瑣碎、耗時也費力的工作，二十年來都仰賴他的母親，她甚且因爲這樣辛苦的歷程而獲頒台北市模範母親獎。

模範的圓滿恰好揭露了現實的破綻。

我走進西寧國宅，看著令狐沖珍藏的他與披著紅彩帶母親的合影，心想所有模範的背後，都有著何等艱苦的歷程，由個別的人發揮不可思議的力量塡補了現實的坎坷不平。

「我的身體大概就是三種情形：痛，很痛，受不了的痛。神經痛是無時無刻的，沒有一秒鐘停止。」他淡淡說著，幾乎是揶揄：「止痛藥都吃上癮了，也只是一時昏睡，只能轉移目標來忘記疼痛。」

還要小心預防褥瘡。不正確的姿勢壓久了，也會痛，但更怕移動時若太粗魯地拖拉會磨破皮，一旦有了傷口，就很可能感染、蔓延成爲褥瘡，到時，又要動手術切除死肉、腐肉。若是沒有好的看護預防，就是沒完沒了的醫療。

他受傷後，父母從台中北上一起寄居姊姊家中，耗盡所有人力、物力支撐。一直到解嚴前後的社會運動同時也刺激社福制度的變更，國家才逐步、牛步對家庭勞務伸出援手。一九九五年起，令狐沖向社會局申請居家服務，每週五天、每次四小時的照顧時數，由公部門每週派居家服務員到府服務，好讓辛勞的母親稍有喘息。那時父親早已過世多年。

可母親終究是老了，不但無法照顧他，還需要有人照顧。令狐沖每個月的低收入戶補助、加上重度殘障津貼也不過一萬五千餘元，支付房租及生活費就再無餘額，姊姊及一貫道的道友們發動定期募款，捐注他申請聘僱外籍看護工。

二〇〇三年，來自越南的阿草跨海來到這個老邁的國宅，照料一老一殘的起居生活。那眞是美好的時光啊，三個人在這個十六坪大的空間，建立了封閉而親密的友善關係。因爲阿草，令狐沖相隔兩天就得以洗淨身體，保持乾淨清爽。他是個相當自制的身心障礙者，很早就訓練自己每兩天大便一次，好讓照顧他的人可以協助他如廁與洗澡一併處理，使用最減省的人力。他也請長期照護中心的復健師來教導阿草物理治療，每天早、晚一次的按摩，減少他的疼痛，也作肌肉的復健，耗時約半小時至一小時。

阿草來了，有了充份的貼身照顧，他才眞覺得恢復作爲一個人，有尊嚴的生活。不必低聲下氣要求這個親人、那個鄰居的不定時幫忙，不必爲了尿袋將滿但居家服務員下午才來而不敢喝水，可以有人幫忙捉癢、按摩、復健、聊天，轉移不曾稍歇的痛。

「阿草有時生氣了，一定會讓你知道，她太累了也會發脾氣。」令狐沖的眼睛都是笑意：「她打人的手勁，眞的會痛欸！」

阿草是眞辛苦，他知道。照顧癱瘓者原就是浩大工程，何況還有年邁多病的母親。令狐沖再度向社會局申請居家服務，要讓阿草至少有空可以出門走走。但不行，不行，不行。內政部的行政命令規定，只要聘用外籍看護工的家庭，就不得再申請居家服務。他作爲一個公民的基本權利，卻因爲聘用外勞而被排除；內政部認定外籍看護工可以二十四小時待命，被照顧者已然擁有充裕人力，不得再分食「有限的社福資源」。國家的援手斷然撤出。

阿草因此不得休息，沒有休假。一樣的重症、一樣的低收入戶，母親曾享有一點點政府挹注的替換照顧而得以稍作喘息，阿草這個「外人」是沒有資格的。

這是懲罰嗎？

懲罰因爲長照中心床位不足、家人老邁不得承擔、經濟弱勢無能聘用本地看護工而聘用外勞的重症患者；懲罰千里迢迢來台工作、沒有台灣國籍、種族與階級都在弱勢的看護工。告誡外勞不得佔用台灣人的喘息服務，同時表彰政府「保護本勞就業權」的努力——即使，沒有一個本籍看護工因爲這樣縮減的社福措施而找到工作；即使，代價是外傭不休假而身心俱疲、被照顧者無法獲得「好品質」的照顧。

漏洞交由沒有發言權的外籍勞工去承擔。

若不是阿草，令狐沖恐怕也成了燒炭自殺的一員吧？母親過世後，也是阿草陪伴他度過低落消沉的時光。比親人還要親的阿草，打打鬧鬧調皮又勤快的阿草，是他生命中很重要的人。至今，阿草與母親的合影還一直放在電視上，他只要一抬頭，就看見了。

遠方，有人賣了五隻牛來到台灣，可能爲另一個生命的齒輪嵌合啓動。可能這樣，可能那樣，但從三萬呎高空的飛機窗口往外望，雲霧下的台北市如同陷身泥淖，什麼都看不見。

台北一〇一

我們須得四處遊走
為了全都看到，全都聽到，
我們甚至必須抵抗
而有時必須說：夠了！

——里爾克，〈春天〉

麗亞是專業的看護工，她喜歡照顧人、被需要、期待一個有挑戰性的工作。相較於很多年輕移工會選擇到工廠工作，有人作伴且有加班費可以領，麗亞卻認爲朝九晚五的工作太無趣了，日復一日的重覆作業，想起來就沒意思。而她也確實期待一種「生命齒輪嵌合啓動」所帶來的尊嚴。

從三萬呎高空下降抵達中正機場，麗亞就被帶到台北市大同區張姓人家，一樓是家族企業的電子材料進出口生意，老闆娘與大兒子住在三樓，二樓主要的房間裡，有鎮日開放的空調、醫療器材，還有一大一小的床位，是阿嬤與麗亞的眠床。

阿嬤一百零一歲，癱瘓在床十二年了，不能動也不能言、幾近植物人。麗亞的貼身看護未能重新啓動阿嬤的生命，不過是維持著，作任何「避免」而非「促進」的保養工作。阿嬤還有意識嗎？隔著沉重呑吐的呼吸器，她的表情幾乎不曾起過任何變化。她舒服嗎？痛苦嗎？還想活下去嗎？沒有人知道。

看護勞動，極其瑣碎、耗時，沒完沒了。麗亞每隔三小時要幫阿嬤拍背、按摩，以免肌肉壞死；阿嬤有糖尿病，要隨時擦拭、洗淨排洩物，以免招來成群螞蟻；呼吸器一刻不能停，抽痰也得時時注意，以免卡住咽喉就來不及了；每天四餐，煮好糊稠的食物，從鼻孔順著管線餵食，無所謂滋味與氣味。阿嬤的臉上皺紋如刀削木刻，年歲的痕跡太深沉像是早已停滯生息。

機器與麗亞維持她活著。

但外籍看護工當然不只是看護工。麗亞每天早上要負責到三樓清掃、洗衣、熨燙，其餘多半時間都在二樓與阿嬤獨處，每天早上九時、下午二時、晚上七時、半夜十二時、半夜三時，都是固定烹煮、餵食阿嬤的時候。如此，睡眠完全被切割了，她有時夜裡餵食完畢，又累又倦，不由得偷懶省下拍背勞動。阿嬤的身體已經完全失去控制，白天不時還要幫阿嬤洗身、排洩，光是維持乾淨已是大功夫。

早預期出國工作勢必辛苦，但這辛苦超乎麗亞的想像，她完全無法樂在其中，感受到照顧人的熱情。

「爲了未來，我只能犧牲。」她說。

在頂樓晾衣服的時候，不遠處就是環河道路上呼嘯而過的大量車流，天際線從來沒有清晰過。遇到好天氣，麗亞就能看見遙遠東區的台北一〇一大樓，灰濛濛像一疊堆高的茶杯，滿溢出終年晶亮的頂環，生機勃勃。全世界最高的大樓，這個距離看來只有一根手指頭的長度，她從來沒有機會近身。而她日夜照顧著一零一歲的阿嬤，生命氣息微弱難辨。

她住進這個家庭，難免陷落既有的關係脈絡中，有意無意間就牽動張力。張老闆長居小老婆家是公認的事實，但他是一樓公司的負責人、二樓阿嬤的兒子，所以白天仍固定來看報、聊天、打電話、接待客人、探視老母。張老闆年近七十，有錢有閒，出國經驗豐富，自修學習日文、英文，經常閱讀空中英語雜誌。他不擺雇主派頭，不時到二樓的小客廳泡茶，找麗亞來閒聊、練習會話。由於他無需直接管理家務分工，又樂於與麗亞溝通、談心，且不時充當麗亞的車伕，載她去添購必需品及上教堂，種種客觀條件都使張老闆成爲麗亞眼中最慷慨好心的人。

家庭內在的張力更緊繃了。麗亞這個外人，踩到關係網絡中的敏感地帶。老闆愈待她和氣，不諳英文的老闆娘愈氣她不知分寸。有時，老闆和老闆娘在三樓大聲爭執，麗亞聽不懂，但隱約知道與自己有關。語言的隔絕恰好成爲她自我保護的過濾網，假裝不知道，就算了。

阿嬤因糖尿病引起併發症，導致腦中風，在床上癱躺了十二年，原本張家請了一個菲勞，做了快兩年，契約期滿前跑了。依照那時的法令，外勞逃走，雇主要繼續支付每月的就業安定費，還要被處罰至找到人才能再聘新的外籍看護。不得已，張家只好聘雇本籍看護工照顧阿嬤，也幸而負擔得起。十年來，張家已經換過不少台籍看護工，做得好也做得來的，就留下，不想做了也不過是辭掉再換新人來。阿嬤需要長時間照顧，若看護工要回家休假或有事請假，養護中心會另派其他看護工來代工，維持阿嬤的基本照顧。

本地看護工替換方便，溝通無礙，專業程度也好，說起來是好處不少。但一個月六萬元，算來算去還是不划算。張家於是又重新申請了麗亞來台。

麗亞不能休假，但一個月可以多領四天加班費。平日要買什麼，老闆會騎車載她去，偶有幾次週日，麗亞希望可以到鄰近的聖多福教堂作彌撒，老闆也很好心地陪同她去，且很夠意思地陪著唱完聖歌。但這樣簡直像被看守著似地難受，連和旁人說話的時間都沒有，後來她才和老闆協商出兩個小時的「拜拜」時間，老闆早上九時放下她，兩個小時後再來載她。

這兩小時是麗亞來台後的快樂時光。在菲律賓，她其實不算是勤於望彌撒的教徒，但來台灣後，這兩小時幾乎是數週來唯一能伸展感官、情緒、訴苦、笑鬧、交朋友的時光。十一時要離去，她的依依不捨總好似熱戀中人。

週日的中山北路，來來去去的菲律賓人中，有不少是像麗亞一樣的灰姑娘，兩小時至三小時不等，老闆開車來接，彷彿是頗有光彩，但行動身不由己。總是忍不住要羨慕那些週日眞正休假的幫傭，有的人天一亮就出門了，但下午四時要趕著回家做晚餐，有的可以再晚些，再晚些，吃完晚餐，七點了……人潮漸漸散了……八點了……還有零星的人坐在路燈下聊天，捨不得走。其實，就算是少數沒有門禁的家傭，也終究不好意思太晚歸，怕雇主覺得她生活不檢點、朋友太多、太愛玩、心情浮動。

有時候，麗亞會到農安街口的金萬萬商場剪頭髮。那裡的美容院總是同時兼做很多營生，小小三坪大的空間裡，只容三張椅，門外又放了幾張板凳，讓等待的人坐著閒聊。店裡不接水，所以剪髮但不洗髮。費用約三百元台幣，不見得比大同區巷子口的台灣人家庭理髮便宜，但就是能溝通，聽得懂她要這樣那樣，且氛圍自在，不必剪個頭還要緊張被人評比。

有時候，她善用這兩個鐘頭，連彌撒也不參加了，就直接去匯款、上網。金萬萬有個網咖，約十六台電腦擠得水洩不通，一小時五十元，對她來說，尚稱划算。一回她經過台灣人的網咖，發現一小時只要三十元，空間寬敞舒適得多，但多是青少年在打線上遊戲，她雖然只是找資料、發電郵，終究覺得格格不入，過其門而不入。在金萬萬的網咖裡，人人都擠著使用視訊通話，但這可得先約好海那邊的家人們全都擠到城裡的另一家網咖，才能擅用一個小時輪流講話，價錢比電話便宜，情緒也比電話直接，只是需要條件。

像她這樣，有雇主接送的人，多半只能在日常衣著上稍作修正，沒法子像珍妮或班亞她們，一到中山北路就換上性感上衣，且臉上撲了粉、刷了眼線，整個人煥然一新，可以逛街、聊天、可以去跳舞。麗亞暗暗羨慕著那些有機會每七天就變裝一次的同儕，但實在說不出口要休假。畢竟張老闆眞的待她不錯。

這是麗亞在台灣的第一份工作。從春天到冬天，她工作十個月，一零一歲的阿嬤終於累了，某個清晨一口痰不及抽出，就再也無法呼吸。

阿嬤喪禮結束沒多久，仲介要帶麗亞到就業服務中心，車子卻逕自駛向中正機場，說是老闆娘交待，阿嬤過世了就直接送麗亞回家。麗亞大驚失色，抵抗著不願辦理出境程序，緊急打電話向張老闆求救。經張老闆厲聲喝斥仲介違法後，麗亞才得以原車返回台北等待轉換雇主。終究到最後，麗亞還是捲入這對夫妻的關係拉鋸戰，進退無由自主。

等了兩週，麗亞被另一對夫妻挑中，當天就隨車向東遷移，來到一抬頭就看見台北一〇一大樓的信義計畫區。如此龐然大物，靠近了，反而見不到頂，高處多在雲層裡。堆疊向上的杯子，沒有人知道裡面是什麼。

●

就在麗亞離開大同區的同時，順著環河道路不到十分鐘的車程外，萬華區的阿草已約滿返回越南，令狐沖也換了新的看護工米尼塔。

菲律賓籍的米尼塔動作俐落，學習力強。但家務勞動不只是勞動。令狐沖單身獨居，不免期待一份近似家人的自在關係，如阿草，可談天、說笑，相互支持。可米尼塔沒準備好、或不打算經營互動，他與她語言不通，無以溝通。米尼塔極敏感，又好強，愛恨分明，兩個人關係好的時候，她會主動陪他看電視，比手劃腳十分熱情。一回令狐沖朋友來訪，言談間不知讓米尼塔錯聽了什麼，竟認爲他向人告狀她的不是，她生氣又傷心，一整天事照做，但沒有好臉色。

整個家也不過十六坪大，一賭氣，簡直無從躲藏。語言不通，連和解都無處著手，且看護工作要貼身接觸，有個疙瘩，彼此都難受。她照顧他十個月，時起時落，有時疑心他對她不滿，疑心他的一舉一動暗示什麼指責，情緒的後座力沒完沒了。他接受她的照顧，也分秒承擔緊繃的關係壓力，度日如年，沒得緩衝的空間。

仲介說，不合意就換一個新的再來嘛。但他知道像阿草一樣的外勞，都付了大筆仲介費來台，提前解約遣返意謂著負債累累。他感念著阿草，也眞覺得米尼塔並非不用心，只是兩人相處困難，既然彼此都是艱苦人，不忍心。

「你幫她轉換雇主吧！」令狐沖說。

「她轉換，你就喪失名額，再申請要重新再來哦？」仲介說。

意思是，不是你遣返就是我喪失資格。一個蘿蔔一個坑的制度設計，雇主幾乎不可能自動棄權，而動輒被遣返的外勞則到處都是。你死我活的拉鋸，多半就是外勞讓步，不讓的，就逃走。逃走，國家就懲罰雇主不得再聘。

再怎麼繞，還是你死我活。

他知道，接受了，讓米尼塔轉換雇主，自己則輾轉住進老人安養中心，每個月自費二萬七千元。令狐沖的身體不便，但精神與智識都是清楚的，老人院裡則有許多老人癡呆、失智、失憶、自言自語，每天半夜都有人喊叫作惡夢。

「很可怕，我覺得自己簡直是活死人。」令狐沖餘悸猶存：「老人和身心障礙者還是很不一樣，我住在那裡，整個人都意志消沉了。」

過去二十幾年來，他好不容易才讓自己從癱瘓的身體與意志重新長出力氣，不能再跌回去。他曾經是「電動輪椅」初引入台灣時，第一個獲得醫療設備補助的身心障礙者，也曾經參與遠距教學，以無力的十指學習打電腦，開創與外界訊息交流的另一個窗口，至今，他每天都會上網看看新聞及逛逛網站，以雙腕夾住一支倒立的長鉛筆，使用橡皮擦的部份穩定敲擊鍵盤，不致失手滑落。他以極緩慢的速度打字，上討論區發表意見，與外面的世界互動。他是個鬥士，堅持活下去的鬥志，一如對抗不曾停止的疼痛。

他的生命從幽谷攀爬回人間，電動輪椅是重要支拄，家庭看護也是。離開老人院，他搬回西寧國宅，重新申請社會局提供的居家照顧服務。

居家服務時數，近年來隨著民營化的外包作業日趨緊縮。令狐沖現在只能申請一週五天、每次二小時的服務照顧了，幾乎只有過去的一半，且每小時還要自付五十元。他一人獨居，真正的需求無法從密集式的二小時服務中獲得，反而更適合拆開來的兩次短期服務：一次扛他上輪椅、一次倒過來從輪椅到床上。但居家員沒有交通費補貼，二小時拆成二次服務，沒有人願意承擔。

他唯有一整天不下床，世界又縮小了。但二小時洗澡、如廁、餵食後，晚上吃飯怎麼辦？換洗衣服怎麼辦？半夜沒人翻身怎麼辦？褥瘡是惡夢啊，永遠好不了，不先做好居家照護預防，就只能送入醫院，又身心俱疲又一次浪費健保醫療資源。又一次，惡性循環。

他家裡沒有洗衣機，居家服務員不願手洗，要拿衣服到機構的洗衣機洗，但這樣一來一往一次的服務時間就用光了，怎麼調整、盤算都不成。

社福體系大幅刪減服務時數，像令狐沖這樣不得不尋求外勞挹注的，就是行政記錄中一個消失的案主、就業點；本籍居家服務員沒有足夠的時數支撐，慢慢地也就沒有人要投入這行業，等出了問題臨時要找人又找不到，整個照顧市場萎縮，人力不足。然後，政府再說，爲了保護本籍看護工就業，不給予聘僱外勞者臨時居家服務，以免變相鼓勵使用外勞。

若要保障外勞勞動條件、享有休假權力，對經濟弱勢的被照顧者家庭來說，最快面對的就是週日無人照顧。所以，當我們舉行移工大遊行，走上街頭要求給予外勞休假權時，第一個跳出來反對的竟是身心障礙團體！眞正該負起責任的政府，反而事不關己，拿更弱勢的人來搪塞責任，放任底層的人弱弱相殘。什麼樣的政策，讓國家退位、政府失職，任令弱勢者直接踐踏比他更弱勢的人，以求勉力生存下來？

這眞是我見過最殘忍的制度設計。

「難道眞要出了人命才會引起討論嗎？」令狐沖也嘆氣了：「對我們來說，居家服務和外籍勞工都很重要，可以互相搭配，不應該切開來只能二擇一！」

我們從西寧國宅走出來，地下室的生鮮市場過午即散盡人潮，空氣中微微瀰漫著腐葉的氣味。四樓以下的商場，從生鮮、自助餐、美容院、電子零件、到服飾店，林林總總。前幾年西門町的都市更新計畫拆除了中華路老舊商街，多數商家都遷移併入更落沒、邊緣的西寧市場，但景氣不佳、規畫不良、人潮未能集中，終究是一年年敗落下來，至今泰半都鐵門深鎖。

五樓至十六樓的廉價國宅，令狐沖已經住了九年了。早年承租國宅得大排長龍，近年來，長住下來的很多是老榮民及中年大陸籍配偶，走道上散落擱置助步器、手扶杖、輪椅。整幢國宅不由得呈現出衰老頽圮、日暮西山的景況。奇妙的是，附近西門町商圈又熱鬧開發成青少年流行專區，偶像明星簽唱會、新產品走秀等都好似嘉年華會辦個不停，兩造相隔也不過百來呎，不到十分鐘的路程，就進入一個熱鬧新奇、青春華美的空間。互不相干。

台北一〇一在遠方，東西遙迢，無以計量，但一抬頭就看見頂尖的閃光。盆地邊緣，彷如日照未及的山脊背面，陰暗多潮，無意間踢翻蟻窩，一湧而出的四散奔逃，一會兒，也就看不見了。

都市繁華處，堆疊的杯子不爲承載、接納，而爲撐高、誇耀，乃至於掩蓋不想看見的。

賭

某些人早已經匿名
或被我們阻攔在
地平線以下
而另一個在我們之間
突然嚎啕大哭

——北島，〈另一個〉

麗亞總算親身靠近台北一〇一了。這是她來台的第二份工作，就在信義計畫區，高級地段高級住宅高級傢俱。她經常，吃不飽。

她居住在信義區少見的獨棟洋房，三層樓的大坪數房子，全歸她一人打掃。她要照顧一個老人、伺候兩夫妻的作息、還有一歲多及五個月大的兩名稚子。麗亞被聘僱的名義是看護工，但老人其實身體尚好，除了偶而陪同去醫院拿藥，大抵上她主要的工作還是幫傭與褓姆，身兼家庭看護工、打掃工、煮飯工、燙衣工。每天早上六時起床，回房睡覺時都半夜一點了。

之前她和一零一歲的阿嬤同住，如今與兩個孩子共睡一房，阿嬤半夜要餵食，五個月大的孩子半夜也要餵奶。麗亞白天推著嬰兒車出門買菜、回家洗衣掃地，煮全家人的三餐。兩個孩子一個吃奶、一個開始吃副食品；老人牙齒掉光了不方便咀嚼；老闆是生意人，應酬回家還要再煮一頓消夜……三餐不只是三餐，分開來都得特別處理。

她花了很大的力氣在煮飯、餵奶，但用餐時不得與雇主同桌，唯有雇主家人都吃飽了，剩菜剩飯收拾好移到洗衣間裡，那才是她的飯廳。在一個衣食豐厚的人家，挪至洗衣間的飯菜卻總是不足，她至今提及仍不免浮現挨餓的神情。

可我想，眞正不得飽足的，是作爲一個人的自尊吧？有洗衣機，但老闆娘很多細軟的衣服要求她手洗，且全家人的衣服和麗亞的，不得一起洗。我聽過很多外傭都有「主僕衣物分開洗」的經驗，有的主動，有的被動；主動的世故老道，被動的難免受傷。有人私下這樣說：「他們像是怕我有病一樣不敢混在一起，我也怕他們不乾淨呀。分開洗才好！」

這當然是維護自尊的自圓其說。分開洗哪裡是大問題呢？勞雇間各自保持界限本來就是常態（不要再說「我們就像是一家人」了吧！）。問題是，這個從上而下的指令背後的潛台詞是：你就是低一等的，我們連衣服都不敢和你的混在一起洗！

分桌吃飯也是家有外傭的常態，有時雇主也好意拉開距離，以免彼此不自在；而很多外傭也眞不習慣與雇主同桌，共同吃飯卻好似不在場，更尷尬。之前在張家，老闆娘煮好晚飯等全家人上三樓用餐，同時會爲麗亞先預留一份食物，等大家吃完了，麗亞可以上桌吃飯，再幫忙善後洗碗。現在，她得等大大小小的雇主們都吃完了，收拾清洗完畢，再把部份菜餚撥到專屬她的小盤碟裡，從擦淨的餐桌上，撤退到洗衣間的小板凳上吃。這裡，潛台詞已經是明台詞了：走開，你不配！

老闆娘常罵人，使用很重的字眼，麗亞不曾被人這樣言語糟蹋過，夜裡哭泣不能眠。對面的外傭告訴她，這家人已換過五個外勞，沒一個做超過兩個月的，勸她逃走，別再撐了！她打電話哭訴，艾爾加說：「別做了，回家吧！」

可她有她的夢想，想測試未來有多少可能。她當初付了七萬元仲介費來台，工作十個月每個月被仲介超扣八千元，根本還沒開始存錢。且這時艾爾加才剛來台灣工作，好不容易兩個人腳踩在同一塊土地上，就這樣離開，她如何也不甘心。

然後，事情發生了。

那一天，她分別洗好了老闆一家人的衣服和自己的，晾上陽台後，老闆娘回家看見她的名牌套裝與麗亞的T恤交錯晾在一起，竟爾當場破口大罵。

「跟你說過多少次了？老是聽不懂，你是豬啊？」老闆娘音階高八度地連聲責備：「我這件衣服好貴，這樣晾在一起，會被你毀掉⋯⋯」

麗亞默默拿下自己未乾的衣服。

老闆娘還在罵，說的是中文，她沒聽懂，但語氣裡的尖酸與不屑她是懂的。
麗亞說我很抱歉，再收下另一件自己的長褲。
還在罵。你怎麼這麼笨？什麼事都做不好？
對不起，以後不會了。麗亞捏緊自己的衣服，濕漉漉地，像在哭。
笨死了！教都教不會。你怎麼不去死？
「你不能這樣！」麗亞全身都在發抖，她一字一句用力說：「你再這樣咆哮，只要再一次，我就……」
沒有了，沒有後續台詞，我就能怎麼樣呢？除了辭職。下人對主子還有什麼籌碼嗆聲？可以不辭職嗎？麗亞向仲介詢問可否轉換雇主。仲介說她能撐兩個月算不錯了，要轉換雇主？沒問題。當天就帶她到仲介公司的宿舍，等待轉換作業。
她沒料到這麼幸運。除非關廠、或被照顧者死亡，換老闆幾乎是天方夜譚。麗亞也曾動念逃跑，但怎麼算都不划算，她的移工生涯才剛開始，逃跑留了紀錄就不能再來台灣，未來申請到其他國家也會受影響。沒想到可以換老闆，還虧她忍耐這麼久！
她簡直是雀躍地整理行李，老闆娘什麼話也沒說。仲介臨時調派了一個逃跑外勞去幫忙老闆娘照顧兩個小孩。一切都很順利。
住進仲介公司當天，她無意間聽見仲介講電話，說的是國語，但她敏感得知說的是她，遣返馬尼拉的班機就在次日早晨……所以，等不及她的請辭，老闆已經順勢辭掉她了！而她還沾沾自喜爭取到轉換雇主的機會，卻不知牌都在別人手上，她只有任憑宰割的份。

哪裡還有賭一把的條件啊？根本沒有轉換！

打從把老公孩子留在家鄉，獨自飄洋過海找出路，麗亞就是個賭徒了。她一點一滴磨淬出來的果決與膽識，足以對抗最險惡的處境。這個雇主她只工作了五十四天，第二個月的薪水還沒拿到，仲介說等換了老闆再付，但她知道她非得放棄了。她佯作沒事地說要出門買衛生棉，只拿了錢包就走出仲介公司，搭上計程車再也不回頭。

車抵火車站，她鎮定地打電話給第一個雇主張老闆，向這個待她友善的老先生借了二千元，搭車到台中尋求一名逃跑多時的朋友協助，開始她的無證生涯。在台灣，更邊緣、更地下化地存活下去。

當麗亞坐上南下台中的火車時，在中壢紡織廠工作的艾爾加，正扛起沉重的布料值大夜班，他的手機沒開，不知道他與麗亞的身份，已一夕間分割成合法、非法的兩個世界。

•

像逃難般匆匆搬出老人療養院的令狐沖，終究還是再度申請外勞。

等待期間，縮短時數的居家照護員，加上所有親人、親人的小孩、鄰人……等支援系統，人仰馬翻地撐著。他低聲下氣答謝所有人，度日如年，不敢還要求洗衣、拖地、按摩，百廢待舉，等待。

二〇〇六年十月，印尼籍的伊達來了。一切動能又重新運轉，生命齒輪嵌刻上位，開動了。

受傷前，台灣才剛開放出國觀光，令狐沖在最時新的旅行社工作，那時申請護照，期限最長也才一年三個月，觀光旅遊的人還要送交個人資料經警備總部通過，才准許出國。他才服完兵役，照規定還要以後備軍人身份待役，沒能帶團出國，只負責島內招攬業務。當時的出國旅程都以價錢較便宜的東南亞爲主，他腦中熟記了泰國、菲律賓、印尼等國情風土，沒料到二十幾年後，他就需要來自這些國家的看護工，協助照料他的生活起居。

「我們眞的要感謝這些外勞。」在立法院陳情時，令狐沖說：「現在的日子很好，我能像現在維持穩定的生活就很滿足了。」

他的夢想，也不過是一個穩定的生活機能。有人協助他起床、吃飯、給一個乾淨的家與身體，像人一樣的生活。阿草、伊達都是他對生命卑微要求的重要支撐。

伊達來的那天，社會局派來的居家服務員一見外勞在場，立即終止服務提供，並列入資料。連他要求服務員協助伊達熟識環境、教導照顧技巧，都不可行。

「政府辦事效率眞高啊！」令狐沖嘲弄地說：「停止居家服務的速度一刻也不能緩，如果申請時也有這麼好的效率就好了。」

政府退位了。社會福利的缺漏就轉嫁給外勞承擔，還附帶要求雇主看守外勞，不准任其逃跑。仲介警告他，不要讓外勞知道太多，到外面有了比較，心就會野了，管不住，有比較好的機會就會跑。照顧重症患者原本就累，逃跑了薪水還比合法的高，很多外勞會挺而走險。要小心。要小心。要小心。要小心。

令狐沖待人客氣，翻身的需求總自動降至最低，有時一整個白天都待在電動車上；有時忍著，把夜間翻身的時間拉長，四小時再翻一次就好了；早晚各一次的按摩，若事情太忙，少一次也無所謂。

伊達機伶、乖巧，喜歡笑。我們在立法院討論社福法案時，她有時就倚著牆睡著了，猜想是補充夜間無法完整休息的睡眠。但只要令狐沖一轉頭，她立時醒過來，遞水、推輪椅、貼身照應。

令狐沖告訴伊達：「我們要互相照顧，你一個人來台灣，我現在也是一個人，我不照顧你誰照顧你呢？」

可是四個月後，伊達還是逃走了。

二〇〇七年的春節遇到連續假日，彈性調整假日後連休長達九天。大年初五一早，令狐沖在零星的炮竹聲中醒來，習慣性地喊：「伊達！」

沒有回應。

「伊達！」

沒有回應。

他幾乎當場掉下淚來：她走了！

這個恐懼一直在。擔心留不住人。他善待伊達，但願得到回報。不要走。政府取消居家服務員不是他的錯。她無法休假不是他的錯。

可是伊達還是逃走了。

過往，外勞逃跑了，要捉到才能再聘。隨著家務外勞逃跑的數據不斷攀昇，官方總算縮短再聘僱的期限（不然，我們有足夠的社會福利、照護體系，得以接住這些掉下來的人嗎？）。在等待期間，仲介公司介紹了臨時外勞，一天一千元，相較於合法外勞的價錢貴了一倍，但已是本地看護工的二分之一。

「我不要逃跑外勞。」令狐沖幾乎是生氣了。

「沒關係啦，申請新的看護期間，你就先用一下。」仲介說：「大家都嘛是這樣。」

「我不要冒險。」

他知道勞委會才將聘僱非法外勞的罰款提高到七十五萬，那於他是個天文數字，不行。不敢。也不要。伊達傷透他的心，他若雇用逃跑外勞，不免心中想到另一個被遺棄的受照顧者，難受。

「萬一被查到，我被取消聘用外勞資格，以後不就在家等死就好了？」他說：「我自己深受其害，還僱用逃跑的人？這樣不對，沒辦法說服我自己。」

後來在國宅裡找了個大陸籍配偶，他低聲講價，一天九百元成交。

「可是，大陸配偶來台二年或六年以上才能工作欸，願意低薪看護的，一定是還沒工作證的吧？」我忍不住提醒。

「我知道，這也是非法的。」他鎮定地說。

「那麼，和逃跑外勞又有什麼兩樣？被捉到一樣要罰錢呀。」

「大陸配偶可以說她是朋友來看我、照顧我，沒收錢的，比較好編理由騙過去。逃跑外勞就太難騙了。」

這也是事實。

政策逼得大家互相欺騙、彼此提防，弱勢者幾乎都得賭。輸了，是萬丈深淵。法律只制裁沒有條件的人。

沒有人是非法的

我要的就只是做一個在眾人當中的人。

——弗朗茲．法農，〈黑皮膚，白面具〉

伊達逃跑後，往哪裡去，我不得而知。

但麗亞逃跑後，二、三天後就有工作了，看護老人。在台灣特殊的外勞政策下，很多仲介的手上都有幾個逃跑外勞可以臨時抵用，只要合法外勞尚未來台，就拿非法外勞填補空窗期。這份地下工作的薪水有二萬二，麗亞竭盡心力，但願延長聘僱時間。但這一個月的臨時看護，最後一毛錢也沒拿到。

逃跑外勞如何申訴？要誰來主持公道呢？公權力恰就是那隻捉捕逃跑外勞的鐵腕！

她的第二份地下工作在養護中心，整整工作了八個月。一樣的餵食、拍背、換藥、處理排洩物，一名看護就要同時照顧十幾個老人，工作量雖重，但省去家務勞動與眾多雇主的關係處理，還是一份穩當得多的工作。那家養護中心，像她這樣的非法外勞共有六名，每天輪班十二個小時，全年無休。補充性的工作多半臨時、短期，流動帶來更大的開銷。每轉換一個工作就付仲介費六千元，一次買斷。

來台一年後，這可是第一次，麗亞的工資實實在在直接付到她手上了，不必東扣西扣，每個月有一萬八千元的實領薪資。她珍惜這好不容易拿到的薪水，離夢想更近一點。

養護中心儘管人手有限，畢竟得以換手，可以請假。那是她來到台灣後，第一次擁有假日。她搭車到中壢探望艾爾加，兩個人約在火車站附近的廉價小旅店見面。可以外宿，可以在一起，他鄉異地的幸福時光。

那年冬天，麗亞懷孕了。

初期，她吃不下、睡不好，成天只想吐。不少人都勸她拿掉，在台灣，墮胎是合法的，不像在菲律賓，天主教不允許墮胎，懷胎而不產像是一個罪。艾爾加勸她回家，但麗亞不肯，她要小孩，也要工作。六個月後，一切孕象穩定下來，她滿心喜悅等待孩子的來臨，同時盤算著，孩子由合法老公帶回菲律賓，她留下來繼續工作，直到被警察捉到再說。

二〇〇六年二月到四月間，她在彰化照顧一位失憶老人，老先生身體健康，只是需要人陪伴，以免走失了回不了家。老人的兒子每天會來探視，是個客氣有禮的人，不會「順便」要求麗亞到他自己的家裡打掃。麗亞有自己的房間，每天多是陪伴與簡單的家務，與老人一起用餐，一起看電視，一起散步，一起購物。老人清醒時，還會和麗亞雞同鴨講地聊天，吃到喜歡的食物時，也不忘向麗亞豎起大姆指。台灣許多老人的生命最終一程，都是由像麗亞這樣的看護，終日陪伴走向盡頭。

那大概是麗亞在台灣最輕鬆的一段時間了，安定、自在、有隱私與尊嚴。但三個月後，雇主聘用的合法外勞來了，她只能再度失業。

與艾爾加同在台灣，帶給麗亞很大的勇氣與支持力量，覺得比較不孤單，可以電話連絡、訴苦，也可以見面、共宿，兩個人一起打拚，也因此感到一點安慰。她原本想搬到艾爾加的姪女在新竹住處待產，姪女嫁給台灣人，殷勤地邀她同住，彼此有個照應。但麗亞到了之後才知那是個農村大家庭，親戚鄰里人來人往，外籍新娘又帶了個大肚子的姑嫂來，更引人側目。

麗亞擔心帶來麻煩，當機立斷就拎著行李隻身來到台北。

她來TIWA的那天，肚子已經很明顯了。她膽子大，行事果決，要求很簡單：「你們有庇護中心嗎？只要一天就好，明天我會自己租房子。」

事發突然，我幫忙詢問庇護中心的菲籍社工員，同鄉人總是比較好說話，也稍能安撫麗亞的不安罷，我這樣想。但原先承諾可代爲安排的社工員，等我帶著麗亞前去時，又遲疑了。

「非法的，很麻煩欸。」她打量著大肚子的麗亞，用英語說。

「她下個月就要生了。」我急著強調。

「那就趕快自首回菲律賓生呀。」

「超過八個月不能搭飛機了，只住一天可以嗎？」

「……」她開始說塔加洛語，一句句詢問麗亞。

我忙著打電話給其他庇護中心，四處溝通、找路。麗亞與菲籍社工員的對談漸趨凝重，我原本以爲使用母語較令人安心，但只見社工員話說得多，而麗亞神色黯然，終至不發一語。

「還好嗎？」我一開口，她的眼眶就紅了。

我趕緊找個藉口離開。一下樓，麗亞淚湧不止。同鄉來的社工員不斷責怪麗亞逃跑是不對的、不應該的，懷了孩子就該回鄉待產，非法還待在台灣，造成麻煩，也連累很多人，菲律賓人的形象就是被她這樣的人毀了！

「我也是，想了很久才作的決定，不是衝動。」她的淚一直流下來：「你可以不幫我，但不該這樣責備我。我沒有犯錯、沒有害人，你不應該像罪犯一樣對待我。」

兩年後，麗亞仍記得庇護中心的菲籍社工員。一次週日從教堂作完彌撒來到TIWA，麗亞紅撲著臉、氣喘吁吁對我說：「我又看見她了！但她已經不認得我了。」

「你還生氣嗎？」

「她也許不知道她做了什麼。」麗亞沉思了半晌，平靜地說：「但我不會忘記，走投無路的時候，她曾經那樣對待我！」

●

耿耿於懷的，正是信任帶來的失落吧。

令狐沖對伊達的逃走，也是耿耿於懷。他與她相處融洽，常常聊天，兩個人不曾吵過架，他且不吝教導她許多台灣的社會現象。伊達才十七歲，買了假護照冒充二十三歲來到台灣，但她靈活、主動、乖巧，國語很快就能作日常生活的溝通。

「現在想起來，她來台灣四個月，慢慢的愈來愈愛打扮，原本以爲她很單純，結果不是這樣。有時候她和我一起出去，朋友說她愈來愈漂亮，皮膚很白，不像印尼人，她就很高興，應該是那時候就開始變了吧……」令狐沖傷心地說，像個女兒離家出走的老父。

耿耿於懷、不能或忘的是，她明知道他凡事無法自理，爲什麼選在春節期間離開？連續九天假呀，公務機構都不上班，他的姊姊不在台北，哥哥正因肺結核被隔離無法出門，她一走，令狐沖根本是被遺棄在無人的荒野啊。

伊達都知道，她怎麼忍心？

「她怎麼不等幾天呢？等我哥哥結束隔離，等放完假仲介和社工都上班了，我可以找人幫忙？她明明知道啊……」令狐沖每每說起還是心痛：「最起碼，你也要告訴其他人一聲，否則我眞的死了怎麼辦？」

他忍不住說起在花蓮的脊椎損傷朋友，菲籍外傭逃跑的那天，還特地請另一名菲傭打電話給雇主的哥哥，提醒哥哥傍晚去看他，怕他沒飯吃，怕沒有人伸援手。

我則想起越傭阿銀，她照顧阿嬤一年多，但阿嬤的兒子失業了、付不出薪水又被債主追討，最後一聲不響地落跑了。阿銀再也沒領到薪水，仲介也一走了之，只阿嬤的女兒每天會帶食物回來，維持生計。阿銀不忍心阿嬤無人照顧，撐了兩個多月的無償勞動，逃走那天，阿銀煮好飯菜都端上桌了，才獨自離去，成為台灣地下黑工。

一直到阿銀決定自首返鄉，說起這個逃跑的歷程，還是憂心忡忡：「沒有錢，阿嬤的兒子都跑掉了，我不敢跑，怕阿嬤沒有人照顧，但我也需要錢，想阿嬤還有女兒會來，我才走的。真的，本來我不想逃跑的。」

「你已經盡力了，阿嬤一定很謝謝你。」

但阿銀自首後還是要付清逾期居留的罰款，也沒人為她討回積欠工資。

令狐沖總無法忘記那個大年初五，整個早晨，他神智清醒地癱在床上：離年假結束還有四天。春節期間，不會有人來看我，沒吃飯還可以撐兩天，但再來，尿袋就滿了，大便也沒人清理，完全不移動的身軀很快就會長滿褥瘡，浸泡在屎尿與蟲蛆的醫療床上，以最不堪的方式慢慢死去……

這麼具體且看不到轉圜的想像，令人絕望。

西寧國宅的造型奇特，兩戶共用一長廊，對面的、另一側的鄰居根本是咫尺天涯，看似相連，實則隔絕不相聞問。通道雖多，每間屋子卻好比孤島，不會有人在門口與鄰居閒聊，不會有人在中庭互相寒喧，唯有大家都各自下樓買東西、吃自助餐，這時，也許會遇到一二個相熟的、共居多年的老面孔。

他完了！

也許要到初九正式開工以後，姊姊來看他，一開門就是撲鼻的屍臭……他完了！

中午時分，隔壁老榮民開門外出，他們比鄰而居多時，一年碰不到一次面，但這回令狐沖卯足力氣大聲喊叫，（天哪，老榮民快八十歲了有重聽……），開門聲稍稍停頓了一下，他發瘋似地連聲喊叫「救命！救命！救命！」

天可憐見，被聽到了。總算有活路！老先生扛揹著他挪移到輪椅上，恢復他的行動自由，可以打電話、可以下樓吃飯、可以請這個那個人幫忙。我們也才輾轉接到他的求救。

春節過後，勞委會接到外勞逃跑通報，寄了張通知單給雇主，提醒他、警告他，外勞萬一捉到了，機票及食宿費要由原雇主負擔。除非，除非他能證明雇主無過失。

官方把看守外勞的重責大任交給個別雇主，一旦聘用的外勞逃走了，就處罰這個無能留人的雇主。於是，扣押外勞護照及居留證、強迫儲蓄形同侵佔、不讓家傭出門「以免學壞了」……都在雇主與雇主之間，口耳相傳。勞雇之間一開始就處在防堵逃逸的攻防兩造：雇主愈緊張，外勞愈不自由；外勞愈受控制，雇主愈易失守。如此惡性循環，勞雇雙方都成爲受害者。

現在，伊達逃走了，令狐沖幾乎丟掉一條命！可政府還要懲罰他。他無氣可出，全對準了伊達：曾經與他談笑、無微不至照顧他、幫他洗澡保持一身清爽帶著香皀味的伊達，不顧他的死活跑了，留他一人獨自面對國家的處罰。

他氣壞了！一個人騎著電動輪椅到台北地方法院前徘徊，徵詢義務律師的意見：「她逃跑，我差點被謀殺！還要如何證明我沒有過失呢？」

律師建議：「就告她遺棄好了。」

分明是被國家制度遺棄的身障者，卻要控告逃跑外勞遺棄！令狐沖在地方法院按鈴申告，告伊達遺棄、蓄意謀殺。

他的陳述有三項重點：「第一，她怎麼這麼狠心？不告而別。第二，她逃跑去賺更多錢，對其他奉公守法、只領基本工資的外勞太不公平。第三，若不是隔壁的老榮民發現我，我早就浮腫在屎尿間身亡，今天也無法來法院提告了……」

「等一下，」書記官邊記邊寫：「第三點才是重點：她放任你處在無人照顧就會致死的處境！」

他告她遺棄，主要是自保，不願伊達被捉到後，他還得付機票費送她走。

「有錢人欠政府的呆帳一堆，何時被催繳了？」我忿忿不平：「大部份機票都是外勞自己出，籌不到錢的外勞就會被一直關到籌到錢爲止，官方不會眞的找你要啦！」

「可是，我已經告了……」

他是好心人，幾天後氣消了就後悔了，擔心伊達眞會被捉去關。

第二次偵察庭，他對檢方說想撤回告訴，但謀殺是公訴罪，撤不回。

「在公平、正義、與包容之間，我選擇包容。」令狐沖在法庭上侃侃而談。這是他的肺腑之言，對生命價值的至高宣言。但除了面面相覷的檢察官、書記官、院警，沒有人聽見。

當然也沒有留下記錄。

「不能撤案。你要提供『沒人照顧就會死』的醫療證明。」檢察官說。

「我選擇原諒她，就不補證明書好了，看能不能判輕一點。」

「不行，一定要補。你要配合檢方搜證。」

但令狐沖再也沒回去開庭。伊達現在在哪裡呢？他已經不恨她了。

如果伊達未必有錯，那一定是外在因素。令狐沖自有一套詮釋事件的推論：「她那麼乖，那麼年輕，一定是被人蛇集團誘拐的。我就算要告謀殺，也一定是告這些社會敗類！」

想像中，所有不因虐待而逃跑的外勞，都是受到人蛇集團控制。令狐沖的認知在電視新聞中一再驗證：「看！就是這些人口販運的跨國集團騙她們無知、年輕，告訴她們台灣有多好賺、多好賺，搞不好伊達已經被賣到色情場所去了。」

我只是不忍心告訴他，跨國移工的自主能動性是很重要的。即便是跨海賣淫的娼妓，也多半是盤算了可接受的對價關係後，決定進入性產業。可也正因著性產業的地下化，她們不得不高度依賴第三者，仲介也才得以不當剝削，享有高額抽成與利潤。這麼多年來，我們遇到許多能耐十足、勇氣非凡的海外移工，都不是那麼輕易受騙的。反而是政府不時祭起捉外勞、掃蕩色情的拼治安行動，才逼使她們淪落更底層，做白工。

非法身份，才是導致她們備受剝削的主因。外有警察追捕，才鞏固了內有人蛇控制。這原是一體兩面。

如果可以休假，如果可以辭職，誰要逃跑呢？

雙城記

馬洛吉亞（Marozia）由兩座城市組成，老鼠之城與燕子之城；
二者都與時俱變，但是它們之間的關係卻不會變；
後者是正要從前者解放出來的城市。

——卡爾維諾，《看不見的城市》

送艾爾加和安德瑞搭上飛機後，麗亞在天母找到來台後最穩定的一份工作。美籍雇主是來台數十年的諮商人員，太太在美國學校工作，庭院小洋房裡住著三歲男孩、一歲多的女孩，還有一隻老黃狗。

天母，從七〇年代起就是中山北路異國風情的延伸。隨著外資大量進駐的高階經理人、與那時尚未斷交殆盡的外交使節，往中山北路的盡頭聚集，在天母蓋起西化的洋房別墅與大樓。路上常見金髮白膚的西方人，路邊咖啡廳、酒吧、啤酒屋都別具風味，當然，家聘外傭的比例也很高。

我在鄰近榮民總醫院的巷弄間行走，尋找麗亞的新雇主家。一路上，見到許多私人療養院，規模都不大，頂多是兩戶人家的獨棟公寓大小，看來潔淨，也安靜，來來去去的照護人員多半穿著制服，有的老人坐在窗口，久久沒有動靜。但這樣並不豪華的安養院，大抵上也不算便宜，每個月起碼要三萬至五萬不等的花費。多數家庭，沒有這樣的條件。

麗亞的新雇主居住在巷子盡頭的傍山坡獨棟洋房裡，要爬上幾近一層樓的階梯才得以進入庭院。整幢建築的格局與空間規畫都是典型的美式住宅，有地下室、車庫、大廚房及傭人房，小庭院足以開場耶誕派對。這也許是七〇年代哪個西方外交官的住屋吧？老式的氣派，建材都是大塊石磚，沒有時髦的落地玻璃門或流線造型，反而像美國電影裡的南方小鎮別墅。但這裡是台北市，獨棟獨院起碼有二、三百坪的佔地空間，租金的昂貴可想而知。

清理落葉與門窗的費時耗力，也可想而知。

我與麗亞就坐在門廊前的木椅上聊天。院子裡花木扶疏，芬芳悠然。靠近前廊的草坪上，桂花、山茶花叢都與人齊高，單幹多枝地長著綠的葉、白的花，暗香浮動；稍遠些的圍牆邊，隨意插枝般一排簇生的樟樹、雀榕、桂竹，都有一定年歲了，枝椏挑高伸展，碎葉未經修剪地遮住半邊天光；草坪上是耀目的日照，與篩落的葉影。一隻黃狗，兩個尖叫奔跳的小孩，滿院子鳥鳴聲，陳舊的兒童遊樂設施散落置放，更遠些的家庭式游泳池，看來只剩養蚊子的功能了。

我們的談話不時被金髮小男生的動作打斷。他一刻也不得閒地跳躍、呼叫、打轉、滾動，把倉庫裡的鐵鏟子找出來扛著四處走，衝到有圍欄的樓梯口做出驚險動作，三番兩次作勢要跳下小水溝……疲於奔命的，是麗亞。而原先繞著我們打轉的小妹妹，若不是被忽然竄出的哥哥套上塑膠衣籃子，就是無預警地被搶走手上的小毛熊，她於是哭哭啼啼告狀像個小倒霉鬼。

「他從來沒停止過！」麗亞一會兒跟進跟出拯救小男生於自找的險境，一會兒搶走他手上不知從何處變出來的危險物：「不！這不是玩具！不可以！這會弄傷你的鼻子……」

看來，這小男孩已充份掌握整人的訣竅，且樂此不疲。三歲，永遠不知疲倦的惡魔年紀。而麗亞所能施予對他最大的處罰，是終於走進屋內拿出一支不到十五公分長的木杓子，作出狠下決心的表情。

小男生一見即知是刑具，他苦著臉轉身就跑，麗亞提住他的衣領，輕輕打在手背，警告他：「不可以再把妹妹弄哭！」

一歲的妹妹，樣子像個天使般美麗白淨，但鼻子紅通通的像是被不時揉搓著，大眼睛且時時漾著水，藍色的湖面波光瀲灩。我初見時笑說：「這個小美人看起來像是隨時就要哭了呀。」不料幾個鐘頭下來，我就大抵了解這真是事實：她經常被哥哥弄哭，經常涕淚齊流，咿咿哦哦揉眼睛、搓鼻子，是個從不停止掉眼淚的愛哭包。

她叫麗亞「媽媽！」跟前跟後，掛著眼淚笑，不時在哥哥處受挫了躲回麗亞的懷抱，要她大力抱著、親著她。

這個年紀的孩子，需要莫大的體力操勞才得以照料妥當。雇主原先申請了合法外勞，等待期間先後聘用好幾個逃跑外勞，但小男生根本是個過動兒，讓照顧的人精疲力竭不足以應付而紛紛請辭，麗亞接手後，展現超乎尋常的耐心，和大人小孩都相處融洽，也就留任下來一做就是一年多。

安德瑞在菲律賓農村安住下來時，麗亞就開始照顧這個尙在襁褓中的小女嬰，照護她成長就像自己的孩子。她總想像，快三歲的女兒也這樣好動停不下來嗎？艾爾加偶而放假來天母過夜，小男生更是興奮，與還是個大男孩的艾爾加玩鬧不休。有時候，她有個錯覺，想像這是上天爲了安慰她作爲一個母親的失落，特地安排給她的一雙子女。

下午二時，麗亞把妹妹抱進臥室，在罩著蚊帳與邊欄的嬰兒床上，關燈蓋被讓她睡午覺。妹妹整整哭了半個小時，不停歇。她知道屋外有客人，她飽足地大聲哭啼，有耐力地爭取到麗亞認輸，再把她放出來。

走進屋內，進門處要換穿室內拖鞋，顯然是主人來台多年後的入境隨俗，防風沙。但客廳還是鋪了長毛地毯，牆上且鑲有一方壁爐，裡面眞有木柴餘燼，冬天客人來訪時的一點長夜情調，平日則鮮少使用。壁爐的上方懸掛著一幅仿梵谷星夜的油畫，團團捲雲旋轉光。

客廳再進去，是個開放式的書房與工作間，寬頻上網的桌上型電腦。以客廳和工作間爲軸心，右側是三間臥房及浴室，玄關的桌與牆都放置了全家人及親友的大小合影，歡笑和樂。往左，是廚房、餐廳、倉庫、傭人房，格局稍有切割，另有對外的門，出入不必經由客廳。

他們的廚房與飯廳合而爲一，明亮寬敞，窗口有綠色的盆栽，流理檯桌面乾淨無漬，竹籃裡放置水果與麵包。

廚房旁，就是麗亞的房間了。看起來，這房間當初建設時，就是特地留給傭人或客人的，位處邊緣，一張雙人床就佔了三分之二的空間，但擁有自己的衛浴，以及與主臥房互不干擾的獨立門戶。這大概是很多家傭不敢想像的最大享受吧？浴室裡，可以放自己的清潔品、保養品，甚至可以自己買張粉色的防雨布掛在淋浴蓮蓬頭旁。

傍晚時分，麗亞幫孩子們洗好臉、換好衣服，推出雙人座嬰兒車，兩個小人兒依次被綁進座椅，她反身鎖好門，推著他們一路穿越天母，走半小時的路程到美國學校，等孩子們的媽媽下班，再和女主人一起走回家。

這一路，不總是平靜的。小男生永遠不放棄掙扎著要自己行走，妹妹則照例會被莽撞的哥哥或是偷捏、或是捶打而淚眼汪汪。但走出戶外，孩子們總不免情緒舒坦許多，遇到好天氣，三個人可以停下來等待一隻狗橫越馬路，像是歡送它回家。一回麗亞停在超商買了一罐鮮奶，還來不及坐回推車的小男生興沖沖地跑過街，惹來警察的注意……

她嚇得全身發抖，以爲要被臨檢了。但警察只是說：「不要讓小孩子到處跑，危險。」也許是天母的外傭太多，根本不足爲奇。

抵達美國學校，一輛輛進口轎車等在吞吐學童的校門口，將一個個褐髮的、黑髮的、金髮的孩子們接走。還有好幾個像麗亞一樣穿著七分褲的菲傭，也在等著接孩子，她們看似隨意聚集著，趁有限的時間，快速使用母語交談。麗亞很少與人交談，她向來假裝是合法身份，閒聊總是擔心透露太多訊息而導致危險，她謹慎地避免危險。

女主人也下班了，她是個護士，人長得高大、健壯，個性十分爽快。她們一起推著嬰兒車走路回家，沿途聊聊今天孩子們發生了什麼事，家裡來了什麼電話、帳單等。回到家裡，麗亞再下廚作飯，與全家人共進晚餐。還沒八點，這家人就熄燈入睡了。

麗亞回到自己的臥室，她有個二手小電視、大賣場添購的床頭音響，牆上掛著家人的相片及十字架、聖母像，自從逃跑後，她就不上教堂了，但每天晚上她禱告，祈求上帝看顧分散四處的家人：她在天母，艾爾加在內壢，大女兒在娘家，小兒子在婆家。這一切，都要忍耐，爲了更美好的未來。

一定有更美好的未來。

●

相較於本地人，外交使節及外籍經理人要申請外傭，條件都寬鬆許多。特別是天母一帶，老外和外勞幾乎是共生體系，一上一下，一主一僕，兩個世界的在台外國人。

我們受理的外勞申訴案中，本地的家庭雇主多半防備再三，一見面就忙不迭嘀咕、抱怨，像要把勞雇爭議的帳全賴在不知感恩圖報的外傭身上。但西方雇主不是這樣，他們戒懼、謹慎：「這件事，你和我的律師談。」

也許是因為再如何身份優勢，終究還是身在他鄉異地，民情風俗難以預料，一切交給白紙黑字的法條還是比較妥當。當然也因為他們多是常受法律保障、使用得起法律的人。很多歐美來台的雇主一涉及勞資爭議，聲音就不帶情感，他們經常這樣說：「只要不損及我的權益，外勞要轉去哪裡我都無所謂。」

彷彿我們真的只是在談「勞動力」，而不是一個人。

但外籍雇主在台灣的家庭成員單純，沒有需要額外打掃或照顧的親戚的家，聘僱外傭的工作內容相對明確不少，且多半會給假日。

我與麗亞一起去美國學校的途中，經過伊登絲的雇主家，那是更大坪數的花園別墅，鳥語花香，還有台籍園丁定期打掃灌溉施肥剪草。但我們都知道，伊登絲不快樂。

伊登絲在天母工作半年多了，美籍雇主是保全公司的高階主管，她的工作大抵單純：衣服全要洗燙、樓梯陽台全要擦淨、玻璃櫃擺飾與紀念品都不能蒙塵。她每天早上五時就要起床做早餐，再分別送兩個孩子到不同的地方上學，留下最小的在家照顧。工作不輕鬆，但也不算特別難耐。可伊登絲不時打電話對我哭哭啼啼抱怨。

雇主年紀與伊登絲相仿，是很能幹的商場女強人，也是個有品味的人，她每天下班回家後還堅持自己準備晚餐，親自做菜給一家五口吃。不含伊登絲。

「伊登絲，我們吃的食物不同，我會自己做晚餐，你想吃什麼就自己處理，不必和我們一起用餐。」第一次見面時，女主人客氣地說。

「沒關係，我可以配合你們的口味，和你們吃一樣的東西。」之前在新加坡已有多年幫傭經驗的伊登絲，不卑不亢地說：「我很能適應環境的。」

「還是分開吧。我要負擔老公、小孩的晚餐，已經很累了，你只要在旁邊幫忙我洗菜、洗碗就好了。」女主人很客氣，但也很堅持：「至於你想吃什麼，我每週會帶你去一趟家樂福，你可以買一些你要的食物，不要太多。」

女主人提醒她：「伊登絲，你有薪水，你可以自己負擔你的食物。」

但半年下來，她只去過一次家樂福，連一罐鮮奶都不敢拿，主人也沒問她要什麼。

每天早上，伊登絲會做早餐，全家人都吃飽了、小孩大人都出門後，她洗完碗在廚房吃烤麵包，享受美麗的後院與陽光。

一次女主人像是自言自語、但音量大到適足以讓一旁擦拭餐桌的伊登絲聽見：「以前我一週只要買兩百磅麵包，現在要五百磅，麵包消耗得好快！」

伊登絲從此不敢再分食雇主的食物。

每天傍晚四點，她要負責餵院子裡兩條大狗吃進口牛肉罐頭、換清水，然後和女主人一同到廚房準備全家人的晚餐。一如往常，她清洗蔬果做沙拉，一份份烤雞、熱薯…的氣味從烤箱溢出，剛好五份。晚上六點，冒煙的肉、新鮮的生菜會可口地盛放在白磁的餐盤上，放在長型的餐桌上，有時還會配上一點紅酒，剛好五份。

狗和人都餵飽了。孩子們的雞肉永遠沒吃完，伊登絲認份地把一份份過剩的食物用保鮮膜套著放在餐桌上，去幫孩子洗澡、洗衣、哄他們入睡。一直到很晚很晚了，她忙完最後的家務，會問老闆：「沒吃完的食物，還要放進冰箱嗎？」

「啊，伊登絲，這些雞肉你要吃嗎？不要的話，就倒掉好了。」

都十一點了，她才這樣說！我一直沒吃東西她沒看見嗎？伊登絲沒有掉眼淚，她餓著肚子把食物都倒掉了。

週日她來到TIWA，和大家一起吃大鍋飯，桌上大多是空心菜湯、綠豆鹹湯、及超下飯的黑煎魚，便宜的作料，但總會照顧到人來人往全數被餵飽了。伊登絲忍不住說起這個、那個、許多個沒吃飽的夜晚，流下眼淚：「我們菲律賓人，有什麼食物一定會與人分享的。如果有客人、朋友來家裡，我們不可能自己吃飽了，最後才要別人吃冷掉的食物！」

她沒有受虐，她沒有無法勝任工作。兩條大狗及三個孩子都被她餵得肥壯可愛，但伊登絲因爲無法共同享用食物而痛苦。

「你可以出門買自己的食物嗎？」有人好奇追問。

「一起到家樂福，可以。我會自己拿了就去結帳，自己付。」

「食物不夠吃嗎？」

「我買了一些鮮奶放在冰箱裡，主人拿去喝，我也沒說什麼。爲什麼她就寧可把菜倒掉也不先想到我呢？」伊登絲傷心透頂，她在意的，毋寧更是被對待的心意：「她們吃飯時我在熨衣服，她們吃完了我要去洗碗，很快又要幫小孩洗澡，他們看不見我沒吃飯嗎？」

伊登絲其實很會做菜，也很樂意爲人下廚，她的服務需要一種人與人互相善待的飽足。但這明顯是落空了。

幾個月後，伊登絲來電說被解僱了。那天早上她去買菜，雇主要她帶一袋蛤蜊回來，晚上煮麵時卻發現好幾個蛤蜊根本不開殼，明顯是壞死了。

「就讓她在這裡做到新的外傭來替補吧。」女主人說話明快俐落。

「……但只因爲壞掉的食物？」我張口結舌。

「這是蛤蜊義大利麵！蛤蜊不新鮮，還能吃嗎？她毀了我們全家人的晚餐！」

●

「我有五十六公斤，每天要幫我抬上輪椅，晚上再抬回床上，這工作不難，但我有點重……」令狐沖對著視訊鏡頭，坦露他眞實的傷殘狀況，請仲介一句句翻譯他的需求與說明，並移動輪椅好讓鏡頭照到他的全身。

電腦螢幕上，出現他從書面資料裡預先篩選的幾名看護工，他注意著她們的表情與反應，稍有一點不自在、害怕的，就默默地刪除了。不要見了面才後悔。

二〇〇七年五月底，印尼籍的汀娜來了。她是初次來台，工作勤快，濃直的長髮習慣紮成俐落的馬尾，眼睛黑亮深邃，模樣清秀。面對面時表情不多，多半就是傾身聆聽，看似專注，但其實聽懂的並不多。

「汀娜是很乖啦，可是比較害羞。我不主動問她，她也不會開口，兩個人同在一個房子裡，可以一整天幾乎都沒說到話。」私下令狐沖會這樣說。

我知道他念念不忘阿草的活潑、積極。阿草的情緒外顯，兩個人一開始常吵架，但吵過也就算了，且才磨合出一起生活的情感與方式。阿草約滿返回越南後，早已結婚生子。這些年，他們仍保持連絡，她不叫他老闆改口喊他名字，甚至主動學會注音輸入法，和他使用MSN網路聊天。

「對啊，阿草一開始中文還沒學多少時，就很愛問東問西，有時候吵死了，一整天說個不停。」令狐沖忍不住笑起來，隨即又說：「我是不會拿她們亂比較啦，可是我一直主動告訴汀娜這個那個，有時候又擔心她覺得我很煩，不曉得她在這裡過得好不好？我要很辛苦去猜、去感受……很怕再有人跑了。」

至今，他談起伊達，還是心痛。

「真的，我也知道有的外勞一天睡不到四個鐘頭，或者每天忙不完什麼都做的，像這樣的處境，外勞要逃跑，我真的覺得有理由。」他幾乎是辯解：「可是我沒有……」

逃跑的污名，籠罩在勞雇雙方，有口難言。

令狐沖有個奇怪的邏輯，覺得和伊達同一批來的印勞，至今都還在老老實實工作，伊達卻逃走了去賺比較多的錢。

「這樣子對其他只拿一點點錢來工作的外勞來說，也是很不公平嘛。」他說。他知道這個薪水太低，但他只付得起這些。國家不介入，他只能盼望用他的體貼儘量留住人。

「在我這邊，我會儘量給彼此方便。像我今天若不想出門，一整天都在床上啊，也沒有很多事要她做。中午吃完飯，她可以睡覺啊、陪我看看電視啊，都好，我不會讓她睡不夠的。」他又小心地檢查了自己的行程。

他長年臥病吃藥，排洩功能難以自主，所以血壓高、腎臟不好，吃東西偏清淡。母親在世時還一起吃素，後來是醫生說他血濃度太低才又恢復一點肉食。汀娜是回教徒，他也就順著從菜單上刪掉豬肉。倒是印尼菜口味重，一開始很難拿捏兩個人共同的吃食，後來姊姊炒了一罐辣椒給汀娜，請她用餐時自行加味下飯，平日做菜少放鹽，才稍稍平衡兩個人的口味。

他是一貫道教徒，家裡的牆上就有佛像，汀娜每日要有五次向聖地的膜拜，一開始不敢說，他倒是主動告訴她不必介意，自己找時間作自己的信仰儀式。

「直到現在，我在半夜還會驚醒，」他皺起眉頭：「擔心身邊沒人，尿袋滿了！」

令狐沖酒量好，喜歡和傷友把酒論政、論時局、論天論地，他交遊廣闊，若不是參加這個那個活動，就是在大樓裡串串門子，或者到道場裡和道友們說說話。但現在年紀長了些，活力大減，日子過得清閑。他笑說自己愈來愈自閉，快成爲宅男了，只有透過網路、電視，才知道外面的世界發生了什麼。我說難怪汀娜的中文進步得慢，根本沒練習的對象。

「兩個人這樣子過就很好了，我已經很滿足了。我們一起生活，要靠默契，她慢慢習慣我，這樣日子就很好了。」

有時他拿出手機請我翻譯，一封封熱情洋溢的英文簡訊，來自當年雙方合意轉出的菲勞米尼塔。果然是個情緒分明的女人，看得出她刻意使用簡單的英文及驚嘆號表意，像她當年比手劃腳陪他聊天。有時她說自己正在逛超市，你好嗎？很想念你；有時勸他要少喝點啤酒，多吃點東西啊，哈哈。有時就是開玩笑，啊糟糕，我現在沒以前那麼性感了，工作很忙，可能變胖了，哈哈哈。想你。她返回菲律賓後，還曾經打視訊電話給令狐沖，先傳簡訊要他幾點幾分別忘記坐到電腦前，你會看見我。

兩個人的關係反而是拉開距離後，才又重新建立起來。這也許是個精明的女傭用心維持各方關係，也許是她經歷了其他雇主後更感念令狐沖的善待，也許眞是誤會冰釋了兩個人都很懷念對方。也可能都有一點吧？像一般人一樣。

他請我打電話給她，米尼塔開心地大叫大笑：「眞的嗎眞的嗎？他眞的也很想再找我回去嗎？」

米尼塔說若令狐沖要她回來，她就再來台灣，若不然，她已經申請去香港了。可汀娜已經來了，令狐沖竟像前女友回籠般苦惱不已：「誤會都過去了，和米尼塔相處十個月，我也很喜歡她的照顧，她若能回來多好。可是這樣不好啦，汀娜會傷心，我現在已經有汀娜了……」

卡爾維諾在《看不見的城市》中，提到馬洛吉亞是由老鼠之城與燕子之城合組而成。在老鼠之城裡，人心險惡、社會敗壞，燕子之城則輕盈完好，美善有禮。有時候，我們看見燕子就要來了，而有時，群鼠竄行。更有時，其實未必是因爲壞，只是人與人之間的權力不平等，一點點任性、任意的對待，就可能讓另一個人不得飽食、夜無好眠。

這是燕子之城與老鼠之城的裂隙。新的友善將要從舊的惡毒中解放出來，但新舊交替，燕子飛過之處，有鼠輩橫行。從來就沒有完全的燕子之城，然而，老鼠也不眞都是老鼠，只是解放之道上堆滿了蛛網與頑石，塵污難辨。

我們都見過燕子，並衷心期待。

一個外人，在家裡

一件已經撫平、存檔的往事，
此刻又突然發現它變得如此碩大，
未經你的允許，沒有問過你的意見就成長了！
——費里尼，《虛構的筆記本》

二〇〇七年的夏天，颱風時襲，每次電視新聞都吵得熱鬧，但風吹到台北，就奄奄一息了。倒是氣壓是眞的低，悶且濕。

麗亞的雇主結束在台灣長達三十七年的移民歲月，舉家遷回美國了。行前，雇主和麗亞長談，他們在南部印地安那州有個農場，孩子還小，仍需要人照顧，不知麗亞是否願意同行？她願意跟，一來是開開眼界、長長見識，二來也是他們開出的條件優渥，薪資升了三倍，農場裡想必額外的消費也不多，存錢的想像令麗亞躍躍欲試。

早在三月間，麗亞的工作就開始忙碌了。即將返鄉，雇主的親友們紛紛來台度假、觀光，客人川流不息，家傭麗亞像是生意滿檔的旅館服務生，洗不完的被單與碗盤，連假日也沒得休息。有好幾次我們約了見面，她都臨時爽約，後來甚至電話再也無人回應，艾爾加的手機也換了號碼。她向來與我保持緊密的聯繫，臨時斷訊長達兩個月，我只能猜想約莫是走在路上被警察捉走了吧？

一定是被捉到了吧？怎麼沒打電話給我呢？

一直到六月中旬，雇主終於搬遷完畢後，一身清爽的麗亞又笑意盈盈地出現在中山北路。她和老闆約定了十月以後，等她辦妥文件飛到美國相聚，協助照顧孩子們的成長。我以爲麗亞會急著自首、及早返回菲律賓和家人相處，也儘速準備赴美事宜。但她沒有，逃走的身份一旦離開台灣就是五年無法再回返，但艾爾加還在台灣，麗亞於是回到中山找房子，和菲籍的艾美合租了一間小套房。

套房位於林森北路一棟電梯大樓的第九層，樓下若不是按摩院，就是情趣商品店，還有些大補湯及藥局，入夜時，閃閃熾熾的色情酒店。這是日本人來台性觀光的熱門地段，極勝時期已過，但街上還是散落著生意清冷的俱樂部與酒家。搭電梯時，我經常見到敞開刺青胸膛的大哥、畫煙燻眼妝的年輕女郎、還有白皮膚花襯衫的老外。麗亞悄聲告訴我，以前在台中和一群逃跑外勞共住時，有個女室友總也半夜濃妝出門，近中午才蹬著高跟鞋回來蒙頭大睡，猜想是在特種行業工作，但大家都不會追問。同是天涯淪落人。不過是掙一個更好的出路罷。

艾美也是逃跑外勞，來台灣六年了，逃跑後日夜兼職，很穩定也眞存了些錢。她打算再待一年就要回家。

「我都已經是外婆了。」艾美笑著說。她不過才四十幾歲，有亞洲女人的纖細膚質，唇角跳躍著一個小梨渦，不笑時都像在笑，更是看不出年齡。

她們的房間，以床爲核心切分爲二，兩個人各自安置生活用品。偶而，艾爾加來打地鋪；偶而，艾美的女兒從桃園工廠來過週末夜，四個人就徹夜打撲克牌。艾爾加在三個女人之間，很是自在地躺在床上看電視。

她們在陽台放了一個小瓦斯爐，可以自行煎、炒、煮菜，自給自足。朋友們都喜歡來，潘梅就是其中一個。潘梅住內湖，當初是因爲居留年限滿了，無法再來台灣，原雇主留她下來，她也就一年年逾期居留，成爲逃跑外勞，其實是根本沒有跑。一年前，雇主一家移民美國，潘梅也開始在台灣四散流動。

「這樣不危險嗎？」我問。

「就坐計程車呀，只要不在馬路上逗留就安全多了。」艾美說。

現在，麗亞只有幾個兼職的清潔工作，論鐘點計費，都是過去女主人幫忙轉介給其他外籍友人的，好讓麗亞休假時還可以打零工。如今這成爲麗亞最主要的收入來源。她的空餘時間多了，開始盤算離台返菲的行程與代價，還有風險。她計畫向警方自首前，先把三年前仲介不當苛扣的費用要回來。

我還記得，那連續十個月被超扣八千元台幣的仲介費。當時她每月薪資，扣東扣西到手只餘二、三千元現金，張老闆曾主動幫她找了勞委會申訴專線，她寫了密密麻麻的陳情書傳眞過去，又打了電話，但都石沉大海，拖著、拖著、也就不了了之。阿嬤過世忙完喪禮後，遣送、轉換的速度太快，她來不及反應就進入新家庭，爾後逃走就更不敢出面追討欠債了。

至今都超過三年了，她的身份非法，但原有權益並沒有消失。我們決定趁著離台前把錢要回來。張老闆還是麗亞第一個求助的對象，他慷慨表示會把那十個月的薪資單給麗亞，好讓她據以向仲介追討扣款。不料沒隔多久，張老闆被驗出罹患癌症，接著是住院、開刀……麗亞給了我張家大兒子的手機號碼。

張大哥說話謹愼，接到我的電話有些意外，但也沒多問什麼，只沉吟著像終究好不得已般黯聲說：「這些事，要問公司會計。」

●

八月底，我和麗亞重返張家，剛抵達一樓大門，正要按鈴，麗亞竟一閃身就躲開了，不見身影。我正詫異著，門口已有來人探頭詢問，我依著與麗亞原先的計劃推門入內，冷氣襲來，與戶外的燠熱彷如幽冥兩隔。

「張先生在嗎？」

一名壯碩的男人立起身來：「有事嗎？」

宏亮的聲音和大哥渾然不同。這是二兒子，我想。

「嗯，」沒料到麗亞會在最後關頭跑掉，我試著話說從頭：「你們三年前是不是請過一名菲律賓的看護工，照顧阿嬤？我之前打過電話……」

辦公室裡三、四個員工面面相覷，曖昧的沉默。顯然，大家都知道我在說誰。

「你是說溫蒂嗎？」

「嗯……」猜想她逃跑後改了名字，我含含糊糊說：「菲律賓看護工，做了十個月，阿嬤走了才轉換出去的。」

「她兩年多前做完就走了，回菲律賓去了。」

啊，這個家裡訊息原是互不相通的，當時老爸一通怒責的電話把麗亞留在台灣，其他人似乎是不知道。麗亞還知道張老闆罹癌住院，甚至我與大哥幾天前才通過電話，看來都是另一個不爲人知的地下管道。

我客氣小心地說了有關仲介費多扣的事，委婉要求查看三年前的外勞薪資表。這是家庭式公司，一樓是倉庫、展示、兼辦公室，樓上就是居家，家用外傭的資料全存在公司會計的電腦裡，但會計放年假，下週一才回來。

張二哥對我友善，但他的笑意帶著嘲諷與試探：「溫蒂當時在這裡，光打電話就花了好幾萬塊，這個我們都不跟她計較了，她還來討債啊？我以爲她早回去了。」

這是新訊息，我一無所知。我只知道善待她的張老闆，及一百零一歲的阿嬤。麗亞在大門前閃躲而去的身影，似乎揭露了一點答案，我想順著這條線索往前探問。

「我也不是怪溫蒂啦，但她後來根本沒有心，來台灣工作就工作，還和我大哥談戀愛，這實在不行。」張二哥說話明朗爽快，他盯著我臉上驚訝的表情，像個掀開謎底的魔術師，掩不住有些洋洋得意：「我們也不敢要她了，留她幫忙辦完奶奶的喪禮，就要仲介趕快把她送回菲律賓。」

「她和張大哥談戀愛嗎？」我一口嚥下我的驚奇。

「是啊，我大哥是沒結婚，但我們覺得這樣不好啦，幸好後來也沒再怎麼樣。」

「你知道她結婚了嗎？」

「知道啊，她說離婚了啦，」二哥扯著嗓音，不只是說給我聽：「但她家裡還有個女兒，這樣也不行啊，太麻煩啦。」

公司裡的員工明顯是知道這些過程的，隱約流洩著不甚友善的戲謔。難怪麗亞選擇轉身離去。

「你如果還想多知道一些，可以上樓去問我媽媽啦。」

我走出大門找到在巷子口踟躕不定的麗亞，和她約好了一個鐘頭後見面。我想弄清楚發生什麼事。我有些膽顫心驚，既不想誤會，也不想被騙，這是我必須循線前探的路程。

二樓曾經是麗亞與阿嬤居住的空間，房間特別大，鄰陽台有個小茶桌，想來就是張老闆看雜誌、聊天的地方，靠牆的走道特地開了一扇與隔壁二哥家相通的門。

三樓，張太太正在煮飯，她穿著居家運動衫，染黑的捲髮隨便挽起，簡單和我打了招呼就繼續炒菜。一旁是長相清秀的張二姊，提及麗亞，她很快看了媽媽一眼，主動對我說：「若不是本勞太貴，我們也不想請外勞啊。誰知道請個外勞麻煩這麼多，她事情做得不怎麼樣，還和我大哥亂來。」

「她是專業護士，有執照的。」我吶吶說。

張太太端菜上桌：「她是有經驗啦，不然也不會做，還要注射什麼的，沒受過訓練是不會的啦。」

「你不是說她都做不好嗎？」二姊忍不住插嘴。

「主要是不用心啦，不知道她在想什麼。」

「十個月來，你們都沒有對她抱怨嗎？」我問。

「我們就是太好心了，」張太太把洗淨切妥的空心菜全下了鍋：「想說她出門在外也是艱苦人啦，也沒多要求什麼。她走的時候，我還塞了三千塊給她咧。」

「什麼？你還又給她錢哦？」二姊說：「她打電話的錢，恐怕都還不夠扣呢！」

麗亞在香港時，打回菲律賓的電話很便宜，來到台灣，外勞人人都有的手機，她卻一直沒辦理。張老闆待她和氣，一開始就表明了她若要用電話，不必客氣。這是個做生意的人家，不在乎一點國際電話費。有時她的朋友來電，一樓員工接了電話，揚聲喊向二樓：「溫蒂，找你的！」

她要打電話回家，不論在一樓或二樓，客氣詢問：「我可以打電話嗎？」總受到寬大的笑容：「好啊好啊。」

當然這個過程隱藏著一些未點破的曖昧：到底，麗亞要不要付電話費呢？她很節制地使用電話，雇主也儘可能地給予方便，雙方都在互探底線。第一個月、第二個月，沒人向她討電話費。麗亞於是大膽起來，她有時在沒人的二樓或三樓，放心地和家裡人說話，彌補工作長期面對一個有息無聲的老人的苦悶。

最終在阿嬤死後，麗亞得到懲罰：張二哥列印出一長串打到菲律賓的電話通聯記錄，高額的電話費不能不認帳，她之前整整十個月每月被預扣三千元的強迫儲蓄金，以及最後兩個月的薪水餘額，全一併扣下付清電話費。

「你們怎麼不早點告訴她電話費太貴了呢？」我不禁追問。

「本來頭幾個月，她電話打得不多，我們家裡也做生意，就一起併進去算了，不扣她錢，也是可憐她薪水東扣西扣眞的一個月沒多少錢。那裡知道，後來愈打愈多，太過份了！」

我理解那種試探，家庭生活的界限可以到哪裡？雙方都在探底線。一般而言，多數外傭會自辦手機，與雇主家各用各的，兩不相欠，也不相涉。雖然工作的範圍到哪裡，在家務勞動中，是最沒有界限的。

「她和大哥，是眞的嗎？」我還是忍不住想問清楚。

「我本來就覺得很奇怪，她來作看護，幹嘛穿這麼露？要給誰看啊？」二姊指指胸部說：「阿嬤又看不見，你每天露這麼低，不是故意的嗎？」

看來，麗亞的工作本身問題不大，主要是電話費和感情事件。

張老闆在外另組家庭多年，兩個兒子在他手下工作，早已掌理大半業務，他是個不必費工但大權在握的負責人。他早年從事進出口生意，說得一口尚稱流利的英語，作風也頗名仕派，有時一進門就逕自上二樓泡茶，喊隔間的麗亞：「我們來聊天吧。」

她天天面對不言不語不反應的阿嬤，有人可以聊天也很開心，平日有什麼工作上的問題也多半直接反應給張老闆，有時老闆還帶她出門買麵包、日用品，是這個家裡與她最親近的人。

但這個家庭關係暗潮洶湧。她和男主人親近，不免就得罪了不擅英文的女主人。六十七歲的張太太和麗亞的接觸有限，但隱隱懷著一點恨意。

「以前我們請台灣的，每天把阿嬤弄得乾乾淨淨，像她這樣，太不用心了啦。」張太太邊煮晚餐，邊向我編派麗亞的不是：「阿嬤有糖尿病，不時時擦乾淨，尿啊汗啊都會把螞蟻吸引過來，半夜餵藥後要拍背，有時我看她常常嘛是偷懶啦，我們都算了，不計較。」

之後我轉述了這些責備的話給麗亞知道。她顯然有點意外被這樣挑剔、不滿意，且被拿來與未曾謀面的前台籍看護工作比較，明顯在專業上的不如人。她沉默半晌，只說：「但是，台籍看護工不需要掃地洗衣啊。」

是啊。

而且台籍看護工薪水是六萬元。而且台籍看護工週日可以休假，看護中心會派其他人來替工，阿嬤還是乾乾淨淨。但我當場什麼也沒說。環環相扣的結構因素太複雜，置身其中的人，特別是居於劣勢的人，多半只能成爲替罪羔羊。

我走下樓，張二哥似笑非笑：「怎麼樣？你覺得她還敢來要薪水嗎？合理嗎？我可以印電話帳單給你看。」

「她從來不曾說要向你們討薪水，主要是仲介每個月多扣了八千元，」我再解釋一遍：「要薪資單是要向仲介討錢，和雇主沒有關係。若仲介眞的超收，那是一定要討回來的。」

●

我和麗亞約在鄰近公園見面。這個社區公園，佔地不大，花木生得豐沃，總有鄰家媽媽主動來認養草坪或花圃。時近黃昏，有印傭陪著老人在公園裡納涼，老人垂頭對著一簇紅艷的雞冠花發怔，年輕的印尼女孩手持扇子幫老人趕蚊蠅。颱風剛過，空氣中除了些微雨絲，涼爽宜人。

我們併肩離去時，還有更多的推著輪椅的外傭正走向公園。

電話費的事，麗亞毫不遲疑地招認，雖然有點冤枉。她說：「我眞的不知道這麼貴。他們一直沒向我要錢，我以爲打電話是免費的，就眞的，常常打。」

「你怎麼不買電話卡呢？一百元可以講兩個小時！」我嘆了口氣，理解她一時貪小便宜的誤判與懊惱：「去教會時都沒人教你嗎？」

「我眞的不知道會這麼貴。沒人告訴我。他們也沒有抱怨過。」她聳聳肩，無奈地笑了：「反正我的存款也全拿來還了，不欠他們。工作十個月，最後一毛錢也沒存到！這就是代價。」

「大哥的事呢？」我直接問，按住她的手試著先說明立場：「我沒有任何道德評價，海外移工談戀愛是很自然的事。我只是有點傷心，你爲什麼不先讓我知道？」

「我沒有！」她反握住我的手，有點生氣地說：「我不需要騙人！他們想保護自己的家人，才編出這個說法。」

家中唯一未娶親大兒子，年逾四十，和母親一起居住三樓。他的英語能作普通的溝通，晚上有時會到二樓看看阿嬤，同時和麗亞稍作閒聊。家裡總共就四個人居住，阿嬤不言不語，老闆娘語言不通，公司下班後，大哥就成爲麗亞主要的溝通對象。

單身的張大哥也許是因爲寂寞，或者是壓力，晚上經常獨自飲酒。大哥有意無意的靠近，麗亞不是不知道，但他是雇主啊，只要不逾矩，她如何能夠強硬以對？事情會鬧到連公司員工都知道，主要是某個晚上十點多了，大哥進入已熄燈的二樓房間。這是個從不上鎖的房門，任何人隨時都可以進進出出。大哥趁著酒意繞過阿嬤的護理床，逕自撲上一旁的單人床，床上是已入眠的麗亞。混亂中，麗亞的尖叫聲引來隔壁的二哥二嫂趕進房門，強行架走大哥。

整件事前後不過五分鐘。大哥當場被罵了一頓，次日家裡人很快就都知道了。麗亞不清楚前後脈絡如何被理解，她只想著自己受了點驚嚇，是受害者。張大哥從此很少正眼看麗亞，迴避著再見她。只是一時酒醉了罷，寂寞的人。

在麗亞的世界裡，這是一個幾近強暴未遂的故事，只是她隱忍著未再追究，老闆們也許會默默地感謝她識大體吧？但在張家人的版本裡，這件意外正坐實了二嫂疑心許久的姦情：果然他與她是眞有男女曖昧，且堂堂就在重病的阿嬤房裡上演，太不成體統！

晚上九點多，我還在麗亞、艾美的屋裡聊天，突然張二哥來電：「你後來見到溫蒂了嗎？她怎麼說？」

「她承認打太多電話，是她不對。」我暗自嘆了口氣：「你們應該早一點提醒她國際電話這麼貴，她知道自己要付帳單就不敢打這麼多了啦。」

「我們扣的錢還不夠付咧，她還要向我們討錢嗎？」

「不是啦，是仲介不當扣款，和你們無關。」我又說了一遍。

想必我的突然出現很令張家人驚惶吧？離職兩年的外傭突然出面要看薪資單，雇主不免擔心惹上麻煩，擔心舊帳重提。爲了自保，許多情緒也許都被一時放大了也不一定？且這家人都算平實，不見盛氣凌人，是麗亞眼中的好雇主。可聘僱過程中夾雜著整個家庭的內在張力，累積了太多猜測與疑慮未曾說破。

我謹愼地說：「她沒和你大哥談戀愛啦，你們誤會了。那天是大哥喝醉了要強來，幸好你們出現，後來就沒事了。」

「我是沒看見什麼啦，但我老婆之前就有一點觀察了。」張二哥很快把電話交給二嫂。二嫂於是以她作爲女人的敏銳詳細向我敘述了她曾經看見大哥和溫蒂在阿嬤房裡聊天，兩個人靠得太近了，她聽不懂英文，但察覺了氣氛裡的曖昧，就是，有點打情罵俏啦。

「我那時就覺得該把溫蒂換掉，怕會出事。但後來阿嬤死了，也就算了。」二嫂也是快人快語。

我想起大哥遲疑的聲音，他也不好受罷？

●

從張家會計手中拿到厚厚的一疊薪資單，我和張二姊談起大哥曾試圖非禮麗亞的事：「她說，之後大哥就很少和她說話了，兩個人之間應該是沒有什麼事啦。」

「其實，我也不常回去，他們的事我不是很清楚。」白淨的張二姊咬著唇靜默二秒鐘，輕輕搖了搖頭：「那件事之後，我也跟溫蒂說，她以後晚上睡覺時可以把門鎖上，比較安全。」

算是間接承認了麗亞的版本。

當年，張二姊說麗亞的本名不好唸，就叫溫蒂好了。這是《小飛俠》裡，那個說故事、照顧夢幻島孩子們的女孩，溫暖、有點孩子氣的名字，比較符合人們對看護工的想像吧？去性徵的、照顧人的，偏偏麗亞和張家的男人靠太近了，而家務工作偏偏又是由家中的女人在承擔管理責任。

我認識很多瑪麗、阿美、蒂娜，多少都有點順著原本名字改翻爲中文，差距不至太大。唯溫蒂與麗亞幾乎是兩不相關。麗亞至今也絕口不提這個名字，像不願再提及那些隱隱被誤解的、沒說破的尷尬。

「溫蒂很不乖啦。」張二姊轉述母親的抱怨。

「怎麼說？」

「有時候會亂跑出去。」

「去那裡呢？她沒朋友，她說要買東西都還是你爸爸騎車帶她去。」

「就是這樣啊，我爸爸看她可憐一個人在台灣，有時候會帶她出去買東西，甚至帶她去玩，可是你這樣對嗎？那有主人帶傭人去觀光的？」

「她也說你爸爸對她眞的很照顧……」

「我爸爸幾乎是當她像女兒一樣啦，也不好意思管她。但你是來工作的，卻常常坐在那邊陪我爸爸聊天喝茶！這樣對嗎？」

家務勞動原就是介入生活、人際關係極深的一份工作。很多內在的關係張力，會藉著一個外人而擴大折射，亂劍傷人。在TIWA，我們也多次因爲看護工的申訴而接觸同是底層的家庭雇主，總有那種永遠不滿意外勞的老人，抱怨的背後卻是在召喚親人的關注、相伴。而在張家，男主人對麗亞的親切友善，則恰好刺痛那個辛勞的女主人，踩中雇主家疏離又糾纏的關係地雷。

張老闆待麗亞極有耐心，正因爲他長年不與母親同住，照顧工作與家務管理的責任都不會落在他頭上，這個風雅自恃的男人因此有莫大餘裕得以慷慨、人性、善良，他落落大方地對大家說：「麗亞第一次來台灣，一個人出門在外也很可憐，我們有能力就要多照顧她。」

老先生身體力行，週日帶麗亞去買東西、去逛西門町，甚至偷偷帶她去他另一個家庭，看看另一個女主人與另一對早已成年的子女，交待她：「大太太脾氣不好，你就別理她。有事找我。」

這些事，麗亞當然是不敢說的。但男主人過度友善的舉動已經令女主人震怒，她直接對著麗亞咆哮：「不准再和先生說話，也不准收先生送的東西。」

張太太在婚姻關係中原就處於弱勢，隱忍丈夫公然外遇數十年還得幫忙撐起家庭、事業、公婆照料，如今，她和先生大吵大鬧竟只爲了一個女傭，簡直令人顏面盡失。而平日生活裡，她的丈夫和女傭以高級英文交談，她倒像是外邦人有口難言。兩軍對峙，她平白敗了一城偏又是非戰之罪。委屈。眞委屈。張太太求助於女兒，張二姊於是銜命去警告麗亞，但父親竟轉而怒責女兒太沒人性，父女又吵了一架！

因爲麗亞，這個家裡的女人，幾乎都成爲壞人。

「爸爸媽媽爲她吵架，我幫媽媽說她兩句，爸爸又對我生氣，一家人爲了她一個人吵得天翻地覆，眞是不划算！」張二姊皺起眉頭。

麗亞的照顧工作說不上特別好、也不算特別壞，不過就是個普通的看護工水平。但她成爲家裡關係拉鋸的導火線，稍不小心，就會引爆悶沉沼氣。

我想麗亞也很巧妙地使用了家中男性對她的好感。但她畢竟是個外人，是個下人。潛伏在下的是相互隱忍多年的積沉怨氣，但帳全算到外人頭上。

一直到阿嬤過世了，男主人還希望把麗亞留下幫忙打掃家裡，減輕女主人的家務勞動，但這個心意被張太太斷然拒絕，她私下要仲介把麗亞直接送到機場遣返，就讓她直接回菲律賓算了，且終究是不忍心又塞了三千元給麗亞，好聚好散。兩年後她才知道，麗亞當年還是被張先生從機場救回台北。陰魂不散。

現在呢？張家還是請了一個外籍女工，每週二次到府打掃，我猜想是逃跑外勞的兼職工作。阿嬤走了，這個家庭終究還是依賴外人維持整潔與秩序，但只是論鐘點計酬，人不必介入家庭生活，彼此相安無事。

我很想告訴他們，其實麗亞現在也做一樣的清潔工作，她自己租屋而居，每週二、四、五搭車到天母、北投，穿著舊T恤、七分褲，像所有倒垃圾的外傭一樣，出門也不必搭老闆的車。對她來說，眞的也鬆了一口氣。

懸空倒掛的酒杯

時間如癌，正在吞噬我們。
我們的英雄不是已經自殺就是正要自殺。
英雄指的不是時間，而是永不止境的靜止。
——亨利．米勒，《北回歸線》

除了中壢工業區，艾爾加的假日多半往中山跑。這一帶，最大的綠地是美術公園，沒有邊界的草地，公設都建築得簡單、低調、不妨礙視線。艾爾加忍不住就要比畫著說：「如果我也有一片這樣的田野就好了。」表情是農場主人的豪氣干雲。

有時坐巴士經過高速公路，見茅草遍野，他又忍不住嘀咕：「這些牧草拿來餵我的羊多好啊。」

逛街時，艾爾加多半在寵物店流連忘返。爲那些個精巧稀奇的寵物衣物瞠目結舌，既讚嘆又好笑：「如果我的羊也戴上這個毛帽……」

他的父母都是農夫，擁有不少田地，雖說在菲律賓務農一如在台灣般，幾乎沒有出路可言。但至少餓不死人。他家裡種米、養牲口、還有魚塭，和麗亞計畫趁年輕時浪跡國際間做工、累積閱歷與資本，待五年、十年後，終究是要回到鄉下過日子。

艾爾加性情溫和，不急躁，一有休假就想法子來台北找麗亞。幾次跟著麗亞來TIWA，他多半安靜不多話，淨是笑。

只有一回，他主動向我要名片，吶吶說隔壁電子廠有個菲律賓工人跌倒斷了手。隔週手纏著繃帶的李奇就來了，他在外勞宿舍洗澡時滑倒，整整兩個月沒工作沒薪水，老闆要送他回菲律賓了。宿舍是老闆提供的，若能證明是浴室設備不安全，就可以認定職業災害，工資與工作權才有保障……

浴室很好啊，安檢都沒問題啊，怎麼別人不滑倒只有他滑倒？宿舍上個月就搬遷到新址了，現場也無法重建，怎麼證明是職災呢？人事經理振振有辭。我們請李奇細細回溯滑倒的細節與脈絡：宿舍只有三間浴室，到晚上十點就沒熱水了，平常八點半下班再清掃完工廠才能返回宿舍，三十名外勞必須趕在一小時內洗完澡，平均一個人只有六分鐘，且李奇一滑倒整個洗臉盆也塌下來……經理愈聽愈凝重，說再回頭和律師商量。

一週後，李奇拿回薪資及微薄的工傷補償，同時簽下解約書，纏著繃帶返鄉了。艾爾加說，回鄉下身體才會好得快。我聽不出他的心情。

他的聘僱契約九月到期，工廠老闆想再聘他來台。但艾爾加覺得工作太重、太累，且返鄉重來就得再付一次仲介費，同一老闆卻要被剝兩次皮，他如何也不甘心。可若再試試別的廠，也仍是機率各半的賭注，下一個會更好嗎？海外簽約，大半是矇著眼睛下注，至少現在這個廠也習慣了……猶豫著，舉棋不定。

七月，台灣政府調漲十年未調的基本工資，眼看著薪水一夕間就要上升，可同時，勞委會也宣布外勞膳食費的扣除額度大幅上升。於是，右手邊的薪資加了一千五百元，左手邊的膳食費又扣了回去，吵吵嚷嚷的基本工資調漲案，終究落得無人受惠，虛晃一招。艾爾加更是興味索然：算了！孩子都兩個了，回鄉下去吧！

麗亞倒是篤定得多。不安定的處境待久了，她對變局沒有太多執念，峰迴總有路轉。

二〇〇七年九月，麗亞已開始爲自首作準備，並決意要追討仲介債務。張二哥給了我一整疊麗亞完整的薪資單，除了每月扣除一千八百元的仲介服務費外，還按月扣除八千元的「借貸費」，總計有八萬元！好大一筆錢。張二哥說，分明他們每個月都足額給付薪資了，可爲什麼從仲介轉到外傭手上只餘幾千元？

很多家庭雇主都有這樣的疑惑。曾經有那種好心的雇主，偷偷帶著女傭來找TIWA，請我們出面向仲介討錢；也有雇主，不惜和仲介對簿公堂，寧可花力氣代打官司，也要幫家裡印傭討回公道……但這畢竟是少數，且需要條件。知識、語言、與資源取得的條件，不是所有的雇主都做得到。多半，這些疑惑的雇主會這麼想：這可能是行情吧？飄洋過海的代價吧？隔壁的外勞也一樣被扣這麼多啊。他們多半皺皺眉頭，問也問不清楚，關心的話也不會講，還是算了。

「這不是仲介費。」仲介李先生是菲籍華僑，經驗老道，知道承認了借款是超收的仲介費就擺明了違法，他推得一乾二淨：「她在菲律賓借的錢，我們也不清楚，只是幫人家代扣債款。」

很快的，十張借款的本票傳眞進來，是麗亞的名字與筆跡。意思是，她來台灣前向菲律賓仲介公司先借了十萬元菲幣，合八萬元台幣整。

「他們說我不簽名就不能來台灣。可是我眞的沒拿到錢！」麗亞氣急敗壞。

「借款當然不是現金，是指來台灣前的仲介費，這筆錢有一半以上歸台灣仲介，所以他們才逐月向你收錢。」

「但我不需要借錢，來台灣的仲介費是我和艾爾加賣了牛羊湊來的！」

我們分析了總總利害盤算，根據經驗，追討回來的機率很小，但不是不可能。一旦進入勞資爭議，麗亞的非法身份曝光，很快會被遣返，但TIWA還是可以繼續受理這個案子。不過，當事人不在場的法庭，可想而知會有多不利，且麗亞也擔心回菲律賓後可能會遭受威脅，仲介與黑道勢力掛勾並不是新聞……

「這太不公平了！」麗亞的淚蓄積在眼角，她搖搖頭：「我們工作這麼辛苦，卻要付出這麼多代價。就算回到菲律賓，我也一定要告他們！」

但我知道她不會。不論在那裡，司法訴訟都需要條件，要錢也要時間，但海外移工都不是有條件打官司的人，更何況，很難打得贏。

「我要爭取！」

這是第一次，我看見她終於流下淚來。

●

微寒。台北的天氣陰晴不定，叫人心焦。

汀娜下樓買飲料，竟去了一個多小時。令狐沖都快急死了，過去不曾這樣，她每次下樓頂多二十分鐘就回來了……是她遇到鄰近的一名印尼籍配偶嗎？可是，汀娜和她似乎並不投機。是樓下的警衛剛好有事請她幫忙？是她順便去寄信？但這個她也會先說……也許是順便去買了什麼東西？……一個多小時，分秒都是煎熬。

他這樣急躁、憂心，不敢想，不敢往那裡想，但忍不住又這樣想。嗯，這次還好，電話在床邊，還可以使用，可是他不敢先打電話，再等一等、再等一等……

幾乎是一萬年這樣久，汀娜回來了。聽到開鎖的聲音，令狐沖的眼淚幾乎要掉下來。汀娜一臉自在，像是什麼事都沒有發生過，她的臉上沒有歉意，嘴上沒有解釋，她如常地進門、先放了皮包，洗手後倒了杯水來餵他。他忍住了，眼睛沒有偵測式地追隨她，怕她不自在；他忍住了，口裡沒有說出任何貌似關心但可能聽來像詢問的話語，怕她心裡怨。

他說，如果誰可以有效地「教育外勞不要逃跑」，就好了……外勞一跑，整個家掉下去。那種生活無著落、不知向誰呼救的經驗，嚇壞他了！他珍惜乾淨的被褥、乾淨的居家、乾淨的電動椅和碗盤，如果能夠有效地規定：雇主不能要求太多，外勞也不能任意逃跑，這該有多好！

「我最近一直在想，不能一味地、單方面地對外勞太好啦，她們也要有職業道德，也是要管理啦。」他的情緒時起時落，有時不免向我抱怨：「你們一直幫她們，有的眞的很可憐，可是有的也不一定啊。你們幫外勞，誰幫雇主呢？如果連我這樣的雇主都會遇到外勞逃跑，那別人不是更慘？有人不讓外勞出去交朋友、學壞，也不是沒有道理啦。」

汀娜曾在香港工作四年，基本的家庭照顧都不成問題，動作也許不夠細緻溫柔，但眞的也沒什麼好挑剔的。硬要說什麼，不過就是她不會哄人，也沒得讓人哄她，兩人接觸頻仍，但距離遙迢。

家裡就兩個人，生疏與客氣躲都躲不掉。他在客廳看電視，汀娜訂了印尼雜誌，窩在房裡。除了電視裡的笑語，沒有其他聲響。

「有什麼問題要說，我才知道哪裡有問題，她不說，我也不知道怎麼對待她比較好。無法溝通，要跑就跑。」他按捺激動的情緒，無奈地說：「我只能求她們高抬貴手，不要動不動就跑。很恐怖。等下一個又要等好久。」

分明是制度的錯。但拉鋸卻落到照顧者與被照顧者之間，懸而不得解的緊張。

媽媽過世前，最擔心日後沒人照顧他，不斷鼓吹他到中國找個新娘，後半輩子有個伴。

他的文筆好，網路上瀏覽著也認識了此語言得以溝通的中國女孩。跨入新世紀的千禧年，令狐沖頭一次搭飛機出國，飛越海峽與雲層，到已然都市化的東方明珠上海，是旅遊，也是相親。

對方長相白淨，落落大方，親眼目睹了他的身體狀況，誠懇詢問他的生活近況，然後爽快答應了婚事。

回台後，他愈想愈覺得可怕：「兩個人要生活在一起，不是簡單的事。我這個樣子，她還要我，眞是太不可思議了！」

婚姻原就充滿算計。雙方當然各有盤算：媽媽算的是一個後半輩子照顧他的人力，女方算的可能是一個充滿機會的未來。但令狐沖愈算愈怕：婚姻是一輩子的事，以後後悔了怎麼辦？被騙了怎麼辦？傷害人或自己受傷了怎麼辦？他的籌碼不多，難免躊躇不決。

「我不敢想像兩個人一起生活萬一合不來怎麼辦？請外勞都要碰運氣了，更何況是婚姻？」他又對自己搖頭：「我一個人苦就好了，不要兩個人苦。」

●

「你有沒有搞錯？她是逃跑外勞欸，你還幫她？趕快去報警捉她比較重要啦！」仲介李先生的聲音很年輕，估計不過三十出頭，但老江湖的調調，滑頭。

「她已經要自首了，你不必擔心。但你超扣薪資的部份，若不願意私下和解，那只有到勞工局、或法院見了。」我也在賭，賭這個仲介不會爲了幾萬元而麻煩纏身。我們有打官司的打算，但我眞不樂觀，本票在對方手上，麗亞若在出庭前遣返，連作證被脅迫簽字的機會都沒有。

「你自己問她，她照顧到阿嬤都死了，自己都沒錯嗎?沒錯爲什麼逃跑?」這個滑頭又來岔開話題了。

「阿嬤死是她的錯嗎?」順著滑入，是我的好奇與探索。

「哎喲，她照顧得很差啦，阿嬤背部都爛了，最後死於感染，不是她害死的是誰?我們要送她回菲律賓，就是不要她再留在台灣害人啦。」

但阿嬤是死於痰卡住喉間。我知道張太太對麗亞頗有抱怨，也要求仲介提早遣返麗亞，但她從未說出這麼嚴厲的指控。可這個滑頭就是可以這樣信口開河。人們多麼容易爲了自保，扭曲事實。但被指控的外邦人幾乎都沒有對質的機會。

「非法外勞你們還幫她，勞工局不會管啦。你們恐怕還會被罰錢咧！」滑頭又來威脅。

我掛掉電話，當天就寄出「非法扣款」的調解申請書。但沒等到調解，麗亞就被捉了。九月十五日，天氣還是熱，積汗黏人。她在桃園的熱鬧街頭被移民署專勤大隊的人盤查，這一次，沒有小孩子在身邊，拿不出證件的她當場被帶回警察局。

算算時間，應該是在麗亞被送往宜蘭收容所的途中，她發了最後一通簡訊給我：「我還是要爭取拿回不公平的扣款！我不放棄，我會寄委託書給艾爾加，請你幫幫他。」

我笑了。不愧是麗亞，在最危急的時候，她仍在規劃未來。

但艾爾加一週後就要約滿離台了。返鄉前，他到TIWA辭行，像託孤一樣把音訊全無的麗亞交付給我們，至於麗亞的扣款，他完全沒有提及。其實，我早料到了，鄉下人艾爾加不會極力爭取一個不可知、沒把握的仗。相較於麗亞的歸期，這些都不重要。

他急著返鄉像逃離惡夢一樣。

●

宜蘭收容所不得探視、不得使用手機，麗亞像消失在沙漠中的一滴水，無聲無息。室友艾美卻是那個最驚惶失措的人，她一直以爲麗亞在外租屋、打零工是因爲原雇主暫時出國。

「她居然也是TNT！」艾美忿忿不平：「爲什麼要騙我？」

「麗亞只是謹慎吧，不想讓太多人知道她的逃跑身份，怕麻煩。」

「可是，我也是TNT啊，我一點都不向她隱瞞，她卻對我說謊，這太傷人了！」

是啊，有時候我也會疑惑，麗亞眞的對我說了實話嗎？她在很多關鍵點會出現前後不一的說辭，但後來總證明她其實沒說謊，不過是爲了自保而省略了部份內容。

「我不知道，那個房子還要不要租？」艾美嘟囔著。潘梅過去是她們的常客，想搬進來，補麗亞的床位，也共同分攤尙未到期的房租。

「爲什麼不租？」

「聽說，警察會逼被捉到的TNT供出住處，再去逮人。」

「麗亞不會這麼做的，我相信她。」我衝口而出。

這個信任，得來並不容易。我了解艾美的失落，人在異地，身份不明，敵人似乎總比朋友多。我與麗亞相識近三年，在有限的時間裡建立了很親近的關係。她有時音訊全無，有時積極出現，又要學電腦、又要來上課，像個一心向上的好學生。她的英文優美，筆下與阿嬤的照顧關係，簡直像勵志小品，溫暖得近乎虛張聲勢。麗亞主導性強、凡事自己作主、也精於盤算利害，她從來不是流淚求救的那種人，我甚至一度都懷疑自己是不是被她利用？但難道，我們只能接受柔弱清白的受害者嗎？她的強悍與自我保護，不正是跨國移動非磨練不可的能耐嗎？說到底，我是眞正喜歡她生命中那種不可理喻的韌性與耐力，勇往直前。也正因著她的自視甚高，不願被人看低，我知道她不會向警方供出幫助她的人，那是一個受難的人最基本的尊嚴，她不會出賣。

一個半月後，艾美和潘梅才剛走出民權西路捷運站，就被警察臨檢而捉走了。她們被關在移民署總部的臨時收容中心，狹小的空間擠了四、五十人，若無法在三天內籌足罰款及機票費並拿到護照，就要被送去宜蘭了。

位於廣州街的移民署新大樓，一樓照例是數十個櫃台都在忙碌，可以看到抱小孩的外籍配偶、行色匆匆的仲介、還有年輕未役出國的男學生。位處地下室的收容中心，就與數間被隔成不到二坪大的新移民面談室並列。從透明的窗口看進去，面談室裏冷硬的桌椅與擺置，眞像是問訊室啊！想像一對新婚夫妻來到氣派的移民署，進入地下室的狹小隔離面談室，有亮著紅燈的監視錄影機從斜上角全程錄影，所有的問題都預期戳破你是「假結婚」的眞相……

走廊轉角，官員扭開一扇平凡無奇的門，一打開就像掉進另一個世界。

三十坪大的空間沒有窗戶，靠牆邊都堆滿了行李箱，主要的通鋪被白色柵欄隔成三個區塊，每個人約有一個足堪躺平的位置。再進去，是水泥隔間的簡易衛浴設備，牆上濕淋淋懸掛著幾條毛巾。約六、七個男生在最裡間靜默地或坐或躺，沒有人說話。另兩個鐵欄裡人聲沸騰，總計有三十名女工，各種語言流竄交織，有的彼此對話，但更多的是拿著手機大聲交待這個那個，所有的插座都在充電中。嘈雜擁擠的空間，氛圍緊繃又動力十足。

艾美和潘梅從包著白塑料的欄杆夾縫中伸出手來，向我做了個擁抱的動作。我忙著把艾美女兒籌來的錢一一點數交託，確定兩個人的護照和臨時護照都在身上。開放會面時間很短促，大抵就是同時有六、七個人湧入大聲喚名，隔著圍欄把吃的穿的用的送入，同時很多種語言都在說話。三分鐘後，再換下一批人。

昨天一進來，艾美就遇見在教會的一名姊妹，兩人這才知道原來都是TNT，像親人相認般又哭又笑。今天一早，這名姊妹就被送到宜蘭收容所，沒入音訊全無的大漠。這是臨時收容中心，沒有就業安定基金支付日常生活費用，要吃飯得自己花錢買便當，沒錢的就只能餓肚子。睡鋪看來不容翻身。

「可以了啦，有的人被捉到警察局，只能趴在桌面睡，還有空間太小擠不下要輪流睡呢。」艾美仍是一逕地樂觀，她大聲說：「只是晚上好多人都在哭，我本來覺得沒什麼，後來也忍不住一起哭。」

「洗澡呢？」

「還好，沒有毛巾大家就借來借去，反正都是ＴＮＴ嘛。大家會互相照顧啦。」

艾美的個性大而化之像個大姊頭，俐落明快又熱心熱情。她原本想再拚一年才走，提早被捉雖是打亂計畫，倒也可以提早和家人團聚。她覺得是上帝的旨意，好兆頭。

潘梅則有幾分愁眉不展。她逃跑六年了，日夜都在工作，但有時遇到不給錢的老闆，有時工作不穩定，錢一直沒存夠。她的負擔大，算算三個孩子都上中學了，但父母也老了，靠她養的人有增無減。

「不可能停下來，我的責任太大了。」潘梅有一頭垂肩直髮，樣子清秀如大學生，近身才見到眼角額頭深刻的紋痕。她皺著眉頭：「台灣不能來，我還是會試試別的地方。停不下來。」

兩天後，艾美從機場打電話來：「我們要回去了！謝謝大家……」終究還是不忘關心麗亞的近況，我只知道她還在宜蘭，無從打聽。

「你不氣她了？」我問。

「你若見到她，記得叫她回菲律賓要連絡我！」

這個秋天，許多ＴＮＴ一一被捉，關在漫無歸期的收容中心，我們疲於奔命卻只能被迫斷訊。等待像懸空倒掛的酒杯，再沒有什麼可以承載與想像，沒有足資判斷的訊息進來，只能一天天蒙塵。

窗裡窗外

巴威爾：「自從我明白了人們醜惡並不全是自己的過錯以後，我的心就軟下來了……」

——高爾基，《母親》

那只是個陳舊的房間，有兩只鐵製辦公桌和數十個疊合的塑膠板凳，地上堆放著三個破舊的行李箱，裡面是空的，有一個裡套被外翻後沒再收回來，看來就是倉促間掏空扔棄的。我聽見嘈雜人聲愈靠愈近，正要起身，被一個急衝而來的身影抱住，只聽見啜泣聲，久久無言。

是麗亞。她全身都在顫抖，巨大的委屈，墜落沉重如石，我彷彿聽到淚水破裂四散的重擊。這是宜蘭的外國人收容所，所有的人都穿著螢光綠的運動服，腳上是紅白塑膠鞋。麗亞還是習慣性地把髮帶套在右手腕上，梳齊了的長髮垂肩洩下。她的嘴唇有幾分龜裂、破皮，眼睛紅腫著，整個人憔悴蒼老許多。

「我透過窗戶看見你，不敢相信你眞的來看我了！」她又流下眼淚：「沒想到，會關這麼久……太久了……超過兩個月了……不知道還要多久……」

那個總是自信滿滿的麗亞，如今看來沮喪又失意。

●

令狐沖有件得意的事：千禧年時他排除萬難，竟然登上萬里長城！

「眞的讓我坐纜車上長城！好不可思議啊，這麼大塊的石頭，如何移動堆高啊？古人眞的很了不起。」他津津樂道：「從長城看山、看景，心裡很爽快，我覺得一生能這樣就夠了！」

他一個幾乎全癱的人，竟可以千里迢迢登上長城、俯山看景，讓許多傷友視爲傳奇，也鼓舞了不少人。當時伴他同登長城的福州女孩，至今仍與他常在網路上連絡、聊天、互相安慰。足不出戶時，電腦是他對外延伸的窗口。

天氣好、心情好的時候，令狐沖會駛著電動車，帶汀娜一起到台北火車站的地下街，那裡有順暢的無障礙空間，還有許多印尼商店，他與其他坐輪椅的身心障礙朋友會不約而同群聚會面，各自操作各自的電動風火輪，自在遊走、停駐，看護工們也三五成群聊天。

「你看，他們兩個默契眞好！」令狐沖說。

他指的是多明哥與艾莉。菲律賓籍的艾莉中文說得流利，熱情明朗，但照顧的工作一點也不馬虎，多明哥的電動車上配備特多，艾莉熟練地幫他調整好座椅及方向、固定腳踏板，車一發動，她就快速跳上後踏板，開心地轉身揮手：「你看，這是我的taxi！」

大家都笑了。汀娜低著頭，還是默默走在令狐沖的背後。他們兩人相處半年多，沒更好，沒更差。她害羞，也安靜，人際關係上並不主動，至今中文沒太大長進。

「汀娜從來不叫我，不說王先生、不說名字、也不說老闆，就只看看我，說嗯。也不說早安、晚安。」令狐沖避開汀娜的耳朵，低聲訴苦：「我很努力啊，有時看到印尼新聞就趕快叫她來看，但她還是不說話。兩個人，不能只是我在努力啊……」

唯有共同出遊時，各自多了同伴，似乎就放鬆許多。在地下街，沿途可見許多坐輪椅的老人、身心障礙者，及他們的看護工，彼此交會的眼神有熟識的默契，像在說：「啊，你也來了。」「好久沒看到你，才剛出院？」「外勞換人了哦？以前那個不錯啊。」……看護工之間也有熱鬧的招呼，汀娜與艾莉手挽著手逛街，兩人比手劃腳溝通無礙。

「我們家愛咪今天去桃園玩。」阿福形單影隻，不由得向我解釋起來：「不然她和她們都很熟的。愛咪是印尼的。」

車行至一家電器行，多明哥、阿福、令狐沖停下來看車燈，風火輪的前後都要各裝一支，以便夜行照明。他們細心比較亮度與電池容量，那個是名牌的還不錯但太貴了，這個容易接觸不良很麻煩……帶劍江湖，這是專業知識。

沿著地下街前進，三劍客一時興起，風火輪就鑽出地面，飛快駛向TIWA。

那是週日，TIWA狹小的空間首次一口氣進駐這麼多「雇主」，正在練舞、討論的菲律賓勞工們都驚喜萬分。這裡是外勞之家，她們多半是熟練的看護工，立時就幫忙清理出空間、調整輪椅角度，讓勞雇都受到熱忱的招待。艾莉熱情地說起塔加洛語，我則拿了印尼刊物給汀娜，她很驚訝又眞是好專注地坐下來閱讀，似乎十分新奇。

多明哥當兵時不愼被炮彈誤傷，就此癱了下半身，他年紀較輕，脾氣不好，九年來罵跑不少外勞。二十八歲的艾莉來自菲律賓，個性沉穩明朗，一開始也常被罵哭、生悶氣，磨了兩年下來才彼此適應。今年已經是二度來台，持續第四年照顧多明哥。

「眞的，我們兩個人都改變很多。」多明哥說。大家都知道他珍惜艾莉。之前艾莉約滿返鄉一個月，多明哥就生了褥瘡。

阿福幼時罹患小兒痲痺症，雙腿都萎縮無力，中學時又因體虛導致肺炎，此後終生都要攜帶呼吸器。他一坐上輪椅，胸腔受擠壓了就得戴上呼吸器，情狀看來比誰都嚴重，但若勉強扶著輪椅站直身子，呼吸是順暢了，可又不得走動。他的雙手靈活，靠製作電腦網頁維持生計，單獨出門也沒有問題。他在人群中談笑風生，但私下還是忍不住說：「我一個人出來，比較沒有安全感，覺得孤單。如果愛咪在就好了。」

三劍客和他們的守護天使告別TIWA時，尚未黃昏，多明哥豪氣萬千地說：「我們再殺去淡水看夕陽吧！」

中山北路的車流與人潮倒退如快門加速的背景，焦點集中在三劍客行駛如飛的風火輪，艾莉與汀娜陪伴在側彷若跳著舞步。他們看來就像是，一支遙迢遠征的隊伍。

遠方有鼓聲隆隆。

宜蘭女子收容所位於市郊的稻田之間，遠處有層層疊疊的積雲與山色，陽光下鐵絲網與大王椰子樹交錯出南國的靜謐氛圍。行政大樓上照例是旗杆，頂著被風灌得飽滿近乎虛張聲勢的國旗；籃球場邊的鐵網圍欄上，披披掛掛著一件又一件白衫、紅與綠的長褲外套。

我們抵達時，正有兩輛九人巴士要離開收容所，十數名女孩明顯氣色好、心情高亢，她們拖著行李箱，穿著時髦漂亮的衣服，喳喳呼呼一刻不得安靜。近身細看才發現兩人一組手上扣著手銬，像重刑犯，一直到上了飛機才會解開，敏感些的人就在手銬上搭件外套，遮住外界臆測的眼光。

進了行政大樓，右手邊是廚房，左手邊是臨時會客室，佈告欄上，有條列式的會客規定，還有一紙「移署收通字第096000019號」通報公文，洋洋灑灑列了六大條注意事項：「奉九十六年八月十日本署第十八次主管會報署長裁（指）示事項辦理。…………四、為避免管理人員與女性收容人發生感情及風紀問題，請各收容所禁止男性管理人員與女性收容人有非公務上之談話及接觸……」

令人莞薾。必然是之前發生過保警和收容人的戀情。這完全可以理解啊，這野外，歸期未卜、訊息阻隔的年輕女孩，每日接觸的，無非是這些終日除了輪班與接送別無他事要操練的年輕保警。有的人一待就是數年，看不到盡頭的漫漫等待，難怪會有情事。怎麼可能沒有情事。

然後我們就被帶進那個等待會客的空盪房間裡，窗戶是全透明的，方便從外監看。麗亞和其他菲籍女收容人列隊從宿舍走來時，從那個大窗子遠遠看到我的背影，就哭起來了。

宜蘭收容所原名靖廬，專門收容大陸偷渡客。那裡的收容規定特別嚴格：只准直系血親探視。但這些外來者那裡來的直系血親在台灣呢？監獄尚可探視，一進收容所可眞是與全世界都斬斷關係了！打電話、寫信都限時限額，且要花錢。有時兩岸政治局勢一緊張，就大半年不來船，船位有限，有人一等就是二、三年。青春喚不回，空等。兩年前我到靖廬參訪，回台北後幫其中一名江西女孩打電話回家，代傳的話也不過是：「她很好，還活著，會回家。」

二〇〇七年起，靖廬改制爲移民署的收容中心，行方不明的外籍勞工、配偶被捉到都一一進駐，大爆滿。但還是延續舊制，不准個人探視。

「但逃跑外勞多半就是有勞資爭議才跑的呀，扣薪、退稅都沒處理，不准探視，他們的權益怎麼辦？」

「律師可以來會客啦。」

「都被關起來禁見了，如何委任律師？」

「那，那你們如果有委任狀可以傳眞過來，我們幫忙你找到對象，請她簽名。有了律師，就可以會面了！」

意思是，有刑案在身的人，才可以與外界接觸。單純逃跑不犯法的，一律斷訊軟禁。收容不是服刑坐牢，她們只是等待遣返，處境卻比重刑犯還不如！

秋天都過完了，我才有機會透過菲律賓在台辦事處的定期訪視，一起進入收容所。麗亞的護照早就辦好了，現在只急著籌錢，兩週才輪到一次三分鐘的電話，她只能不斷向遠方的家人求助：快匯錢來，快匯錢來，快匯錢來。所有的訊息都是封閉的，幾乎沒有管道知道自己的案件辦到什麼程度，還缺什麼。心力交瘁來自太多的不確定、猜疑、自苦。

她被捉時天氣還很熱，艾爾加送來的行李袋裡也泰半是夏衣，以爲不過是幾天的停留，不料這一待就入冬了。十一月，天氣陡寒，麗亞穿著不保暖的制服，裡面是空盪盪的短衫。收容所預設是遣返前的短期居住，所以沒有像監獄附設商店，假定所有收容人都很快會走，不需要。但事實上，這個程序沒完沒了。專勤人員人仰馬翻，收容支出節節上升，外勞苦等無法返鄉。

菲辦的集體探視時分，小房間裡湧入十七名菲籍女工。菲辦人員拿出之前到超市購買的日常用品，看著小紙條一一唱名：沐浴乳兩瓶、潤膚乳一瓶、牙膏一條、毛巾三條、燕麥兩罐、葡萄乾、誰要的護唇膏？……我看著專注點收日常用品、又細心算錢付帳的高個子女孩，忍不住問：「你在這裡住了多久啊？」

「三個月又九天，」她毫不思索地回應：「我住的那一間還有越南、印尼的，有的東西是幫她們買的。」

點收完上一次會面時登記代購的物品，大家很快排好隊輪流諮詢，多數人要重辦護照、或臨時簽證，當場就在白色牆壁前拍大頭照。有人倉皇被捉走，薪水存摺行李都在宿舍，什麼人可以幫她向雇主討回啊？有人追問我的朋友說罰款已經繳了，可以幫忙到花蓮專勤大隊查查看嗎？……驀然從人群中，跳出一張興高采烈的臉孔：「你還記得我嗎？我以前在淡水工作……」

這是瑪格利特。三年前我協助一群女工處理加班費問題，她是談判代表之一，有深而立體的輪廓、不整齊的齒列，大門牙掉了一顆也不補上，笑容因此看來頗富喜感，很容易記住的臉。

「原來你也成為TNT了！」我們久別重逢地親熱擁抱。她的門牙漏洞還是沒補上。

「淡水那個廠關掉後，我轉到一個好恐怖的沖床廠，都沒有女生，不到兩天我就跑了。」瑪格莉特還是一派開心。她的寢室裡都是菲律賓人，有人說話，日子就好過多了。

麗亞沒有這麼好運，與她同房的是四個越南女子，她們有共同的語言說不完的話，麗亞著急、煩惱、焦躁，都沒有人可以商量，連流淚都只能獨自承受。兩個月過去了，室友們少有變動，麗亞委託菲辦人員打電話給在高雄工作的妹妹凡君，但誰知道菲辦眞打了沒？誰知道凡君匯錢了沒？日子一天天拖下去，她恐懼地想，她就要在這裡終老了，一個禮拜輪到打一通三分鐘的電話，連艾爾加的聲音都聽起來這麼陌生。

她的洗髮精也用完了，但忍著沒向菲辦的人開口，她總覺得一買了新的日常用品，就像是宣告放棄，會在此到老了。跨國遷移的勞動者，最怕的就是無所事事的拖延、滯留、動彈不得。

我告訴她艾美得知她是逃跑外勞，震驚又傷心，還擔心她會對警方說出租屋的地址。

麗亞嚴肅地說：「警察第一天就問我了，說我如果供出租處就不必繳罰款一萬元，若再給他們其他TNT的線索，機票也可以免費！」

我倒抽一口氣，原來還有這樣的利誘！眞的是沉重的業績壓力逼使警員要自行吸收這個罰款嗎？這對很多沒有錢的TNT來說，是多大的誘因啊！我竟還信誓旦旦告訴艾美那個租處很安全，這個承諾多麼危險！而這樣的利誘出賣，也眞令人不寒而慄。

「我決不輕易告訴別人我是TNT，這是我保護我自己的最後底線。」麗亞看著我，像看向我身後的什麼地方：「艾美是我在台灣很重要的朋友，我眞的沒打算欺騙她。」

這兩個月的不確定與封閉，幾乎摧毀她對人性的信心。她的眼神飄移不定，有很深的悲哀：「我想我會被捉是有人檢舉我。」

這倒是頭一回聽說，被誰檢舉呢？

「我想是凡君。」她嘆了口氣：「這兩個月，我一直回想，她打電話叫我到桃園火車站接她，然後，警察就出現了，不查別人只捉我一個……我打電話請她匯錢她都不理會，我的妹妹這樣對我，眞的很難受。」

離鄉背井加上非法身份，讓很多關係都緊張了起來。凡君去年來台後，曾不經意向朋友坦露麗亞的非法身份，麗亞此後就很少與她連絡了，覺得危險。如今她細數著凡君感情不順利，在台灣賺的錢全被男友騙了，最後還是她一次又一次出錢協助凡君度過難關。

「我們不親近。但我一直想要有親密的家人，一直對凡君好，爲她做這麼多，但她竟這樣對待我！」

凡君目前在高雄的療養院工作。白天我打電話去時，她永遠在睡夢中，晚上打去時又因工作而關機。療養院輪班制是十二小時一班，一個看護工要照料十餘個病患，勞動強度很高。麗亞被捉後，凡君匆匆請假北上打包行李，與艾爾加一起到TIWA道別，她生著和麗亞神似的眉眼與臉廓，說話時有一點不經意的輕佻。此次我來收容所，正帶著她前一晚緊急匯來的錢。

我的手機上還留有凡君傳來的簡訊：「姊姊眞幸運有你們這些台灣人幫助她，我很感謝你們。」

麗亞看了又看，搖搖頭：「我很希望她眞的這麼想，但事實是她一直嫉妒我，我有好的婚姻，好的際遇，她也許看不慣吧？」

凡君也曾是逃跑外勞，再次來台使用的是買來的假護照。

「我天天都在回想那天的情景，愈想愈確定是她檢舉我！」麗亞幾乎是恨恨地說：「想到很生氣時，我會有衝動去檢舉凡君用了別人的護照！」

這兩個月的坐困危城，顯然是讓她消磨掉所有正向的意志，只餘復仇。什麼也不能做的復仇，令人發瘋。

我想起凡君提到還有一個姊姊艾維琳，也在宜蘭當看護工，怎麼不請她幫忙呢？

「媽媽不愛我，姊姊妹妹也都不愛我……」麗亞又紅了眼眶，抽抽噎噎不可自抑。收容所兩個月像是把她生命的困頓全都翻動出土：「我不知道爲什麼？艾維琳離我這麼近，但她不關心、不找我，我打電話給她也打不通，我想她是故意的……」

我看見資訊封閉、孤單無語的收容最可怖的部份：勇敢明快的麗亞，兩個月內成爲一個自憐自棄的人，猜忌使她氣恨交織，無以自拔。她對台灣政府的不滿全作用到最親近的人，一張張臉孔都在她腦中被註記打叉。她口啞目盲，憤怒繞不出去，迴身自傷。

我把凡君匯來的九千元交給麗亞，這是機票和換護照的費用，逾期滯留的罰款早在她剛被捉時，就由艾爾加緊急送到桃園警察局了。但事情似乎沒那麼簡單，艾爾加已匯了一筆錢給在士林工作的姪子，美籍雇主也匯了一筆錢請美國在台協會代轉，爸爸說艾維琳會把錢交給收容所……到底，哪一筆錢被安全地繳交到正確的單位手上了嗎？

收容人的自由要仰賴外面的奔走，偏偏又沒有管道確認進度，多頭馬車進行的結果，很可能就是重覆繳交罰款，收容中心、警察局、專勤大隊、菲辦都可以代收這筆錢，多收了會退還嗎？這筆錢多麼得之不易，是長時間的勞動所得，平白多繳了連討回的機會也沒有！麗亞被關了兩個月，千叮嚀萬囑咐的無非是催家人匯錢進來，如今現金眞的拿到手上，她反而不敢逕自交到菲辦手中了。怕被騙，怕重覆繳交而無法核退。

即便這保釋金般的九千元，象徵的是自由與鬆綁。

我偷偷將手機交給麗亞確認幾個不同管道的匯款流向，立刻就有好幾個女孩挨擠著過來央求代打電話，需求孔急的資訊查詢：錢收到了嗎？繳了嗎？我可以回家了嗎？我的筆記本上一口氣抄了十幾個電話號碼，承載著一雙雙期待的眼神。程序上，多半是向一個朋友追問匯款或籌錢，再向各地專勤大隊負責的警員確認收款、或遣返進度。回台北後我一一追蹤，匯錢的朋友若不是非法身分不便出面，就是合法身分沒能在週間請假去繳錢；而警員多半在外捉外勞，人不在專勤中心……我的任務幾乎全數落空。這樣難。時光飛逝。

艾爾加回家了，兩個孩子都被帶回農村，全家人就等她回去團圓。收下錢、打完電話，有了資源與資訊的充電加持，那個勇氣十足的麗亞似乎又回來了。她算計著：「先回菲律賓看小孩子，這是最重要的事。和家人相處完，我可以去美國，但變數太多；若有機會我還是會想回台灣，我熟悉這裡，也喜歡在這裡的生活。」

她細數在中山北路的美好時光，待產、生子、照顧小孩的那兩個月，艾爾加常來陪伴，一家人難得團聚。啊，美好的時光！

回憶燃亮了她的眼睛，她像個許願的小女孩，喃喃自語：「我很懷念中山，那裡像是我在台灣的家。」

啓程

為何我不該揮動手巾呢——
乘客多少都跟我有親。
去吧，但願你一路平安，
橋都堅固，隧道都光明。

——塔朗吉，〈火車〉

二〇〇七年底，鋸齒狀進退拉扯的故事，都像是收割般進入階段性的轉折。措手不及的發展，彷彿出乎意料但實則是意料之中。

十一月二日，台北地方法院依遺棄罪將伊達判有期徒刑八個月，減刑四個月，緩刑三年。這是台灣第一樁看護工逃走被依遺棄罪判刑的案件，既然被告從未出庭，也無從上訴，當然一審就定讞了。

令狐沖還來不及收到判決書，就有司法記者循線湧進西寧國宅的小客廳裡了。面對鎂光燈，他還是說：「我已經原諒她了。伊達人很好，不過是被人口販子引誘。要關也不該關她！」

伊達現在在哪裡呢？她會看到這則新聞嗎？這紙判決書將在她被捉到、或自首時，才會實質發生作用。

「還好，現在關不到她。」這個原告竟這樣說。

「以後伊達被捉到了，還是要服完刑才能離開台灣吧？」我看著判決書，小心地推演。

「應該不會，法官有引用檢察官說我原諒她的話，減刑四個月啦。」

「但還有四個月刑期呀。」我忍不住提醒他。

「緩刑三年，應該是不必坐牢啦。」

「她是外國人，恐怕沒能讓她緩吧？」

「短期內捉到，應該就不必關！」令狐沖說得斬釘截鐵。

「誰說的？」

「我猜想的……」

「你根本不希望伊達去坐牢對不對？」

「唉，」他無奈地說：「當時政府要罰我，我不得已只好去告她……她又不是壞人，關她沒意義啦！」

他又嘆了口氣。汀娜默默將水杯遞到他的唇邊。

從宜蘭回來，我很快接到艾維琳的電話，夜裡十一點。

她說話客氣，幾度拼錯我的名字，原來是菲律賓的母親淚眼汪汪留下我的電話，要她去查清楚，怎麼麗亞都回不了家呢？人還好嗎？

「護照辦好了，錢也拿到了，我想她很快就可以回去了。」我口是心非地安撫她。

「媽媽擔心死了，天天哭，天天打電話來催。連絡不到她，全家人都很急。」

我眞希望麗亞能親耳聽見這個話。我忘不了她無以自抑的眼淚，絕望的怨懟。世界並沒有遺棄她。

「麗亞打電話給你了，但手機不通。」我謹愼地說。

「我的老闆不准我用手機。我照顧阿嬤，也要養雞、煮飯給很多人吃，沒有休假，只有晚上睡覺的時候才能夠打電話。」艾維琳一疊聲說，簡直是滿腹委屈：「我一直很擔心她，託很多朋友白天幫我打電話問勞委會、菲辦、收容所……眞的，我一直想盡辦法！」

我相信。這是銅牆鐵壁，語言不通的外國人在牆外急死了也沒用。

這一家人離散各地，像浮萍飄流，但有事的時候，千絲萬縷還是連結成網。也許麗亞意外受困於此，竟好似開啓一扇始料未及的門，蜿蜒通向她曾經一心逃離的家庭關係。

我們與桃園縣移民署專勤大隊連絡：「都兩個月多了，證件和罰款都沒問題，什麼時候可以遣返呢？」

「不一定啦。我一個人手上就有三、四十個案子，每個人都要快，我有什麼辦法？又不是只辦她一個人的。到現在，八月份捉到的都還沒送走咧！」

二〇〇七年走到盡頭，勞委會、移民署、警政署年初宣誓要捉拿一萬名逃跑外勞的績效，遠超過預期。所有的收容中心都客滿，官方得意地宣布治安成績單，滯留不得返鄉的人噤聲不得言語。

清晨將醒未醒的寤寐中，我接到麗亞的電話。

「啊！你要離開了！」我放聲叫了起來。距離我去探視，又過了一個月！

在中正機場，麗亞的右手與另一名外勞被警用手銬牽制住，只能以左手撥鍵、接聽，她的聲音又是高亢又是疲憊：「我要回家了！」

●

這個冬天特別寒，冷鋒時襲，陰雨不絕。

春節過後，天氣稍稍回暖，令狐沖邀我們一起參加脊椎傷友的聚會。席開數十桌，輪椅與電動車自在穿梭，很多外勞熟練地交錯使用兩副碗筷，陪同用餐。

令狐沖在傷友間資歷深，朋友多，也愛熱鬧，他買了半打啤酒掛在車把上，一桌桌敬酒。他只要一個眼神，汀娜就會先倒滿啤酒，將酒杯舉至他的胸前，先舉杯前傾向對方示意，再斜靠令狐沖的唇邊，助他一仰而盡。這連串動作力道與速度都拿捏得宜，雙方配合得渾然順暢。

汀娜感冒剛癒，但心情很好，她穿著粉紅色白毛邊的短大衣，俏皮可愛，不時和鄰桌的印勞打招呼，又主動掏出皮夾裡四歲女兒的相片給我看，這是她在有限的語言下最大的親近表達。

「她好美啊！」我誠心讚美。

這個穿公主裝的漂亮女孩，是汀娜離婚後在海外工作最大的支撐。她用中文得意地說：「她今年上幼稚園了！很聰明。」

她與令狐沖相處將近一年，看來漸趨穩定。令狐沖喜歡輕鬆自在的互動，汀娜則拘謹安靜，兩個人各有各的傷痛，無以互相安慰，但至少能在生活上扶持前進。

可令狐沖要的不只是這樣。

「連按摩的時候，這麼接近，她都不講話，我問她什麼，她就嗯嗯嗯這樣，一個銅板敲不響。再在一起眞的太痛苦了。」他像個被遺棄的孩子，聽來簡直像在爭寵：「可是她回房間和朋友講電話就很high，有時到半夜還在講。」

眞淒涼。他愈意識到汀娜沒把他當朋友，愈不敢斥責她，有什麼不滿都往心裡悶：「阿草伊達米尼塔，都被我罵過啊，只有她……我只能怪自己修養不夠，功力不夠。」

有時候他情緒低落，盪到谷底，疼痛如影隨形，須臾不能或忘。唯有誦經。

「這輩子，把自己的罪孽還清了就好。」令狐沖的電動車以步行的速度前進，他戴著棒球帽，臉上卻奄奄然沒什麼神采。若不是汀娜想採買一些日常用品，他今天原本是不願出門的。

「什麼罪孽？」

「我一定是上輩子做了很多壞事，這輩子才會大半個人生都癱在床上、動彈不得吧。要還債就不能造業，我看這一生儘快還清了，早點走了好超生。」

「怎麼還？」我們緩緩停了腳，等汀娜挑牛仔褲。

「把自己身上不好的習性慢慢改掉，修行就是這樣啊。我現在也很少去道場了，每天會上網看看道理，讓自己心情平靜下來，不再澎湃。要學習放下啦，不要去爭，看淡名利，很多事就這樣子就好了。」

「這樣就真平靜了嗎？」

「我也會去做做公益啊，到法會或關心孩童的活動去當志工，其他就不要再管了。我這輩子能學到這樣，覺得很夠了。可以了。」他唸經般背誦幾個重要信條：「知足、感恩、善解、尊重、包容。要修啊。」

「很不容易欸。」

「是不容易。」他平靜地說：「我只想趕快修完，等上天把我帶走，不要再受苦了。」

「總也有還值得留戀的事吧？」

他想想，俏皮起來：「我只要偶而外出時，過紅綠燈有路人主動來幫忙，就覺得人生很好了。」

「還有呢？」

「不要計較這麼多，就好了。」他總算笑了：「上個禮拜阿草才打電話跟我說，要我別這麼苦了，身體一個苦，心裡不要再有一個苦。太多了。」

●

回菲律賓後一週，麗亞總算有空到網咖寫信給我，一切都好，準備到美國的文件，似乎不是那麼容易，但回到家鄉，一切的困難都不是那麼難。

她與母親握手言和，睡同一個床鋪，徹夜聊天，這似乎是她自小未有的新體驗，又哭又笑。艾爾加回農村，身心都得到安置，而舉棋不定的煩惱也一如過往，時起時伏。他的羊與豬都大了，但市場價錢不好，收入更拮据，他不死心又養了一大窩幼雞，忙碌的農作與不確定的收成，眼前似是生機勃勃，但看不到未來。他們的兒子安德瑞會走路、說話了，這個在台灣出生、襁褓中就飄洋過海、在非法合法的夾縫中穿越邊境的小男生，有圓亮的眼睛，健康的身體。他在農村成長，也許會和他父親一樣愛動物吧？

這個冬天特別長，台灣與菲律賓同樣陷入不正常的低溫。驚蟄過後，還是冷。

夜裡十一點以後，我偶而還是會接到艾維琳的電話，她有時問一些相關法律問題，有時轉介倒垃圾時接觸到境況悽慘的個案。凡君則又一次逃走了，沒有人知道她在台灣的哪個角落，我一直沒刪掉她的留言，不知道那支手機號碼會不會哪一天又可以接通？

麗亞回菲律賓三個多月了，一直在失業中。她在開往馬尼拉的公車上和我高聲說著電話，批評菲律賓的經濟沒有起色，生活沒有希望，又叨叨絮絮說著家人的種種近況。她和女兒、媽媽同住，以方便隨時入城辦證件。每隔一週，她會搭六個鐘頭的車程下鄉陪伴艾爾加和兒子。艾維琳終於決定提早解約離開台灣了，她不敢逃，只能認賠殺出。凡君還是音訊全無，她好嗎？

我想起以前麗亞常提及她的夢，有時夢見掉牙齒，原來是遠在家鄉的孩子發燒了；有時夢見失火，也許是家有喜事。一回，她說夢見自己死在天堂裡，醒來卻在人世中。她說：「你要相信你的夢，這些夢都在主動告訴你一些訊息。」

我問她還作夢嗎？她說不需要靠作夢來得知家人訊息了，每天每夜她都會知道他們的狀況，天堂不遠，只是貧窮。

她再度夢想到遠方。不得稍歇的流動，每一步都是冒險；橫向移動，看似從邊陲進入核心，但縱向計量，底層的位置從不曾改變。

麗亞即將啓程前往美國。仲介費很貴，總計將近四十萬菲幣，美籍雇主已經把錢匯過去了，麗亞居然一口氣就拿到十年的美國簽證。印弟安那州的牧場與農地讓人期待，長時間的居留簽證更令她信心大增，計畫工作兩年後一家人都能遷移團聚，雖然這樣的好運很少如願。這個夢想像個追逐尾巴的焦躁小狗，人們爲了脫離貧窮，爭先恐後遷移到製造貧窮的核心國家，無望的輪迴。但追逐已然啓動，如今，她只能往前，等文件處理妥當，就可以起飛了。

「可別又是四月一日愚人節呀。」算算日期，我啞然失笑。

「那也不錯。若沒有一點傻，也不太敢到處移動的。」麗亞在顛簸的公車上，費力大聲說：「這也許是我的幸運日。」

從話筒的另一端，我聽見風呼呼灌進車窗口、麗亞匆促拉鈴下車、倉皇告別的奔走。新的旅程，拉長並擴大的經緯度，預告著忍耐與期待的距離。不平等的競賽，不見得明天比今天好。

我掛上電話，稍一側身就看見窗外高大的楓香。冬日已盡，老樹上抽長著初生的青芽，無懼風寒。安全島上成列的樟樹枝頭，淡淡的綠意與粉色，芳香隱隱，有初生的鮮意與生機。呼嘯而過的車水馬龍泰半不察，煙塵紛漫，唯居住行走其間的人才知道，花開了。

後記・附錄

Get the Feel of a
Real Immigrant
Spend the night filled with tales of success.
Talk with those who have been granted visas.
And Find out how you can have the same destiny.
Celebrate with us during our Ambassador's Night party,
And share dreams that are meant to come true.
Brokers, Inc.
國產汽車產業
外勞廉價本勞失業
CHEAPER MIGRANT WORKERS MORE LOCALS JOBLESS
工人立法行动委員会 (CALL) · 天主教希望职工中心 (HOPE)

後記

這是幾名菲律賓移工在台灣的故事。獨特、無以複製、不容簡化歸類，我們有幸貼近陪同，唯老老實實記錄下來。

故事的主角都知道我要書寫她／他的故事，也知道這項寫作計畫獲得「台北文學年金」的挹注，可以幫TIWA賺一點房租水電經費。二〇〇七年初，我分別與部份主角認眞進行了數次訪談，全程錄音。但很快地，我就發現這幾乎沒有必要，我們在這個、那個行動中持續會面及交談；我們在這個、那個波折中保持連絡與討論，書寫因此永遠處於現在進行式，一個不斷參與的過程。我也因此鍛練出一種零碎記錄、耐心編織的書寫能耐，不敢奢想事後的沉澱與篩揀，隨時可以接完申訴電話再搶半小時刪修改錯，或是熬夜寫到一半，沾枕即眠。過程中，陸續有人中途遣返、轉往他鄉，敘事中斷無以爲繼，終究是諸多散篇不成章。最後，如你所見，故事主軸不可避免地集中到幾個因婚姻、或逃跑得以長居台灣的人，見證了他們在異地的力量與勇氣。至於遷移中掉落、受創、來不及搶救的，只能在這一次的記錄中留下幾筆速寫。

這裡，所有的故事都是眞實的，除了部份地點與人名作了一點僞裝，以保護當事人不致於在現實生活中被輕易辨識出來（是的，有的人的身份是非法的，而有的雇主我不曾直接接觸），但大抵上都不妨礙這些人與事的眞實性。現實人生是這樣生動、精彩、出人意表，我簡直不願以小說、虛構的方式減低「報導」的可靠性。文中有關個別生命史的回顧，幾乎全部來自主角的自述，我沒有其他座標對照，也無以辨識眞僞，就是千絲萬縷接起來，且聚焦在他與她來台後的勞動歷程，對於具體的工作流程、勞資互動，不厭其詳地細筆描述，保留民族誌式的田野記錄。而佔文章最大篇幅的敘事、觀察、與互動，則泰半來自我們的工作與生活，日日夜夜。

移民／移工的研究不少，但我多不忍這些生命故事在論文中只剩下編號A310或C409的去脈絡隻字片語，因此更想扎實留下完整的人的樣貌。若說是田野，我們早已在這個田野裡生存、搏鬥、協同前進多年，所有的故事都可以拉長了看，有具體的發展與過程，極少來自訪談資料。由於我作爲一名全職的組織工作者，這些記錄也不免會出現敘述者的觀點、立場、及實質介入，這不但不可迴避，反而更是我書寫的主體：從本地社運工作者的角色出發，我、以及我們如何在一個菲勞聚集的場域，主動涉入、積極協力、貼身作戰、並相互影響；而TIWA組織移民／移工的在地實踐，也會或明或隱地出現在行文中。

立場清楚了，再來就是取捨的問題了。終究，這不是一本運動筆記（雖則寫作過程中，我幾度刪增修補、難以定調啊）。我盡可能減省結構分析、利害盤算、論述策略等僵硬的字眼，也大刀剪去幾場與故事同步進行的集體抗爭，不貪心地專注於人物的側寫、與日常生活的如實發展——事實上，所有投身運動的初衷與對抗的動力，無一不是來自眞實的血肉人生。因爲知情，所以不放棄。

選擇以個別的生命爲敘述的主體，選擇紀實而不虛構。若有遺憾，很大的遺憾，是囿於語言限制，除了許晉溢、令狐沖有機會全文閱讀，並細心指認部份錯誤外，其他主角只能感謝他們的全然信任，慷慨分享。

台灣島內移動的故事，我們一點也不陌生：從南部農村移動到北部都會討生活的少女，從原住民部落移動到捷運工地的青年，當資本向最大利潤處流動，勞動者也只能卑微地遷移求生。貧窮的故事，我們也同樣不陌生，投身台灣工人運動多年，我看見從鷹架上掉落而半身癱瘓的營造工人，沒有勞保也打不起求償官司；我看見中年失業且退休金全盤泡湯的廠工，幾度走在全家燒炭自殺的邊緣；我看見罹患職業性癌症的女工，化療的痛苦也比不上不被國家認定職災的憤怒；我看見來自礦工家庭的女人，從公娼做到私娼，飽受警察追趕與社會歧視之苦……這些，都是勞動階層的共通際遇。

在全球化的資本主義經濟體系下，個別的男與女被迫從外債高舉的國家，遷移到相對發展快速的異鄉討生活。他們飄洋過海來到台灣生產、勞動、與貢獻，承受種族、階級、性別的社會偏見與政策壓迫，付出生命離散的慘酷代價，也淬練過人的膽識與能量。移民、移工豐富而完整的自傳故事，我不敢越俎代庖，期待未來有更多當事人的表述（TIWA也正努力以攝影、寫作、肢體、歌唱等移工工作坊，協同創造自主發聲的客觀條件），但順著週日聚集到中山北路的移工身影，我們也許可以一步步追溯勞動與移動的印記，對台灣的撞擊與反思。

在台灣，近四十萬名移工囿於法規限制，無法自組工會、且被迫每三年流動一次，這是政策性瓦解了工人組織化的可能。但多年來，TIWA還是陸續協助成立了數個移工自主性團體，如菲律賓的KaSaPi、印尼的IPIT，他們利用僅有的休假日奮力掙出一點學習成長的條件，自主規劃行動、編輯母語刊物、安排勞教課程，創造發聲的管道。我們且串連了全台移工團體成立「台灣移工聯盟」，推動「家事服務法」，每兩年舉行一次移工大遊行，邀請本地人共同聲援。

組織工作，無非就是把個別的困境，再往前推一步，以集體的力量對現實社會進行改變。緩慢，但非做不可。

說到底，這本書就是根基於台灣工運的漫漫長河。二十年來持續接力的組織工作者、與前撲後繼的國際移工，累積了結集與記錄的活水源頭，我僅能掬取流經眼前的一點水流，映照現實的倒影，不願意、不甘心被主流歷史遺忘於無言大漠。「移動與勞動」的概念，來自TIWA、日日春協會、國際家庭互助協會的長期協作與討論。此時此刻，我以接近現場實況轉播的場邊記錄，留下近年間在台移工的部份歷史切片，而TIWA的工作者陳素香、吳靜如、曾涵生、龔尤倩、鄭素粉、楊大華及許多朋友都共同參與了這個組織與戰鬥的行動，不過由我代筆寫下。

相較於馬不停蹄的組織、勞教、抗爭等繁瑣工作，運動中的記錄、書寫、論述、研究、文化展演等工作，雖兼有組織教育功能，終究是較具「收割」性質的。個別或共同執行者得以被輕易指認成果，但更多更多連絡建檔討論找錢剪報整理打字協調庇護等維持性工作，唯有集眾人之力，相互補位，匍匐前行。出版亦然，這本書有賴許多人協助促成，我無以一一唱名（若像電影放映結束後，可以一排排列出成串名單，讓所有在「生產」過程中花了力氣的人，都可以一併出現，可有多好啊），唯衷心感謝。

本書的封面來自曹麗華的繪畫。原籍緬甸的麗華成年後依親移居台灣，她的身材壯碩結實，愛穿紅亮衣裳，八年前丈夫因工傷過世後，她帶著彼時才國小三年級的女兒秋綿加入工傷協會，並爭取到社會局一年一聘「以工代賑」的塔城街公園掃地差事。麗華的口音重，一聽就知道是外來移民，她勤奮明朗、熱心熱情，義務幫公園裡的水泥牆面、遊樂設施都繪上熱鬧繽紛的油彩；搬家時，常在公園涼亭裡棲身過夜的流浪漢都來幫忙她扛重物。

工傷協會是我參與台灣工運十八年中，極其深刻厚重的歷練與情感所繫，以麗華的繪畫與榮隆的攝影作爲這本書的封面，令我十分快樂。麗華筆下的塔城街公園，情侶、小孩、老人、外傭、流浪漢與花草鳥蟲共處，色彩美麗如千里外的緬甸原鄉，正是我想訴說而沒能說分明的我們的故事。

僅以此書，獻給那些有口難言卻勇氣非凡的遷移勞動者。

【附錄】

仍然相信幸福是可能的・我們

唐諾

迄今爲止我在自己相當多的作品中一直試圖證明，詩人能寫別人給他指定的題材，寫某個社會集體所需要的內容。幾乎所有的古代傑作都是按照明確要求寫成的，農事詩是爲古羅馬農村的耕作做宣傳。詩人可以爲某大學或某工會、爲某行會和某機構寫作，絕不會因此而失去自由。神奇的靈感和詩人與神的交流都是離不開人功利的發明。在創作的關鍵時刻因受外界的影響和閱讀的壓力，作品可能部分的融進了不屬於自己的東西。

——聶魯達，《自傳》

那個時代的被拍者需要有個支撐點，以便在長時間曝光的過程中保持固定不動。……早期的人相，有一道「靈光」環繞他們，如一種靈媒物，潛入他們的眼神中，使他們有充實和安定感。……悉爾的作品如同美柔汀版一般，光線慢慢從黑影中掙扎而出，歐立克曾提到，因長時間曝光的結果「光的聚合形成早期照片的偉大氣勢」。

而攝影發明初期同時代的德拉霍許早已注意到這「前所未有」的印像過程，「如此纖巧，絕不會傷害色塊的寧靜」。具有靈光現象的攝影印像技術也是如此。尤其有些團體照留下了同聚一堂的幸福感，這種感覺僅在底片上短暫顯現了片刻，旋又在「原版照片」中消失。

——本雅明，《攝影小史》

這裡，我們特別引用了本雅明和聶魯達的各一番話，是學顧玉玲本書的書寫體例——《我們——移動與勞動的生命記事》的每一篇章前，顧玉玲都極認眞的抄下她記住的幾行好詩或者幾句好話，我想像著她那時刻的樣子，並且如波赫士所說的：「我也會想要聽到他們的聲音。有的時候我還會訓練自己模仿他們的聲音，爲的就是希望自己能夠有跟他們一樣的思考方式。他們總是與我同在。」

希望顧玉玲也喜歡這兩段話。

實在很難相信這才是顧玉玲正正式式所寫的第一本書吧，尤其說的又是來自異國（幾個台灣幾乎毫無興趣知道的異國）、和我們活於兩個平行不交集世界的勞動人們。稍有書寫實戰經驗的人都會曉得，這樣特殊的故事是很容易寫但其實非常非常不容易寫得好的，因爲書寫路上滿佈著各式善意惡意的陷阱，善意的尤其沉重尤其難以抵抗；書寫者必要的耿耿一念清明幾乎每一刻、每一處轉折都會被侵襲被誘引，也因此書寫者的技藝還得包含著英勇的成分（英勇是波赫士愈到老年愈強調的書寫之辭），才能把故事好好講完。我們當然可以就說顧玉玲是天生的說故事者，是這麼多年來文學界很可惜（或很失職）沒能把她給搶過來的稀罕人才，這相當程度是事實，但我以為事情不止如此。

我甯可從另一面看，我甯可這麼說，最起碼就《我們》此書而言（也當然不止），沒有誰比顧玉玲更是老手，沒有哪個書寫者眞的比她準備得更久蓄積得更厚，這裡並沒僥倖——顧玉玲是我們所稱學運世代的人，這個既是自發又奇怪和彼時最高權力者現實目標一致、政治完全正確的舒適運動，很快分歧為二路，相較於被社會高估也不免自我陶醉的政治捷徑之路，顧玉玲選了人跡稀少、被低估的另外那一條。她大學一出來即全身投入工運，並輾轉於一個一個具體關懷的弱勢者社會工程現場（他們人不多，得時時彼此支援身兼數種工作身分），如此整整十八年只多不少。多年之後我個人有幸知道一點她的工作內容，我們社會印象中那種大家一字排開來、到街頭到某政府單位前大聲講話的所謂抗爭行動其實只是必要但很小一部分，相形之下像是嘉年華了；這是日復一日的，而且幾乎是循環般重來，永遠反覆不停穿梭於同樣敵意不仁大環境大結構和同樣一個又一個悲傷個人之間的磨人細瑣工作。相信我，你會願意捐錢的，只要不是跟著工作三天一星期，你甚至不會眞的想聽其內容，光是知道，很可能都讓我們「正常」的每天生活變得很尷尬很難受不再天經地義了。

葛林在他《一個燒毀的痲瘋病例》小說前言中，說小說家幾乎一輩子都「很難免於長期一事無成的失望」之感。我們說，這樣杵著超過十八年沒走的顧玉玲，就書寫者的特質而言，我們於是看到了一些稀有的且不斷流失之中、我以爲是很珍貴的東西，至少是得同樣要寫了大半輩子知道怎麼和失望相處、仍沒離開的老書寫者才可望有的東西。這一心智上的特質我們可從各個面向去描述它理解它，這裡我們只強調它核心的一點，那就是書寫者自我的縮小，人把自己的得失、不被了解乃至於哀傷排到很後面去，因爲你知道了偌大世界永遠有更急切的事，永遠有更悲傷的人，世界不會也沒必要因爲你而轉動，你甚至因此不願再多說自己。

自我變小，空間就出來了，容受得下更多人更多故事以及更複雜更周到的思維。如果要爲《我們》這本書找一個關鍵性的書寫之辭，我個人會說是「節制」，顧玉玲沉著的、低溫的、耐心的說著這些人這些事。從故事的量來說，她必然是節制的，因爲她直接看到的、經手的實在太多了，一本書的負載量有限，她要做的只是取捨和裁剪，而不是創造和放大；從故事的質來說，這些人這些事的眞實牽動力量，也無須人虛張聲勢，無須過度書寫，事實上我們也看不到什麼問號驚歎號或相類似的大驚小怪東西（十八年以上的每天工作還大驚小怪什麼？），也就是說，文學的種種輔助性詭計在這裡（或至少在此階段）沒必要也沒什麼用，眞實的東西有一種難以人工仿製的質感和力量，眞實的東西問題常在於純度不足如礦石般需要取用者提煉（所以波赫士說所謂的想像和創造不過是如此深入同情的某個誇大說法而已，但這自詡的誇大誤導著很多書寫者），當眞實的東西難得的夠純粹夠強大如撲面而來時，就像顧玉玲這本書這樣，她眞正需要的其實便只是專注，而這種總是先得忘掉自己的專注是她一直有的，已沉澱成某種人格特質。我們說，文學書寫其實並沒有另一道迥異於、平行於我們活著的世界、狗和正常人不准進入的故事之路，顧玉玲想弄清楚這些人這些事的由來和去處，乃至於何以至此以及是否有其他的選擇和可能，這就自自然然是故事了，她自身沉浸於其中的情感變化、起伏、停駐（想看清楚想清楚某事某物）、奔走（急於知道或促成某個結果），便構成著故事準確的節奏、呼吸和層次；文學不是其他，她甚至按著她的工作優先緩急順序化爲文字即可——我們這麼說並不是低估顧玉玲的書寫難度，事實毋甯是，顧玉玲在她寫《我們》這本書前，已經把書寫最困難的工作都做完了。

但這裡頭有一個更重要的節制，那就是節制自己的悲傷及其他——這則不只是顧玉玲一個人這麼想這麼做而已，就我個人所知，這是「我們」、也就是台灣這些最弱勢的族群及其工作者一路進展到此階段的深刻共同認知，由此凝結出的一個現實工作策略，但說是「策略」眞是讓人百感交集不是嗎？用最簡單最白的話來說是，「我們」沒要社會給我們什麼特殊的對待，沒要額外的優遇和補助，不要總是被看成是啼哭的、乞援的、鬧事的、「又來了」那樣的一群人，「我們」只是想跟這個社會所有人一樣，正常的生活，正常的工作並拿到正常該得的，乃至於正常的隱沒於職場裡生活中和市街上云云。那些所謂特殊的、已經夠好了的對待當然都不是眞的，但卻是一整個普遍的、而且很難一一更正的社會集體幻象，這個幻象一天還擋在前頭，所有必要的對話便難以展開。於是，相當荒謬的，因爲社會的不正常，「我們」先得假裝自己是正常的；爲了要說出事實眞相，「我們」先得掩藏好絕大部分的眞相不說。沒有太多的悲傷和憤怒不平，壓低嗓子好好講話，我們甚至是快樂的、興高采烈的、不要在第一時間就嚇跑他們——是的，這個社會是正常的，只是有些人比其他人更正常而已。

我忍不住說出了沉重的話，會不會破壞了顧玉玲的書寫策略呢？我唸大學民族系的女兒謝海盟很知道顧玉玲，她每回在電視新聞裡看到顧玉玲牽著女兒小樹走在抗議人群中，或偶爾看到顧玉玲出現在某談話節目談外勞談移工談人權，總點點頭祭出她的顧玉玲專用八字眞言：「嗯，長相甜美，聲音溫柔——」，她太清楚顧玉玲眞正的實力和能耐了，因此好整以暇的倒過頭來爲旁邊某個白目的、挑釁的、以爲可欺的談話者擔心。

我喜歡顧玉玲這樣的世故，這種眞的、知道人間事孰重孰輕的世故很自然有一個很溫柔的面貌，在其間，人的信念持續經歷著超過十八年每天各式各樣的殘酷攻擊，不會再是那種「鋼鐵是怎麼煉成」的亮晶晶模樣，它會比較像是皮革，滿佈刮痕甚至千瘡百孔，但堅韌有色澤有質感。如此，我們似乎就更明白了，何以比方說《我們》書中的第一個故事密莉安和阿溢居然始終保持著某種童話的幸福甜味，何以顧玉玲每個篇章前要釘鐵釘般引述那幾行詩幾句話，相對於她流水般進行的故事這其實有點生硬也有點稚氣，但怎麼說呢？能撐住信念不墜不毀的好的人好的事總是不夠，需要搜集張羅需要挪借，所謂集義以養氣，意思是把那些細碎的、散落的有用有氣力東西盡可能揀拾起來，甚至來自亨利．米勒這樣的人也無妨，好讓「我們」的陣容更壯盛，讓自己不沮喪不逃走，可以抵抗那種長期一事無成的失望。

其中最讓我嚇一跳的是這段：「他們無法回頭走，因爲他們一路上走的是自己開的路，並且在走過之後，似乎在原地馬上又長出新的植物來，把路封住。『沒有關係，』老邦迪亞說：『重要的是不要失去方向。』」嚇一跳的原因是因爲它引自那本我們熟讀的書《一百年的孤寂》（但翻譯較平庸的版本），說誇張點，我和朱天心兩人合起來差不多可以把整部小說給背出來，但儘管我們仍一眼認得出來也知道是哪一段，卻不記得有如此振奮人心的兩句話，尤其是由「那個瘋得可以」（朱天心說）的老約瑟．阿加底奧．布恩迪亞說出來的。

事情原來是這樣子的，馬康多建造完成之後，老約瑟又一次異想天開，他說服村人跟他朝北方走，好找尋跟外頭文明接觸的通道。顧玉玲引述的是老約瑟英勇猶存的前半截，接下來的是，他們遵守羅盤的指示向看不見的北方繼續走，某一個沒有星星但空氣清純的晚上，他們掛起吊床頭一次睡了個好覺，醒來時發現眼前是一艘西班牙大帆船，就圍在羊齒和棕櫚樹之間，這陸上之舟意味著離海不遠了，四天後，老約瑟面對灰濛濛起泡的大海，像一個難以超越的障礙橫在他眼前，夢想破滅了。這兒不值得冒險犧牲走一趟啊，他大叫：「天殺的，馬康多四面八方都被水包圍了。」

再然後呢？再然後是幾個月後老約瑟鼓起餘勇想再次冒險遠征，但馬康多人不跟隨了。他的妻子歐蘇拉等他開始拆門板時才阻止他。朱天心〈想我眷村的兄弟們〉那句富爭議的話便語出此時此刻的老約瑟口中，「我們沒有親人死亡，一個地方有親人埋骨，才算是家鄉。」他並且向歐蘇拉提出美妙的保證，會找到一個奇妙的世界，人只要在地上滴一點魔水，植物就會照人的意思長出果實，而且有各種抗拒痛苦的用具廉價出售，但堅毅如大地的歐蘇拉不為所動，「你不該再跑來跑去，空想些瘋狂的主意，該為兒子們操心啦，看看他們，野得像驢子。」

引言，乃至於書寫，就像記憶一般，我們有權中止它，要它停在我們想望的那一刻，但我們其實不會不曉得，生命的時間繼續在走，不舍晝夜。

他者之書

說起來，不約而同以「我們」命名的書，這是近年來的第二本了，稍前有和顧玉玲同年所生但際遇、心志大有不同的駱以軍的小說，由他《壹週刊》週記般的專欄文字編纂而成——奇怪，取名「我們」是不是會讓書寫得比較好？

但這兩個「我們」卻有逆向而行的味道。駱以軍的我們真的是我們，一家四口加不定期飛出的親人友朋，這裡我們和外頭世界他者的界線原不存在，或至少不容易辨識，書寫者想出它並寫出它來，分離以讓隱藏的故事顯露被聽見，以獨特來抵抗泯滅的、公約數化的普遍性，沿續著這些年來自我書寫的文學主流調子，差別只在於一個我和四個我而已（如果妻和兩個稚子不做任何權利主張的話）；顧玉玲的我們則其實是他們，界線早由社會涇渭分明的劃定開來，密不透風到讓人正常的思維和情感撞牆般無法滲入，因此，這種獨特性沒有凸顯和發現，毋甯是方便於隔離以及遺忘；也就是說，難以忍受的不再是現代書寫所焦慮的不被辨識、普遍化云云，而是這種記號也似、攜帶性牢籠也似的獨特性，你奢望的反而是能隱沒於人群之中，讓普遍性像一大團膨鬆柔軟的雲霧般蓋住你，你才能休息才能自由。

稍前，顧玉玲曾以〈逃〉一文拿下《中國時報》報導文學獎第一名，這個逃走、躲進芸芸人海的主題仍是《我們》這本書的重要成分（意思同時也是，幾年來台灣這上頭動也不動的絲毫不見進步）。書中我見過而且讀過她文章的喬伊，此時此刻仍是逃走的、非法身分的外勞（但顧玉玲告訴我她已準備「自首」，回菲律賓農村當老闆娘，衷心祝福她一切順利）——逃走，當然有損失有風險，除了屈辱性的通緝身分和龐大仲介費的一夕化爲烏有，你還要躲警察，過一種時時被追躡被告發的朝不保夕生活。尤其人種的微差，或正確的說，人適應不同生活環境演化的外表微差，她們較嬌小的個子、較深的臉部輪廓、較暗色的皮膚，並不容易像把一片樹葉藏入樹林子般融入不見。但關鍵是，她們可以辭職了，辭職，意思是可以換工作了（該不該加自由兩字呢？），可以和雇主談判（儘管距離平等仍遙不可及），實質上也能得到較合理的所得云云；而辭職更深刻也可能更迫切的意思是，你由此可望掙脫開那個封閉性乃至於陷於絕望的獨特性身分，把自己的一大部分復原成正常的人，說來可笑，你沒有任何法律的保障時，你才可能爭回你應有而且任誰都有的一部分人身權利，這是什麼樣的法律啊？而且，比起我們熟知的這些或者會同情、或者會摸魚、或者會收錢共生的警察大人們，這個結合著法律、人的意識形態偏見，乃至於整個社會結構云云所造成的獨特性羅網，卻是綿密的、非人的而且每天廿四小時不下班不怠工的。

我們所說的陷於絕望並非誇大之詞，正正好而已。書中，顧玉玲九牛一毛的告訴我們三個名字，被性侵一整年還因此被誣指偷一千元的尤莉，被當奴隸使用整整兩年的約瑟琳，白天還要違約到雇主鐵工廠工作以至於右手被機器捲進去的陶氏瓊。顧玉玲只寫下一句話的感言，但我此刻一字一字抄寫卻不免背脊發冷：「……我多麼希望她們能及早逃走！」

要多講一句的是，這個獨特性的籠牢，不是命名的問題，沒那麼悠哉沒那麼學術沒那麼海德格，它完全是實質的、當下的，由性命攸關的遍在細節所構成。

書名《我們》，我想，這是顧玉玲加入他們的宣告（事實上她已加入久矣）。在書末的〈後記〉中，「我們」原來的釋義是TIWA的台籍組織者工作者，包括了陳素香、吳靜如、龔尤倩、曾涵生等（怎麼可敬的都是女性？還好有個男的曾涵生給我們一點面子），藉由這些台灣的我們加入，破壞掉那些看似客觀存在但其實無一不是意識形態產物的獨特性分類建構條件，包括長相、國族來歷、職業階級等等。法律當然可以也暫時不會承認這樣的加入（但對於這些自願做為「人質」的台灣女性總多少會心存顧忌，尤其是大難來時），社會層面卻有可能聽得懂，至少可以希冀每多說一次都可能有為數不等的人聽懂，或至少心生猶豫不那麼理所當然。

我甚願意進一步猜想，命名「我們」同時也是一個邀請，開放的邀請我們這些讀到這本書的人也加入，不見得要捐錢或從此改變人生到 TIWA 工作，而是，怎麼說好呢？通過某種自省泯除界線，那些社會在我們習焉不察下偷偷畫下的界線。人數是有意義的，數量帶來複雜性，複雜才讓那種直線的、一刀切開的分割難以得逞——我認識的顧玉玲是，她並不以道德神聖性逼迫人，她甚至會勸阻忽然 High 起來心生衝動的人；顧玉玲有極不相襯於她年紀和外貌的世故，太曉得人的善念相對來說易生但難能久禁折磨，人的善念可以非常眞摯但通常不會純淨，利他的聲音裡總也夾雜著自我的忖度自我的盤算及種種僥倖。你太試煉它太要求它，它就消亡了或索性轉頭而去，那樣的世界景觀會是很荒涼很虛無的，如同《聖經》那些森嚴的曠野先知只能住沙漠裡，或不管人在哪裡眼前都是惡人都是荒漠一片。所以，顧玉玲把這段引言像雁群的領路者般置放所有引言乃至於全書之首，有言志之意：「我們是鏡。我們在這裡是爲了彼此注視並爲對方呈現，你可以看到我們，你可以看到自己，他者在我們的視線中觀看。」

《我們》是他者之書，但顧玉玲也說了自己的故事，很簡單很節制的，主要是她外省籍軍職抵台的父親，和她帶著前次婚姻兄姊而來的母親，這些你生下來睜開眼就毫無疑意存在那裡如日昇月落的熟悉的人，在書寫時間中陌生起來了，變得不可捉摸，先你一步融進了人群之中，成爲可改變可替換如潮水如命運。本雅明描繪過這樣圍擁著一叢篝火也似形成的小社會模樣，你要聽見別人的故事，得先說出自己的故事，你要聽懂別人的故事，得先再一次回憶自己的故事。時間的來歷帶著我們離開了當下，以及那些其實只在當下才成立的限制和逼迫（人種、國族、階級云云），事實上要是沒不當的阻斷它，有點像科學家循基因之路上溯到東非的全人類夏娃一般，你很快（一定比想像的快很多）會發現時間大河輕易的漫淹過這一個一個當下來看無可逾越的人爲高牆，直抵一種生命核心也似的平等，非常柔軟非常寬廣的平等。本雅明進一步用這樣的意象來表達它，「它像是一座梯子，梯腳伸入深淵，梯頂則消失雲間。對於集體經驗來說，連個人經驗中最狂暴的衝擊也不代表矛盾和障礙。」

用我們土氣的話來說，如此由一個一個故事所構成而且不斷擴展開來的集體經驗，並不是那種聲名狼藉的、統計學只取其交集部分甚至予以數位化的所謂普遍性，它是增加的而不是削去的，本雅明所說的不代表矛盾和障礙，意味著沒有一個故事是異質的、不化的、該被逐出或修剪的，個體的眞正獨特性不會消失在這樣的故事之海的集體經驗之中，因爲儘管故事的基本模式如李維．史陀和波赫士都發現的其實數量有限，但終究沒有一模一樣的故事，也沒有人期待一模一樣的故事，它是一個一個變奏，讓主題輝煌，是彼此因生命機遇未實現的種種可能（比方說如果你的先人輾轉居住於菲律賓，或蔣經國易爲馬可仕，你心知肚明這在時間裡都是可能成眞的，而且發生了你也沒能力改變它阻止它），由此，差異在這裡反而成爲一種抓住人眼睛的東西，一個回憶、自省和想像的觸媒物，一枚鏡子，讓獨特的那部分彼此可解，並得到寬容。

波赫士告訴我們，即便今天看來最自戀、最理所當然只有我我我的詩人，「古人在談論詩人的時候……也把他們當成了說故事的人。」像荷馬的《伊里亞德》，第一行明明白白讓我們看到的不就是：「繆斯女神，告訴我們阿契力士的憤怒吧！」

這麼多年來置身於書寫的圈子裡，我始終搞不懂爲什麼當代的書寫者對自我、對自身的獨特性有如此神經質的焦慮之情，說到底，除了生命鬼使神差的那一點點具體細節的歧異（而且絕大部分並非你的意志使然），以及芸芸眾生中生而爲自己的某種鄭重之心、某種責任感而外，它還能是什麼？而這兩者不是都與他者聯結，才會發現才得到說明才可望完成的嗎？所以波赫士告訴我們他的書寫信念：「我所擁有的，不是因爲那是我創造的，而是因爲那是我相信的。」

我喜歡《我們》這樣子一部他者之書，此時此際，讓我們重拾不見久矣的書寫美德。

遲來之書

在前引聶魯達的正色話語中，我們來透露一個秘密，顧玉玲這次之所以肯寫出這書，最直接的原因是爲了TIWA那間擠於中山北路巷子口小辦公室的房租——《我們》參加了台北市政府的台北書寫獎勵計畫，這分兩階段，書寫構想審核通過先取四名補助十萬元，一年後成果秀異者其中兩名再發三十萬元獎金。另一本《我們》的作者小說家駱以軍是最後階段的評審，事後告訴我們這本書係以全票第一名勝出，眞正該開心的不是在中山北路嗷嗷等候的「我們」，其實是主辦單位本身。這就是《我們》此書的身價，值一個可貴且毫無替代辦公室整整兩年的租金。想想眼前這兩年（尤其台灣景況艱難，極可能更自保也「合理」的更自私）還會發生多少事，干係著多少離家被欺負的人，眞是價值非凡不是嗎？——然而，對於像我這樣樂觀、有點不知生計艱難的人而言，總相信錢最終還是有辦法的，不會是絕人的終極答案（至少還有窮人願意支援窮人）；眞正的價值是讓這些人這些事被述說出來，讓這本早已準備好的延遲之書成眞，取得能夠和時間遺忘力量一搏的形式。日後，隨著時間的流逝會愈發證明我是對的，我很少這麼有把握。

顧玉玲很忙，永遠有比書寫看來更迫切的事等著她或滅火般忽然發生，這是再充分不過的延遲理由，但不會是眞正的原因。眞正的原因一言難盡，惟書末短短的〈後記〉多少讓我們看到了一些——這是一篇小心翼翼的說明文字，尤其對於事實這一點的在在強調，然而顧玉玲也發現了（其實她怎麼會不曉得呢？），不管通過她工作日誌如是我聞的直接抄出來，或錄音有存證可查的訪談，乃至於書寫每一階段完成的回頭讓當事者再確認（有語言文字限制的喬伊、麗亞等人，顧玉玲只能感謝她們「全然的信任」），事實總是很快越過了一般報導的所謂「客觀」可見層次，無可避免的得進入到隱藏的、拿不出直接有形證據的部分；它無法被看見，只能被發現。這時，書寫者愈是認眞負責，愈容易感覺自己的孤立無援，不僅原來手中所有的證據搖晃起來不可捉摸起來，而且每朝前深入一步，身邊的同伴便少了一些。書寫者該如何選擇呢？該根據什麼信任什麼？該深入到哪個界線才稱之為不脫離事實不僭越呢？在這本書裡，尤其是第三部分的〈問長路〉麗亞的故事便如此惱人。的確像書寫的認識和發現，必須有一個主體，這個主體最終是孤獨的、是隻身探入的。

左派所長期疑懼的，並不眞的存在「代言」這種東西，沒辦法靠這個方式來卸除事實的沉重壓力，讓難以捉摸的事實認識問題轉向「資格」的詢問；這是能力，而不是身分。

我得說，在出版領域工作多年，這是我讀過最謹慎的說明文字之一。顧玉玲什麼都可能是，獨獨就不會是怕事、先築好個防護罩保護自己的人，我以為她的謹愼不是向著誰，而是來自左派的基本信念，這樣對事實眞相的堅持（「獨特、無以複製、不容簡化歸類——」），背後有著對每個人的尊重，尤其是受苦的、被忽視的、被任意曲解塗寫的人。這是可歷歷指證的沉重歷史負擔，必須寸土必爭的認眞分辨計較，但這裡我們也來看看書寫這一側怎麼說，這來自納布可夫，納布可夫指出，「現實是非常主觀的東西。我只能這麼界定：現實是信息的逐步積累，是特殊化的東西，比如說百合花或任何其他一種自然客體，在自然學者眼裡，百合花比在普通人眼裡更眞實；然而，在植物學家眼裡，它還要眞實：假如這個植物學家是位百合花專家，這種眞實要更進一層。也就是說，離眞實愈來愈近。不過，人們離現實永遠不夠近，因為現實是認識步驟，水平的無限延續；是抽屜的假底板，一往直前，永無止境。人們對一個事物可以知道的愈來愈多，但永遠無法知道這個事物的一切——別抱這種希望。於是，我們多少生活在鬼一樣的事物裡，被他們包圍著。」

不止如此。在納布可夫所揭示的層層顯露狀況下，事實仍是不均勻不平坦的，它的露出部分總是點狀的、散落的、中斷的，當我們「忠實」（其實毋甯是忠於自己的某些感官而不信任自己的另一些感官）的點狀捕捉它說出它來，這只是攝影、是新聞報導，基本上係以素材的樣態直接交予通常理解線索嚴重不足又在現實中屢屢分神的一般人們，它會如何被接聽被理解，在廣漠的人海哪一處角落觸動哪一個你不知道的人，只能是命運。而素材樣態又是一般人無法收存無法鄭重相待的，它通常活不久，以至於時間這個盟友（本來應該是的）又嚴重站到你的對立面。只有這些點狀的事實被接續起來被編纂起來後，它才成爲故事。

這個接續編纂作業的精粗眞僞，便是書寫的專業技藝部分，它絕不僅僅是一套操作技巧而已（事實上也沒哪種工匠技藝是一套操作技巧而已），它是在認識（不斷更逼近事實）的要求下竭盡可能的動員嘗試，有些斷絕處不得不做如冒險跳躍的猜測和想像，但更多時候書寫者取用的是其他的「事實」，如同木匠使用其他材質、紋路相近的木頭來釘合接榫一樣——有趣的是，左派歌頌木匠的勞動，並不像他們責難書寫那樣要求一張桌子仍須保有原來一棵樹的形狀和風貌，或至少追究它的桌面桌腳是來自同一棵樹。

我不曉得《我們》這本書印製出來之後，還會不會保留顧玉玲提交書寫計畫當時的目錄，也就是〈後記〉裡所說：「原本計畫書寫十個故事，但陸續有人中途遣返、轉調他鄉，敘事中斷無以爲繼，終究是諸多散篇不成章。」這些消失了或說暫時擱置起來的故事，包括紡織廠愛上大夜班、會在廢料收集袋畫大大的心型和笑臉的麥洛，和移工男友只能每月一次約中壢火車站相會、發現自己懷了孕的瑪莉安，和夢遊仙境小女孩同名、卻來台身陷惡性關廠風波並上街抗爭的愛麗絲，電子工廠倒閉後在彼此鞋底放上一枚十元銅板，但願能再牽手轉入同一家新工廠的艾倫與爾紗這對同志伴侶，火災後才發現有一道一．六米寬、鋪了地毯、老闆專用樓梯的蘿絲，眼見同伴手掌捲入機器、想回家的尼爾，在廚房寫詩、最想到歐洲在公園裡爲行人素描的葛瑞斯，一年只休一天假、卻整整相隔一年搭上同一位計程車司機車子、「晚上十點來接你」的單親媽媽格莉露——在當前書寫題材匱乏久於猛於原物料、人人焦慮再沒東西可寫的時代，這可眞是奢侈了不是嗎？就書寫者這一側而言，如今，故事在現實世界嘎然中斷、人離我們遠去不知所終云云，已無法再是不書寫的理由了，它只是更難寫、要求書寫者更多東西而已。事實上，一個沒實現的、驚鴻一瞥的故事也可能比一個完整讓我們看見的故事更富潛力、更有說明力量、更深入以及更準確的觸及意義不是嗎？只要我們不停止想它追究它，找出一個說出它的好方式來。

一定也有人同我一樣，注意到這篇〈後記〉的有趣時間註記，二〇〇八・三・二〇，這不就是總統大選的決定性前夕嗎？我努力回想整個台灣那一刻眼睛裡面再沒有其他人其他事的模樣，倒數計時，to be or not to be，但事實哪裡是這樣？但我們看，那些鋪天蓋地而來的激情東西好像半點也沒讓顧玉玲分神，她單獨的、和外頭世界逆向行駛的坐電腦前，不會有誰瞧見（除了一旁睡著的女兒小樹）所以不會是什麼矯枉的、對抗的姿態，只是想把這些人這些事避免我們可能誤解的講完（我猜這篇文字是最後寫的，依據它的言猶未盡和叮嚀），也許烙上這個時間數字那一刻還有某種輕鬆了、幸福的感覺。我想像這樣一個專注的畫面，像卡爾維諾講海明威寫得最好的那個「把船划好、把魚釣好」小說畫面，以爲它是書寫一事和永遠如火如荼外面世界這兩者關係的很好一個隱喻，既是持續的、長期的直切其核心同時也是必要的分離，這往往是同一件事，世界會迷路也會自我掩飾，你不適當的脫離它怎麼會看清楚眞相怎麼會發現它呢？你深陷它當下的悲喜裡一波又一波無法自拔，能做什麼眞的事呢？如今，也才不過幾個月過去，我們看，這一時間註記已像在逐漸拉遠拉開的鏡頭裡一般恢復了它的單純，並顯現出它豎立所在的寬廣世界模樣；幸運的話，也許還能牢一點繫住密莉安、喬伊、麗亞讓她們的故事留存下來。這當然不見得有助於她們當下的困境，多年之後她們或者回家了或重新隱沒入偌大世界中，如先走一步的麥洛、愛麗絲、葛瑞斯，不再是**TIWA**的工作對象，甚至也許**TIWA**成功到再不需要存在了，但人的信念工作會終結嗎？世界會好到讓它再不必要了嗎？這些故事會因爲它的主人離開了台灣或得到幸福了失去所有意義、大家誤會一場不値得說了嗎？

籌措房租的堂正和迫切性讓顧玉玲臨門一腳的完成此書，但眞正驅動顧玉玲書寫的，必定和**TIWA**長期工作的階段性要求有關，像聶魯達所說「按照明確要求寫成的」，但也像聶魯達指出來的，這並不會限制它，書寫自身會有所發現，會超過它原先的計畫，甚至在那個明確要求不復需要之後仍成立，在每一個不同歷史階段的各種不同現實（現實當然是複數的）仍存續著解釋和啓示力量，聶魯達所謂的傑作是這個意思。這一點顧玉玲必定比誰都不陌生，她每一天的實戰工作必定在在告訴她，即使是最現實最迫切的工作，遲早也會顯現出層次來，這些層次不免相互衝突，要顧此也要顧彼，不能放棄需要安排——你是救一個具體的人？一群人？一種春風吹又生的重複處境？還是會一再改變其面貌但不會停止折磨人的討厭東西？（體制？人性？命運？）

我也想站在我較熟悉的讀者這一側講兩句話——工作中，顧玉玲習慣說話的對象，大約是雇主、警察、仲介者、以及中央地方大小官員云云，但《我們》這本書則是我們讀者。前者你或許得硬碰硬的言之鑿鑿有憑有據，但閱讀有著成千上萬年的傳統和經驗，我們讀者對眞實一事有更深刻且更繁富的體認，大部分時候是報導是小說甚至並不眞正困擾我們，我們其實知道並不多眞實隨身攜帶憑據，該給書寫者什麼樣的自由，好讓他暢所欲言。書籍的漫長歷史很容易就證明此事爲眞，書寫者和閱讀者之間一直有某種很奇怪的、幾乎可稱爲獨一無二的、理想的親密關係，所有現實不宜的、現實中不容易說出口的、現實中找不到人說的、現實中怎麼說都沒人信的，最終都在書籍裡說出來，向著讀者說出來。

我說的是，放心寫吧，繼續寫吧，玉玲。

仍然相信幸福是可能的

在《我們》這本書之前，顧玉玲甚富說明性的在TIWA至少先進行過兩回類似的工作。一件比較難，鼓勵且協助這些移工朋友寫出她們自己的故事，我個人因此讀到了葛瑞斯的好幾首詩和喬伊回望菲律賓往事的短文，因數量不多，先只簡單印刷成小冊子流傳移工自己圈子裡，做爲樣品做爲種籽；另一，託現代手機攝影功能之福，TIWA極成功的完成了移工第一次攝影展，全部由她們自己拍攝記錄，並（口授）註記以文字。這一組照片很順利由印刻出版公司正式印刷上市，書店買得到（可能得認眞找一下），當然量上頭不轟動，但質上頭我曉得深深打動不少人，包括隔了大洋幾重的英國當代攝影大師。這部後來命名爲《凝視驛鄉》的攝影集，我是在露天公開展覽時去的，那是個滂沱到打傘都不太有用的下午，總聚集此地好遇見故知的異鄉人們躲進白茫茫的騎樓消失了，TIWA前的中山北路小方場只我和朱天心兩個可安心慢慢看，每一張照片都是我不知道的視角，以及更驚心的，我已經完完全全忘掉了、廿年卅年更久的視角（像西門町小巷店家一張穿著便宜但筆挺正式西裝的老者照片，完全是我兒時熟悉的我父親那一代人），時間眞的過太快了，生命三轉五轉如迷宮，我和朱天心都自認是記得較多過去種種的人，但其實還是需要提示需要不斷有人好心指出來。而且有照片爲證它們並不眞的過去，它們仍是當下仍化石層般存在著，粗心的、隔絕的、誤以爲這個城市已演化至另一階段不回頭的只是我們自己而已。

事後，顧玉玲笑著告訴我，那天雨太大了，可以不需要義工在現場，因爲展覽用的沉重鋼架子還是會被整個偷走。飢寒的台灣也會回來，或根本就不算眞的過去。

波赫士在他以〈說故事〉爲題的演講中說，我們不能夠眞的完全相信快樂和成功的結局，我們不相信眞能幸福，或許這就是我們這個時代的悲哀。

先讀到葛瑞斯的詩和喬伊的文章，以及這每一張繫以文字的照片，讓我對《我們》此書多了某些猜測——我有一點相信這上頭是她們影響了顧玉玲，讓她奇特的穿出了我們所同在的這一個多疑而且沮喪的世代，讓《我們》此書全然的不同，有一種頑強、不相襯於現實處境的開朗（我們已習慣於書中人物、故事中人物比眞實世界的人更敏感更脆弱），清晰的、幾乎是具體成形的呈現著，就這麼直說吧，幸福之感。

仍然相信幸福是可能的。

或者更正確的說，影響不自今日始，不只是這些年旦夕相處、以女性爲主的移工，而是爲期十八年以上沒中斷，包括本地勞工、外籍勞工云云顧玉玲所在每一群、每一個廠的弱勢人們，包括書裡頭像令狐沖（顯然是個開心自得的假名）這樣的人。我很難眞的說清楚這個，包括某種何不食肉糜也似的膽怯。我讀到的是，這些文字當然是傷心的、不平的、生氣的，乃至於四處碰壁的，但抱怨的話語眞的不多，自憐自傷的話儀式般講兩句也就算了，在當下的黯淡無光同時，她們如同相信奇蹟會發生的對生命本身保有著一種信賴，好像生命的大神曾經對她們展露過我們不曾見到的溫柔面貌，以及承諾。另一方面，像顧玉玲在原計畫書的最後幾句話：「眞實的人，善惡未必如此分明，抗爭過程，也未必全是迎向光明。」我們哪裡不知道，在如此險惡的生命第一現場，她們也會而且比我們更需要、更合情合理的算計、自我保護（顧玉玲難過時反而會氣她們爲什麼不懂得自我保護，我們讀者亦然）；面臨著無可遁逃的脅迫或實質的誘惑，乃至於某種黑暗忽然占據人心的不好時刻，她們也會告密、會出賣彼此云云（我們自省自己不會嗎？）。這些其實是「正常」人性暨其行爲反應的部分都是我們熟悉的，說到底像麗亞那一點點曖昧的、順地形地物的狡獪，較之我們身旁的熟人，較之兩百多年前笛福小說《摩爾菲絲》所描繪那個生氣勃勃如野草、遇見生命潮水和一切困阨時刻什麼手段都用得出來、坦克車一樣直輾過去的可敬英國女士，還眞太善良太溫馴了不是嗎？眞正我們已不再熟悉到有點不敢置信的，値得我們停下來好好看好好想的，反倒是其間極特殊的「溫情」和「良善」，以及「生命力量」——我打了括號是因爲這幾個詞借用自漢娜．鄂蘭。漢娜．鄂蘭自身是那一代的猶太人，熟稔這樣受迫害受侮辱受污名曲解的邊緣族群，意義很深刻：「彷彿人性的有機演化，處於受迫害的壓力之下，受迫害者彼此緊緊相依相靠，我們所說的那個社會中介便隨之消失（迫害未發生前，也正是這個中介空間使他們彼此分開），並因而在人際關係中產生一種溫情；對於這種有如物理現象的溫情，凡是接觸過這類族群的人，無不印象深刻。說它有如物理現象，我當然不是去貶抑受迫害者的這種溫情；事實上，它一旦成形之後，就會發展出一種純然的良善，那是人類無法在其他情況下培養出來的。這種溫情同時也是生命力的來源，是一種只要能夠活著便自然流露的喜樂，也就是說，對世俗所說的那種受侮辱者受傷害者而言，生命之於他們，就是完完全全活在其中。」

需要進一步印象深刻如漢娜．鄂蘭所說的人，可選個假日到TIWA辦公室去看看，我相信她們會歡迎你的；順便也走幾步路看看書裡顧玉玲所描繪的附近中山北路（顧玉玲寫這些段落時顯得特別開心，有一種雀躍之感），這道始終不停更替著不同歷史時間不同異國風情的林蔭之路美麗如昔，如今因爲移工們宛如放課後學童的聚集，顯得更加興高采烈——只要我們暫時放開那些乏味的、胡言亂語的國族意識，別老想扮演什麼捍衛戰士。

無論如何這是一個很珍罕的禮物，對已經快什麼都不相信的我們而言——我們或如漢娜．鄂蘭所說的，無法快速的複製這樣的溫情和純然的良善，無法要那種已不在的生命力量說回來就回來；我們知道這裡頭或有太多限制，可察覺的難以察覺的，甚至歷史一路蜿蜿蜒蜒走到當下我們不容易辯駁的不容易拋棄的。我們不能夠眞的相信快樂和成功的結局，並不單純只是一種特殊的心理狀態，或甚至宗教意味的某種人不知饜足之心的懲罰而已，所以波赫士說它或許是整一個時代的，包含著所有沉重的現實，悲哀的不是哪個個人。然而也正因爲這樣，它才成爲更珍罕的禮物（心理醫生、藥物和各種勸世宗教格言我們已滿街都是不是嗎？），因爲我們個體的人其實並未喪失這樣的嚮往（或許還更迫切了），我們仍舊想相信幸福是可能的，我們甚至很期待自己被說服（但拜託具體的，或至少給我們一個人名），因此它可以是個很全面的、很深刻的啓示，不是答案，但卻是個帶著成功樣品、有人的確如此的啓示。

這很夠了，但我自己對顧玉玲或有更嚴苛的期待，我們很習慣於彼此嚴厲相待所以應該沒關係，何況顧玉玲還如此年輕。我們說過，漢娜．鄂蘭自身即是這個受侮辱受傷害邊緣族群的一員，她向著族群內部的人，指出了這種溫情、良善以及生命力量云云的深刻界限，它們無法源源本本傳送到我們這些外面世界的人身上，你無法期待人們如盧梭所說的博愛，因爲那其實是短暫的、感官的、激情的東西，你能做到的極致是萊辛所說的讓人們友善相待。漢娜．鄂蘭接下來的話大致是這樣子的——「亦即對於那些不屬於受侮辱者和受傷害者的人來說，天下一家的人本主義並不眞能夠打動他們，就算他們贊同這種理念，頂多只是出於同情而已。對於這個世界上不同地位的人，邊緣族群根本缺乏感染力，遑論給他們加上一份社會責任，至於邊緣族群甘之如飴的那種悲苦，他們當然更是無從體會了。但可以確定的是，在『黑暗時代』中，溫情乃是一種光明的替代品，對那些不恥於社會現狀、寧願躲在暗無天日求個心安理得的人來說，自有其另類的魅力。躲在沒有能見度的混沌之中，大可以置之不理那個清晰可見的世界，只要靠著一群緊緊靠在一起的人，溫情和博愛就能夠補償那個非常態的現實。……由此可見，這種『人的特質』及其隨之而來的博愛情懷，只有『黑暗時代』才得以彰顯，也正因爲如此，在這個世界上它是無法得到普遍認同的，更重要的是，如果在一個能見度高的光亮環境中，他們則會鬼魅般消失於無形。」

我以爲，便是在這裡，最清楚、最無可躲閃的顯現出《我們》這本書，以及顧玉玲的書寫價值。這價值意味著某種責任，甚或某種苦役的必要，並非是讚譽。

我仍然相信文學，相信它流水般的漫溢邊界力量以及在森嚴林立、彼此說各自不同話語、當代相互隔絕世界的「翻譯」功能，如卡爾維諾相信的那樣；我也仍然相信書籍這東西及其形式，相信它厚重沉著、要求有線索的思索和記憶力量，這個力量在作用於閱讀者之前會先發生於書寫者自己身上（顧玉玲書寫時有感覺出這個嗎？），它甚至可以不取消不拋棄人霎時消逝的細微感受乃至於激情，並奇妙的存留它記錄它，讓豈止是不同族裔不同群體的人、根本是完全不同時代不同空間的人，仍身體的、生理的感覺出它，如波赫士所說那樣閱讀是實實在在的經驗、是身體裡那個部分起了微妙的變化。然則，我的意思是，《我們》這本書並非某種替代物、某種權宜之計的書寫，不是因爲密莉安、喬伊、麗亞她們太忙太累或語言文字不方便云云的理由，她們仍能如顧玉玲所推動的那樣奮力的說出自己的故事，只是當某些界線已森嚴如此，當本雅明所描繪那一個每個人說出自己故事就直接匯流成可感集體經驗大海的素樸年代已過去了，書寫的披荊斬棘工作便要求更多了，它需要複數而非單數、超越個體經驗的視角，需要各式各樣的語言和知識配備，也許還需要種種的書寫技藝，讓外頭世界的人知道怎麼接近它，怎麼放入自己生命經驗中、放入自己世界圖像裡的想它。更重要的，它得變成是人主要的一件事來做，不是偶然才想起它觸景傷情的抒發它，甚至不僅僅只是某個階段性做完就好的任務，它得是一個工作，一個不懈的位置，一種勞動。不在某一張行事曆裡面，而是在一個人身上。所以納布可夫說文學從來不是一件簡單的事，而我們現在又可能比納布可夫說這話當時更不簡單。

這樣，「我們」這一個曖昧、重新改變邊界、充滿各種組合潛力、各種可能性呼之欲出如心跳的名字，就更像是說出來就闔不回去、一道展開不回頭的踽踽書寫之路了，但願如此——我猜這不會是顧玉玲的命名和書寫初衷，她還會抗拒，不是傳統左派那種不流汗不算數的壯夫不爲，倒是她對密莉安、喬伊、麗亞所有人的珍重如是，她對陳素香、吳靜如、龔尤倩、曾涵生大家同工同身分站一起的熱愛；平等，既是信念，又是每一天確確實實的幸福經驗，若有所發現、有什麼收穫，也應該屬於每一個人而非我獨有才是，以至於我還敢說，顧玉玲就連在這本書作者名字寫上顧玉玲三個字都會猶豫，覺得自己犯了公然搶劫的大罪。

書寫領域裡也有這樣想的人，一樣總是猶豫自己該不該算是作者還只是工作者搜集者的人，是波赫士。我們已引述過他一生的文學信念之語了，這裡値得再聽一次：「我所擁有的，不是因爲那是我創造的，而是因爲那是我相信的。」

幾年前，我聽過顧玉玲和她亦師亦友亦同志的鄭村棋一次對話，笑著回憶起鄭村棋當年怎麼教導乃至於壓制她們「你們只是第二等人」，要做該做的事而不是偉大的事。我最終要對顧玉玲說的是，書寫不會讓你變得高貴，變成第一等人，放心，它只是多一個工作，多很多再忙也無法置之腦後的東西，讓你更忙更辛苦罷了。就像聶魯達說的，寫一首詩，其實跟木匠做一張椅子並沒太大不同，若有差別，可能的勞動過程中比較孤單、比較孤立無援、沒有大家一起來的熱鬧風光因此更時時沒有把握，如此而已。

這些，說眞的顧玉玲在大家酣睡時刻寫《我們》這本書的過程中，不都發現了嗎？

INK PUBLISHING 文學叢書 205

我們 移動與勞動的生命記事

作　　者　顧玉玲
總 編 輯　初安民
責任編輯　丁名慶
特約編輯　王文娟
美術編輯　黃昶憲
校　　對　王文娟　丁名慶　顧玉玲

發 行 人　張書銘
出　　版　INK 印刻文學生活雜誌出版股份有限公司
新北市中和區建一路 249 號 8 樓
電話：02-22281626
傳真：02-22281598
e-mail:ink.book@msa.hinet.net
網　　址　舒讀網http://www.inksudu.com.tw

法律顧問　巨鼎博達法律事務所
施竣中律師
總 經 銷　成陽出版股份有限公司
電　　話　03-3589000（代表號）
傳　　真　03-3556521
郵政劃撥　19785090 印刻文學生活雜誌出版股份有限公司
印　　刷　海王印刷事業股份有限公司

港澳總經銷　泛華發行代理有限公司
地　　址　香港新界將軍澳工業邨駿昌街 7 號 2 樓
電　　話　852-27982220
傳　　真　852-27965471
網　　址　www.gccd.com.hk

出版日期　2008年 10 月　初版
2020年 8 月 15 日　初版九刷
ISBN　978-986-6631-22-1
定價　350元

台北市文化局 第九屆台北文學獎「文學年金」得主

國家圖書館出版品預行編目資料

我們 移動與勞動的生命記事／顧玉玲著.--
初版，－－ 新北市中和區：INK印刻文學,
2008.10 面； 公分.--（文學叢書；205）
ISBN 978-986-6631-22-1（平裝）
1. 報導文學　2.外籍勞工
857.85　97014233